U0134133

"媒体与文艺"
丛书
" MEITI YU WENYI "
CONGSHU

新文学与现代传媒

王 烨／著

学林出版社

19世纪以来,由信息科技的突飞猛进所推动,媒体以令人眩目的速度发展,迅速完成了由慢媒体向快媒体、由贫媒体向富媒体、由单媒体向多媒体等转变。相对于社会需要而言,媒体在发达国家和地区不仅不再匮乏,而且已经"溢出"。我们为各种各样的媒体所包围,无力消化它们所提供的海量信息。报纸越来越厚,广播电视频道越来越多,网页甚至增长到了天文数字。媒体不仅早就是产业,而且在并购中形成不容小觑的"帝国",在全球范围内营造着与之相适应的信息世界,左右着社会生活。

在媒体加速发展的这一历史时期,文艺也经历了巨大变革。各种形式的"终结论"以前所未有的高分贝一再宣布文艺之死,但事实上文艺却以同样前所未有的高能量显示自己推陈出新的活力。文艺生产的效率越来越高,文艺发表的门槛越来越低,文艺门类的界限越来越模糊,文艺流派的迭代越来越快,文艺作者的队伍越来越庞大,文艺受众的参与热情越来越看涨。文艺早已走出象牙之塔,融入审美化的日常生活,并在这一过程中"泛化"。

媒体发展与文艺变革之间,绝不只是简单的历史同步,而是充满了各种形式的互动。各种崭露头角的新媒体几乎无一例外地向文艺伸出橄榄枝,力求借助文艺的魅力为自己拓展空间;各种笋尖乍冒的新文艺也几乎不约而同地向媒体奏响欢迎曲,试图借助媒体的影响为自己创造机遇。因媒体科技势力日强所引发的社会焦虑，在各种以警世为已任的文艺作品中得到生动而形象的表达；因文艺发展日益偏离传统轨道而引起的社会担忧，则在主流媒体中转化为提醒、告诫甚至严厉的批判。媒体与文艺共舞，不论谁是狼，也不论踏的是什么步点、有过多少碰撞，渐渐地都心灵相通、配合默契，旋成了一团光影、一束音流。在媒体溢出、文艺泛化的时代，是谁起舞仿佛已经无所谓，重要的是"共舞"本身。

这种共舞不仅是我们所目击的现状，而且有着可圈可点的历史。生活在媒体溢出时代的人们虽然并不需要再度从事"韦编三绝"之类的活动、追求"学富五车"的境界，也不需要重复抄写员艰巨的劳动、甘冒排字工铅中毒的风险，但历史回顾毕竟有助于我们明白精神生产和文艺活动如何受制于特定时代的媒体科技所提供的条件。在历史上，媒体变革不止一次推动了文艺形态的变化；在现实生活中，文艺依托媒体而传播，在媒体内容中占有重要地位。本丛书着重研究19世纪以来媒体与文艺的互动，所收入的著作大致分为四组：一是有关大众文化与艺术观念的历史审视，二是作为大众媒体的报刊在中国新文学兴起、知识分子转型过程中所起的作用；三是电视艺术在信息加工、传播观念、运营策略等方面的特点；四是在媒体网络化、数字化过程中诞生的新型艺术产业的理论与实践。我们希望通过探索增进对媒体与文艺之关系的认识。

从19世纪以来的两百年，在历史上仅仅是一个短暂的时期。尽管如此，它却给人类社会带来了深刻变化：偌大的地球在心理空间中变得如此之小，以至于人们只好用"村"来形容它；信息水晶球在信息基础设施中变得如此之大，以至于人们的一举一动几乎都逃不过它的监督。媒体溢出的时代也是普适计算像自来水一样方便的时代，是商业炒作像火焰山一样炽热的时代，是不苟流俗像独木桥一样难行的时代，是精神生产像"巨无霸"一样"快餐"的时代，是文艺创作像奶油烤一样杂拌的时代。处在这样的时代，我们仍希望自己作为研究者的心态不随媒体溢出而溢出,能够清醒地和读者就丛书所涉及的各个议题进行对话,并在反思的过程中求得认识的深化。

本书的出版得到厦门大学特聘教授基金的资助。学林出版社编辑曹坚平先生热心玉成此事。谨此致谢。

黄鸣奋

2007 年 8 月

目　　录

第一节 《新青年》上海时期
的生存策略与文化蕴涵

1917年2月,陈独秀携带创办不到两年的《新青年》来到北京大学,开始了《新青年》和北京大学"一校一刊"的结合,开创了中国新文化及新文学的"文艺复兴"运动。对于北京时期《新青年》,胡适曾经有过感言,他说二十五年来只有三个杂志可代表三个时代、创造了三个时代,一是《时务报》,一是《新民丛报》,再一个就是《新青年》。① 现在,研究者多探讨《新青年》北京时期留给今天的仍然充满活力的话题,但对这阶段的专注或偏执是否会遮掩它在上海时期那段并不辉煌的历史,是否会带来对《新青年》整体认识的模糊或偏差呢? 毕竟,《新青年》的整体历史呈现出更为宽阔的社会与文化现象。

上海时期的《新青年》,主要指1915年9月创刊到1917年2月陈独秀出任北大文科学长前编撰的两卷杂志。选择这段时期作为研究对象,首先是这份杂志命名带来的困惑,一份掀起中国思想文化史上"青年文化"的杂志,它最初命名的历史机缘和背后的思

① 胡适《与高一涵等四位的信》,《努力周报》1923年75期。

想资源是什么？刊物原初的性质或宗旨是什么？最后，相对于北京时期"一校一刊"模式，上海时期《新青年》杂志的生存特征又是什么？这些研究可使《新青年》上海时期的历史面貌真切地"浮出地表"。

探讨《新青年》"命名"的研究很少，少数的研究多关注《青年杂志》到《新青年》的更名过程及带来的"新"性质。那么，《新青年》杂志创刊之初，陈独秀为何选择"青年"作为刊物的名称？或者说，命名的历史机缘与思想资源是什么？

我们知道，陈独秀创办这份杂志比较仓促。1914年7月，他参与安徽"二次革命"失败后，为了避祸与生计问题，去日本投靠《甲寅》杂志主编章士钊。在日本期间，他努力写文章并帮助编辑《甲寅》，并没有创办杂志的设想。1915年初夏，他接到好友汪孟邹的信，知悉妻子病重及家计难以为继，便匆忙赶回上海。就在这次返回上海的海船上，"他酝酿自己创办一份杂志，这就是新文化运动的摇篮——《青年》杂志"。① 回到家中隔日，他便和汪孟邹商谈创办杂志的事情，最后由上海群益书社出资出版，1915年9月15日问世，定名为《青年杂志》。

"青年"一词在中国之前的杂志中很难寻找到，它们使用更多的是用少年、童子、学生等来命名杂志。② 那么，陈独秀为何选择这个陌生的新词命名自己的杂志呢？或者说，陈独秀与它究竟有何历史的因缘呢？我们知道，陈独秀早在1902年春参加了留日学生团体"励志会"，1902年回国后在安庆组织了"青年励志学社"，不久，他又与张继、冯自由、苏曼殊等人组织"中国青年会"。时隔十几年后，陈独秀是否记起自己往昔的革命激情，选取了"青年"作为自己杂志的名称，现在还不得而知。但更为重要的历史启示

---

① 朱洪《陈独秀风雨人生》，湖北人民出版社，2004年，第48－50页。

② 如上海商务印书馆《学生杂志》、《少年杂志》、《儿童世界》，中华书局《中华学生界》、《中华童子界》等。

来自杂志创办的第二年，上海青年会指责陈独秀的《青年杂志》和他们的杂志《上海青年》名称雷同，奉劝《青年杂志》及早更名。面对对方的要求，群益书社与陈独秀商议，决定自第二卷起更名为《新青年》。回顾近代新闻出版史可知，上海1903年创刊的第一份以青少年为读者的杂志取名《童子世界》，商务印书馆1911年发行的供青少年阅读的杂志取名为《少年杂志》，而在20世纪初，凡是以"青年"命名的杂志，都是基督教青年会的宣传刊物，《上海青年》及《女青年报》等就由该会所办。

陈独秀以"青年"为自己刊物的名称，如果不是缘于自己早年的革命经历，就很可能是对基督教教会刊物的附会，而这种"冒牌"可能是迫于当时政治的压力。那时，袁世凯迫害革命党人，北洋政府颁布的"报律"挤压着进步报刊的生存空间。据称，"1911年辛亥革命后不久，中国的新闻事业一度迅速发展，新创办的报纸达500种左右，其中北京50种，上海15种，汉口6种；但在袁世凯复辟帝制运动期间，北京的报纸减少到20种左右，上海减少到5种，汉口减少到2种。1913年后的两年，全国报纸的发行量也从4200万份减少到3900万份。"①在这种情况下，当时报界有人主张报纸挂上"洋旗"，有人主张把报纸迁到租界，以便利用外国租界势力保护报刊生存，这已成为出版业、新闻界的普遍意识与行为。作为老革命党人的陈独秀，为避免政府报律的滋扰与迫害，利用西方宗教色彩的名称伪装自己的杂志，这可能是《青年杂志》如此命名的生存策略。这种考古性质的历史探询似乎抹杀了《新青年》杂志的"激进"性质，但却让我们发现并看到了《新青年》为应付生存的"社会"情景，为生存而必须选择的诸多"变通"方式。

不仅如此，《青年杂志》的生存策略背后可能还蕴涵着文化关系，象征着现代知识分子与西方基督教的历史关联。《新青年》创刊之初，陈独秀就指出"本志之作，欲盖与青年诸君商榷所以修身

---

① 周策纵著、陈永明等译《五四运动史》，岳麓书社，1999年，第60页。

立国之道。"①同时,他对时局、对国民性、对传统文化也产生深刻怀疑:"吾苟偷庸懦之国民,畏革命如蛇蝎,故政治界虽经三次革命,而黑暗未尝稍减。其原因之小部分,则为三次革命,皆虎头蛇尾,未能充分以鲜血洗净旧污;其大部分,则为盘踞吾人精神界根深蒂固之伦理、道德、文学、艺术诸端,莫不黑幕层张,垢污深积,并此虎头蛇尾之革命而未有焉。"②他由此断言,"伦理的觉悟,为吾人最后觉悟之最后觉悟。"③陈独秀的这种认识当时相当普遍。李大钊认为:"时至今日,术不能制,力亦弗胜,谋遏洪涛,昌学而已。圣人既不足依,英雄亦莫可恃,昌学之责,匹夫而已。"④胡适后来也回忆说:"大家办新青年的时候,本有一个理想,就是二十年不谈政治,二十年离开政治,而在教育思想文化等等非政治的因子上建设政治的基础。"⑤可见,当时中国现代知识分子都认为中国社会、文化处于大崩溃时代,即使是保皇党派也提议将孔教列为国教,以便"欲救人心,美风俗"。⑥陈独秀虽反对立儒教为国教的主张,选择西方民主、科学观念作为拯救中国社会的现代思想,但他与基督教的文化关系却是人所共知的,而这常被人们忽视。

在五四知识分子中,陈独秀与基督教的文化关系最为密切。从1915年至1924年的10年间,他发表一系列评论基督教的文章,《基督教与中国人》因主张输入基督教引起当时思想界的关注。陈独秀在1915年为《绛纱记》作序时,把基督教与佛教进行比较,认为基督教优于佛教,他说:"耶教不否定现世界,且主张神爱人类,人类亦应相爱以称神意。审此耶氏之解释死与爱二问题,视佛说为妥帖而易施矣。"他1916年比较基督教与儒教时,认为前

---

① 《社告》,《青年杂志》1915年1卷1号。
② 陈独秀《文学革命论》,《新青年》1917年2卷6号。
③ 陈独秀《吾人最后之觉悟》,《青年杂志》1916年1卷6号。
④ 《李大钊文集》(1卷),人民出版社,1999年,第92页。
⑤ 《胡适学术文集》,中华书局,1998年,第188页。
⑥ 《康有为政论集》(下),中华书局,1981年,第846、733页。

者比后者有价值,"又若基督教尊奉一神,宗教意识之明瞭,信徒制行之清洁,往往远胜于推崇孔教之士大夫。"①他 1917 年再次将基督教与孔教对比,说:"吾之社会,倘必需宗教,余虽非耶教徒,由良心判断之,敢曰推行耶教胜于崇奉孔子多矣。以其利益社会之量,视孔教为也。事实如此,望迂儒勿惊疑吾言。"②1919 年,他谈到朝鲜独立运动时,对基督徒的作用给予很高评价,"这回朝鲜参加独立运动的人,以学生和基督教徒最多。因此我们更感觉教育普及的必要,我们从此不敢轻视基督教。"③1920 年,他在《基督教与中国人》中说:"我以为基督教是爱的宗教,我们一天不学尼采反对人类相爱,便一天不能说基督教已经从根本崩坏了。基督教底根本教义只是信与爱,别的都是枝叶。"他说耶稣的伟大体现为崇高的牺牲精神、伟大的宽恕精神和平等的博爱精神,它们成为基督教的根本教义,"这种根本教义,科学家不曾破坏,将来也不会破坏。"

当然,陈独秀几乎在同一时间内也有"非宗教"的言论。他在《孔教问题》中说:"愚之非孔,非以其为宗教也。若论及宗教,愚一切皆非之,绝非为扬他教而抑孔子也。"他的《偶像破坏论》又说:"天地间鬼神的存在,倘不能确实证明,一切宗教都是骗人的偶像,阿弥陀佛是骗人的,耶和华是骗人的;一切宗教家所尊重的神佛仙鬼都是无用的骗人的偶像,都应与破坏。"陈独秀对自己似乎矛盾的观点有过解释。1922 年,在非基督教运动风起云涌之际,他撰写了《基督教与基督教会》,说"我始终总觉得基督教与基督教会当分别观察"。他把基督教一分为二成"教义"与"教会",对两者的态度各有不同。总之,陈独秀选择"青年"命名杂志,以"伦理的觉悟"为办刊的目的,基督教对他的文化影响绝对不容忽视。

---

① 陈独秀《宪法与孔教》,《新青年》1916 年 2 卷 3 号。
② 陈独秀《答刘竞夫》,《新青年》1917 年 3 卷 3 号。
③ 《陈独秀著作选》(1 卷),上海人民出版社,1993 年,第 51 页。

　　基督教青年会①当时在中国影响很大。到 1922 年,全国青年会、市会有 40 处,会员达 53800 人,校会 200 处,会员 24100 人,其活动得到北京政府的承认。基督教青年会十分注重德育作用,以人格救国相标榜,宗旨是"发扬基督精神,团结青年同志,养成完美人格,建设完美社会"。进入 20 世纪后,它在中国的活动更加本土化,集中关注中国社会的问题,如青年教育、社会平等、改善劳工待遇、女子解放等等问题。1915 年后,担任该会总干事的余日章经常说,"中国今日之需要,并不在于海陆军,也不在于兴办实业,而在于人民的道德,故道德是'需要之需要'",认为"中国积弱的根本原因在于国民道德的退化,若非从提倡道德改革人心着手,则一切救国的主张皆等于空谈"②。有意味的是,基督教青年会这些言行,跟"修身、齐家、治国、平天下"的中国传统思想具有一致性。而作为正在面向现代思想文化的陈独秀,他的"最后觉悟之觉悟"的思想方式与社会呐喊,跟基督教青年会的文化影响应有较密切的关系。

　　无论是《青年杂志》的生存策略,还是基督教青年会的社会影响,它们在《新青年》上海时期的生存中都显得非常隐蔽。换句话说,陈独秀没有把杂志办成基督教青年会色彩的刊物,相反,他通过"伦理革命"展现的是自己的"政治"情怀,是现代"人权"观念的文化启蒙。

　　众所周知,陈独秀更改《青年杂志》名称时,没有放弃"青年"一词,只添加一"新"字。许多研究者指出,《新青年》上海时期定

---

　　①　基督教青年会 19 世纪 40 年代诞生于英国,中国第一个青年会组织是 1885 年在福州英华书院成立的"学生青年会"。1897 年 1 月 3 日至 4 日,青年会在上海召开第一次全国大会,成立了中华基督教学塾青年会。1912 年,青年会在上海建立总部,定名为中华基督教青年全国协会;1923 年,青年会在上海设立中华基督教女青年会全国协会。
　　②　江文汉《基督教青年会在中国》,《文史资料选辑·第十九辑》,中华书局,1961年,第 13 页。

位模糊，没能超越当时刊物的思想藩篱，更没有显示出"中国文艺复兴者"的清楚面目；而人们对于《新青年》"新"的认识，又多从进化论或新思潮角度进行阐释。这些也许只是一种"误读"方式，我们知道，严复译作《天演论》的出版与许多新思潮的引进在晚清时期已开始，到陈独秀 1916 年 9 月更名《青年杂志》的时候，它们似乎已失去"新"的性质，作为招徕读者的杂志名称似乎失去意义与价值。那么，陈独秀使用"新"究竟所指为何呢？

　　1915 年之前的陈独秀，最耀眼的身份是"革命党"，他从"民前"的反清活动到"民后"的"护国运动"，目的始终是希望实现"共和制"国家的梦想。但是，随着北洋军阀统治的日益腐败，社会显示出堕落、残破、野蛮的景象，而此时，康有为执着于立宪梦想，孙中山热衷于民族革命。陈独秀创办杂志呼唤"伦理革命"，并非要传播基督福音，而是念念不舍创建共和制国家，正如胡适所言，他"要在非政治的基础上建设政治"。这是陈独秀不同于胡适、周作人、鲁迅等现代知识分子的地方，他的关注点始终是政治，伦理的觉悟或新思潮的引进只是他实现心曲的途径。陈独秀把《青年杂志》更名为《新青年》的时候，他虽然没有脱离革命党气质，但是，他将"新"添加在"青年"前面，或许表明他此时已拥有了"新"的思想成分。

　　阅读陈独秀的"新青年说"，我们就会联想起梁启超的"新民说"。梁启超"新民说"问世后，中国知识分子多把"民"理解为民族精神的整体表达，"即社会进步和幸福的关键在于一种系统地表述的精神的生命力和活力，这种精神通过共同的民族心理而表达出来"。[①] 辛亥革命以后，革命挫折带来一种幻灭情绪，革命知识分子严厉批评民国道德腐败时，也转向了对民族文化的质疑，对国民性和民族心理的批评愈来愈多。面对这种状况，梁启超提出家族主义的拯救方法，以便"促进集体团结和自我牺牲的精神"[②]。

---

　　①②　[美]费正清编《剑桥中华民国史》(上)，中国社会科学出版社，1994 年，第 403－404 页。

革命派则集中在《甲寅》杂志周围,这是一个"条陈时弊,朴实说理"的政治性质刊物,围绕"民族国家"而宣传一种思想,即"从族群的社会的与国家的角度来思考现实,他们相信现代中国民族国家的建设根本就是———一个整体利益的问题,而整体目标的解决也就是个人的现实要求的达成"①。总之,"国家主义"当时成为时代潮流,无论保守派还是改良派、革命派都强调"爱国"意识,并将整体利益视为个人必须效忠的对象。这种强调个人效忠"国家"的意识形态,成为当时知识分子普遍的思想特征。

陈独秀却开始质疑这种国家主义思想。他在《甲寅》杂志发表文章,指出"国家者,保障人民之权利,谋益人民之幸福者也",而"爱国者何?爱其为保障吾人权利谋益吾人幸福之团体也",认为"爱国"必须以"自觉"为前提,而不是盲目或愚昧地爱国。他说:"残民之国家,爱之也何居?岂吾民获罪于天,非留此屠戮人民之国家以为罚而莫可赎耶?"陈独秀高举个人权利与思想自觉,与盛行一时的国家主义形成对抗,引起读者纷纷抗议,以致章士钊特意写了《国家与我》替陈辩护,说陈并非"侈言国不足爱之理",而是"惟吾民于此诚当自觉"。

陈独秀在日本协助编辑《甲寅》的时候,就萌生了推崇"人权"的新思想,与革命派知识分子产生分歧,显示出一种"特立"的精神意识与文化态度。针对章士钊的政治觉悟,他提出伦理的觉悟;针对章士钊的国家主义,他转向个人主义。这些预示着思想界将发生重大历史转变。1915 年,陈独秀创办《青年杂志》时明确提出:"国人而欲脱蒙昧时代,羞为浅化之民也,则急起直追,当以科学与人权并重",强调科学和人权"若舟车之有两轮焉。"②人们多把科学、民主看成《新青年》揭橥的两面现代旗帜,然而,通观上海

---

① 李怡《甲寅月刊:五四新文学运动的思想先声》,《中国现代文学研究丛刊》
2003 年 4 期。

② 《敬告青年》,《青年杂志》1915 年 1 卷 1 号。

时期的《新青年》，陈独秀标举的"人权"并不同于后来的"民主"，它更多有个人本位主义色彩。所以，个人主义不仅成为陈独秀"伦理的觉悟"的思想核心，成为贯穿上海时期《新青年》杂志的宗旨，而且也该成为《新青年》所以为"新"的意义所指。

陈独秀"人权"强调的是人的自主权，就是个人的解放与自由。他这样定义人权："法律之前，个人平等也。个人之自由权力，载诸宪章，国法不得而剥夺之，所谓人权是也。成人以往，自非努力，悉享此权，无有差别。此纯粹个人主义之大精神也。"①需要指出的是，陈独秀个人主义思想的出发点，并不在于民主政治的现代建构，而旨在摧毁旧的政治思想文化枷锁，以谋求个人及社会的解放，"破坏君权，求政治之解放也；否认教权，求宗教之解放也；均产说兴，求经济之解放也；女子参政运动，求男权之解放也。解放云者，脱离乎奴隶之羁绊，以完其自主自由之人格之谓也"②。从这个方面审视上海时期的《新青年》，就不难理解它关注的范围如此之广，妇女解放、青年修养、体育问题、孔教问题以及文学问题等等，都成为陈独秀"伦理的觉悟"所要讨论的。

现在的问题是，与北京时期"一校一刊"相对应，上海时期《新青年》依托的社会力量是什么？它的社会生存策略是否遮蔽刊物宗旨、影响宗旨的"不清楚"？陈平原考察《新青年》时指出："必须将其置于晚清以降的报刊大潮中，方能理解其成败得失。"③这为我们的探究提供了思路。

《新青年》诞生于上海，上海是它的诞生之地，也是它的养育之母，上海的社会文化状况深深烙印在它身上。1915 年前后，上海已经发展成为中国最大的通商口岸，这里不仅拥有全国重要的

---

① 陈独秀《东西民族根本思想之差异》，《青年杂志》1915 年 1 卷 4 号。
② 《敬告青年》，《青年杂志》1915 年 1 卷 1 号。
③ 陈平原《触摸历史与进入五四》，北京大学出版社，2005 年，第 52－53 页、52－53 页。

出版社、先进的印刷设备和健全的发行网络,而且汇集大批出版、印刷和发行方面的人才。都市化和出版业的专业化,一方面聚集了高层次的文化精英和大批走向社会的青年知识分子,另一方面,个人和出版物的生存问题使得文化与市场的关系更加明显。陈平原认为,当时报刊"已经大致形成商业报刊、机关刊物、同仁杂志三足鼎立的局面"①。而上海时期的《新青年》与商业杂志风格大相径庭,它"凭借的是'知识'('科学'、'民主'思想等)资本,靠的是'舆论'('打倒'、'否定'、'整体'解决的逆向思维等)的穿透力,走的是一条'信息化'('国内大事记'、'国外大事记'等)的路径"②。它基本符合同人刊物性质,以平易之文说高尚之理。但是,《新青年》从第二卷起商业气息愈来愈鲜明,不仅以"陈独秀先生主撰"为标榜,而且以"且得当代名流之助"为招徕。这些具有商业广告之嫌的行为,是由于杂志第一卷销售状况不佳而带来的。因此,《新青年》虽然不是商业杂志,但陈独秀却面临个人生活和杂志生存的双重经济压力,不得不使用商业化方式宣传杂志,不得不勉励益群书社陈氏兄弟,说"开始有千册就不错了。有十年八年功夫,《青年》杂志一定有很大影响"③。

迫于市场压力,《新青年》还借助《甲寅》杂志的社会影响来宣传自己,刻意向读者透露它与《甲寅》的关系。第 2 卷 1 号上登载这样一封读者来信,说:"今幸大志出版,而前之爱读甲寅者,忽有久旱甘霖之快感,谓大志实代《甲寅》而作也。"署名"湖北陆军第二预备军官学校叶挺"的读者,称赞陈独秀:"足下孤诣,略见于甲寅,渴慕綦岁。呜呼!国之不亡,端在吾人一念之觉悟耳。足下创行《青年》杂志,首以提倡道德为旨,欲障此狂波,拯斯溺世,感甚

---

① 陈平原《触摸历史与进入五四》,北京大学出版社,2005 年,第 52 – 53 页、52 – 53 页。

② 张宝明《从知识经济学的视角看〈新青年〉启蒙情怀的生成》,《中州学刊》2005 年 3 期。

③ 朱洪《陈独秀风雨人生》,湖北人民出版社,2004 年,第 48、50 页。

感甚。"在3卷3号上,署名"安徽省立第三中学校学生"还说:"前秋桐先生之《甲寅》出版,仆尝购而读之,奉为圭臬,以为中华民国之言论界中当首屈一指,不谓仅出十册,……然不料续《甲寅》而起者,乃有先生之《新青年》。"陈独秀借读者之口表达《新青年》乃"名门之后",为自己杂志宣传的意向非常明显。

这说明,《新青年》尽管不是商业性杂志,却必须受到上海文化市场的直接规约。与北京时期不同,《新青年》上海时期必须注重市场规则的应用,必须依靠读者市场而获得自我的生存与发展。如果说《新青年》北京时期依托的是学术机构,那么,它上海时期依靠的就是读者市场,陈独秀创办杂志时的读者定位显然是都市青年知识群体。从清末科举废除到"五四"前夕,经新学堂十几年的培养,新一代知识分子队伍已经相当壮观,[1]而当时中国社会经济发展程度,还不能提供足够的职业吸纳这些知识青年。[2] 从《新青年》早期的通信栏中,我们可以看出,很多中小知识分子因经济条件或学力等因素不能继续深造,他们在竞争激烈的都市面临巨大的生存压力,一方面承受就业与前途渺茫的心理落差,另一方面又目睹国家和社会的衰败而焦虑绝望。这种社会与人生状况使他们更容易接受激进思想,反传统乃至革命意识也易被他们接受。作为老革命党人陈独秀,自然领悟到这种社会群体潜在的历史力量,表现在《新青年》杂志上,凡是知识青年关注的新知识、新问题乃至具体而微的现实问题,它都力图给予详细介绍和悉心解答。这不仅是对知识青年生存发展的社会关怀,唤醒青年独立以便达到重建国家的政治意识流露,而且是巩固与拓展读者市场的"营

---

① 据统计,除去一些私人办学和教会学校,在"五四"前夕,全国共有公立学校52650所,学生约450万人,与1910年相比,学生人数增长了3倍。以中学而论,1915年全国共有中学44所,学生69770人。参见陈元晖《中国现代教育史》(人民教育出版社,1979年)、吕芳上《从学生运动到运动学生》(1923年10月8日《晨报》)。

② 据1916年对1655名回国留学生就业情况的调查,其中在家赋闲的多达399人。参见《青年会与留学生之关系》(《东方杂志》第14卷第9期)。

销"手段。

总之,《新青年》上海时期立足资本市场的生存方式,使它逐渐沾染了商业化刊物的气息,造成了刊物性质的模糊与暧昧,埋下了知识分子与商人结盟的隐患及矛盾,即知识分子的政治理想与商人自私重利的冲突。这种冲突最终使陈独秀割断与群益书局的关系,摆脱了书局对杂志实践自我宗旨的束缚与干扰。

综上所述,通过《新青年》上海时期的知识考古,我们看到陈独秀利用外国"租界势力"保护杂志的生存策略,发现了背后蕴藏的现代知识分子与基督教文化的历史关系,"伦理的觉悟"不仅是陈独秀反思晚清革命的呈现,而且带着基督教青年会道德影响的印记。对《青年杂志》更名为《新青年》的知识考古,我们认识了上海时期《新青年》杂志的真正宗旨,即以个人主义对抗国家主义的现代思想萌芽,不仅象征着现代个人观念的生成,而且预示着民初思想文化的历史转折。而对《新青年》在上海时期社会语境的知识考古,我们初步勾勒出《新青年》早期的社会语境,都市社会、报业、知识青年等社会因此对杂志的生存规约,迫使陈独秀使用商业方式以图杂志的生存与发展,这不仅形成《新青年》的"上海色彩",而且深藏知识分子与现代报业的思想裂隙与冲突,导致陈独秀后来把它"北迁"与收回"自办"。

第二节 《新青年》与新文学发展潮流的疏离

在五四新文化、新文学运动中,《新青年》杂志因倡导"文学革命"和激烈"攻击儒家和赞扬西方思想"[1],被视为五四新文化与新

---

[1] [美]费正清编《剑桥中华民国史》(上),中国社会科学出版社,1993年,第521、522页。

文学运动的肇始与标志,成为现代文化思想史上具有深远影响的杂志之一。近年来,《新青年》杂志引起学术界重视和研究兴趣,人们研究"他的编辑方针,他的编辑部,他那个著名的同人圈子"①,探讨它跟晚清变法、辛亥革命等革新思想"一脉相承"的渊源关系。与《新青年》初期、中期形成研究热潮的现状相比,《新青年》转向马克思主义的后期研究却显得沉寂。深入研究《新青年》"文学革命"之后逐渐疏远新文学发展潮流的情状及原因,以便全面、深入认识《新青年》在新文学史上的价值及性质,应是《新青年》研究及新文学史研究不容忽视的课题。

受五四爱国运动与国民革命的影响,新文学进入 20 年代后呈现出新的发展趋势。新文化运动由文化启蒙向文学启蒙转型,新文学由启蒙文学向革命文学发展。在这种双重的语境转换中,《新青年》杂志仍然恪守自己的文化启蒙与启蒙文学,逐渐失却推动新文学发展的动力及社会影响。《新青年》由文学革命的急先锋瞬间沦为新文学的落伍者,表面上是其成为机关刊物的性质所致,实质上是由它的编辑思想守旧、僵化造成。

随着五四爱国运动的落潮与国民革命运动的逐渐高涨,五四启蒙文化运动产生新的历史变化。思想觉悟的新青年积极实践文学与革命,新文学由启蒙文学向革命文学发展。新文学与现代革命的日渐结合,使革命文学在五卅运动前后走向初步繁荣。

1917 年《新青年》进行的"文学革命"运动,催生了中国现代的启蒙主义文学。胡适、钱玄同、刘半农、周作人等《新青年》同人,不仅以通俗的"白话"创制新文学的表现形式,以便为未来民族国家创造"文学的国语",而且以"人的文学"、"平民的文学"创制新文学的现代启蒙性质,从而实现跟传统文学的彻底决裂。《新潮》、《少年中国》等新文化刊物积极入盟,壮大了新文化运动与文学革命的力量;《晨报副刊》、《国民日报·觉悟》《时事新报·

---

① 王晓明编《批评空间的开创》,东方出版中心,1998 年,第 187 页。

学灯》等副刊,纷纷改变态度转而发表白话文学创作。文学革命的"白话文运动"在短暂的两三年间取得决定性胜利。五四爱国运动之后,新文学出现初步繁荣的历史景象,众多青年与学生积极从事新文学创作,众多的新文学社团与刊物大量涌现。在启蒙主义"人的文学"影响下,"人生问题"、"青年爱情"、"女子问题"等各种"辟人荒"的文学主题成为创作热潮。

几乎在"人的文学"刚刚盛行的时候,社会上出现了对它的批评。1920年底,北京大学哲学系、社会学系的师生郭梦良、陈伯隽、陈启修、王世杰、高一涵、费觉天等人,组织、成立一个新文化团体,高扬起"评论"的天职和使命,决心为混乱、黑暗的中国社会开辟一个公共言论机关。本着这种"评论"的态度,费觉天批评五四新文化和新文学的倡导者,认为他们过于重视理论或主义的宣传,而忽略文学对革命的巨大作用和价值。他认为,革命"所持的是盲目的信仰,情感的冲动,而非理智"①,在唤起民众的革命情绪方面,革命理论宣传不如文学感染那样奏效。为中国革命计,他呼吁革命家要拿起文学这个利器,要求从事新文学的人要自觉地建设"革命的文学",以帮助中国现代文学革命和社会革命任务的完成。1921年7月,他写信给远在上海的郑振铎,表达自己的思考并希望唤起文学研究会的重视。他说:"我相信在今日的中国,能够担当改造的大任,能够使革命成功的,不是什么社会运动家,而是革命的文学家。今日中国有么! 我未曾见。我相信今日中国革命能否成功,全视在此期间能否产出几个革命的文学家。"②

费觉天要求革命者重视文学的作用,得到郑振铎、茅盾为首的文学研究会的呼应和支持。郑振铎认为:"在今日的中国,能够担当改造的大任,能够使革命成功的,不是什么社会运动家,而是革

---

① 费觉天《从文学革命与社会革命上所见的革命的文学》,《评论之评论》1921年1卷4期。

② 郑振铎《文学与革命》,《文学旬刊》1921年7月30日9号。

命的文学家。"他从文学是"情感的产品"的观念出发,认为在刺激人们的革命情绪方面,革命文学的感染比革命理论的说教有效。他说:"俄国的革命虽不能说是完全是灰色的文学家的功劳,然而这班文学家所播下的革命种子却着实不少。就是法国的大革命,福绿特尔的作品对于它也是显很大的能力的。"①文学研究会成员李之常也认为,在"第四阶级"推翻资本主义的现代革命中,血泪的、革命的、民众的文学所发挥的作用胜于宣传革命理论的"小册子",期望革命启蒙者高扬起文学是"时代的指导者、鞭策者"的旗帜,"革命的完成者在中国舍文学又有什么呢?"②茅盾把革命文学视为世界文学的新生潮流,认为它"能够担当起唤醒民众而给他们力量的重大责任",盼望"从此以后就是国内文坛的大转变时期"。③

文学研究会强调文学家与文学的重要作用,并非仅是对费觉天的简单响应,而是对新文学建设的思考及新文学话语权的争夺。文学研究会提倡"为人生"的文学,但当时文坛礼拜六、黑幕小说等盛行不衰。受五四爱国主义与民族主义的时代情绪影响,文学研究会将文学与社会、革命联系起来,努力将新文学建设成反映社会、表现现代革命精神的文学,成为"新时代的先驱,为人生的,支配社会的,革命的"④。然而,五四时期西方学说与革命理论的宣传成为新文化运动主流,文学革命仅成为新文化运动一个子系统。因此,新文学的社会空间不仅要靠反抗旧文学来争取,而且要靠批评新文化运动"主义热"来实现,即"文学是大有功于革命,而革命家必得藉助于文学"⑤。文学研究会重视文学家作用的主张,跟恽代英、邓仲夏等革命家的态度构成鲜明对立,后者认为就革命而言

① 郑振铎《文学与革命》,《文学旬刊》1921 年 7 月 30 日 9 号。
②④ 之常《支配文学的文学论》,《文学旬刊》1922 年 4 月 21 日 35 号。
③ 茅盾《"大转变时期"何时来呢》,《文学周报》1923 年 12 月 31 日 103 号。
⑤ 费觉天《答吾友郑西谛先生》,《评论之评论》1921 年 1 卷 4 期。

重要的是革命者而非文学家,"印度有了一个甘地,胜过了一百个文学家的泰戈尔"①。

《评论之评论》与文学研究会批评革命家轻视文学家的同时,也批评启蒙主义文学日趋泛滥与浅薄的堕落趋势,积极从事"革命文学"的建设②以实现文学与革命的结合,以完成文学革命与社会革命的双重历史任务。郑振铎批评新文坛现在所有的"最高等的不过是家庭黑暗,婚姻痛苦,学校生活,与纯粹的母爱的描写者",而"叙述旧的黑暗,如士兵之残杀,牢狱之残状,工人农人之痛苦,乡绅之横暴等等情形的作品可称得是'绝无仅有'"③。他指出,"我们现在需要血的文学和泪的文学几乎要比'雍容尔雅'、'吟风啸月'的作品甚些吧。"④李之常支持这种"血泪"文学观念,呼吁新文学要反映"中国的多方面的病的现象之真况"⑤。他们认为这种描写社会痛苦的文学,能唤醒、培养人们的革命情感,"一般人看了以后,就是向没有与这个黑暗接触过的,也会不期然而然的发生出憎恨的感情来",革命就需要"这种憎恨与涕泣不禁的感情"⑥。新文学应成为革命文学而非"风花雪月"性质的启蒙文学,得到创造社与早期共产党人的积极响应。1923 年,郭沫若、郁达夫、成仿吾等创造社元老以《创造周报》为阵地,开展热烈的新文学使命的讨论,他们在坚持自我表现的文学观念基础上,决意今后的创作要表现生命的反抗烈火,要"爆发出无产阶级的精神,精赤裸裸的人性"⑦。他们指出革命文学批判的对象,不仅是制造社

---

① 秋士《告研究文学的青年》,《中国青年》1923 年 5 期。

② 费觉天在《评论之评论》开辟"革命的文学讨论"专栏,大张旗鼓倡导革命的文学。费觉天还将"革命的文学讨论"文章目录,连续三个多月刊登在《晨报》(从 1922 年2 月至 5 月)。1922 年后,文学研究会在《时事新报·文学旬刊》上开展"革命与文学"讨论,产生了广泛的社会影响。

③⑥ 郑振铎《文学与革命》,《文学旬刊》1921 年 7 月 30 日 9 号。

④ 郑振铎《血和泪的文学》,《文学旬刊》1921 年 6 月 30 日 6 号。

⑤ 之常《支配文学的文学论》,《文学旬刊》1922 年 4 月 21 日 35 号。

⑦ 郁达夫《艺术与国家》,《创造周报》1923 年 7 期。

会黑暗与痛苦的军阀列强，而且是束缚生命自由的社会制度与
"天理国法人情"。恽代英、邓仲夏、萧楚女等早期共产党人也转
变鄙视文学的态度，①认为文学不是清高的"雅人韵事"，真正的文
学家应该像托尔斯泰一样到民间去，到社会黑暗、痛苦的地狱中
去，以体验人间的不幸和艰苦。他们劝导文学家要多创作"表现
民族伟大精神的作品"与"描写社会实际生活的作品"，认为在军
阀专权、列强剥削日益沉重的社会境况中，富有刺激性的革命文学
能"警醒已死的人心，抬高民族的地位，鼓励人民奋斗，使人民有
为国效死的精神"②。

　　总之，由于五四爱国运动的落潮与国民革命运动的逐渐高涨，
新文学家与革命家都产生对启蒙主义文学的不满与批评，呼吁新
文学要表现出"革命"的情绪与性质，以实现文学革命和社会革命
的历史任务。1923 年后，留俄知识分子瞿秋白、蒋光慈等人先后
归国，他们与文学研究会同人一起，以《中国青年》、《民国日报》、
《文学旬刊》等为园地，积极进行革命文学的创作与建设，推动五
四启蒙主义文学向革命文学的转型。革命文学潮流在五卅运动前
后迅速兴盛起来。

　　在 20 年代中期，热情提倡革命文学的应是《民国日报》与《中
国青年》。在国共合作之初，《民国日报》副刊主笔邵力子邀请共
产党人加入副刊编辑队伍。1924 年 5 月 20 日，茅盾创办、主编
《杭育》副刊（后由何味辛继任），以"血花"、"红花"栏目选刊大量
革命诗歌，刊发许多描写下层社会生活的小说。1924 年 11 月，沈
泽民接编《觉悟》副刊，决定逐日发表蒋光慈的革命文学创作，向

---

　　①　恽代英、邓仲夏等部分早期共产党人开始都反对青年从事文学，认为文学是
"有产阶级的游戏"而与"改造社会无关"。他们反对文学的言论受到青年的不满与批
评后，他们才在《中国青年》10 期上解释说，"我们虽登载过几篇似乎反对文艺的文字，
其实我们决不反对文艺，我们只反对那些无聊的诗歌小说。因为现在的青年，有许多
事要做，这种'吟风弄月'恶习，断然应加以排斥。"
　　②　邓中夏《贡献于新诗人之前》，《中国青年》1923 年 10 期。

文坛介绍这位刚从俄国归来并以革命作家自负的诗人，又联合上海大学师生成立春雷文学社，在《觉悟》上开辟"春雷文学专号"。《民国日报》的《觉悟》和《杭育》副刊，由于共产党人茅盾、何味辛、沈泽民的接编，不仅大量发表革命文学作品，而且积极支持革命文学社团悟悟社、春雷文学社的文学活动，使其成为20年代中期革命文学倡导的主要园地。受革命文学潮流的影响，尤其是瞿秋白、陆定一先后参加编辑，共产主义青年团机关刊物《中国青年》热情发表革命文学创作，既发表刘一声、朱自清、绍吾、吴雨铭等革命诗人的诗作，又发表瞿秋白、济川、陆定一等人创作或翻译的革命小说或童话。总之，《国民日报》与《中国青年》成为革命文学倡导的急先锋，成为时代情绪与文学潮流高涨的文化象征。

从费觉天的最初呐喊到文学研究会、创造社、共产党人的积极提倡，从新文学家革命文学意识的自觉到瞿秋白、蒋光慈等人的积极加入，从革命文学的主张到悟悟社、春雷文学社的出现，都表明革命文学已成为"'五四'文学发展的必然趋势"①。在文化启蒙向文学启蒙、启蒙文学向革命文学转变的历史语境中，《新青年》逐渐失去文学热情，新文坛上的地位与作用被《中国青年》、《民国日报》等所取代。

《新青年》的创刊宗旨及实际编辑方针、基本面貌，呈现出以学术文化促进思想革命的历史追求。在民主与科学的旗帜下，它开展了社会、政治、宗教及文学等问题的讨论，因激烈批判封建礼教和进行文学革命而取得社会影响。文学革命成功后，《新青年》逐渐给人留下它提倡文学革命"本来就不是出于对文学的虔敬"②的历史印象。

《新青年》创刊宗旨是"盖欲以青年诸君商榷将来所以修身治

---

① 张大明《不灭的火种——左翼文学论》，四川文艺出版社，1992年，第24页。
② 王晓明编《批评空间的开创》，东方出版中心，1998年，第200页、191页。

国之道"①,这使它成为一个思想文化性质的杂志。随着胡适的加入及文学革命的倡导,随着它的北迁及北京大学革新力量的参与,《新青年》的文学性质愈来愈浓厚。胡适的白话诗尝试、鲁迅的小说创作、《新青年》同人的"随感录"等,都赋予《新青年》强烈的文学倾向。从1918年1月15日4卷1号开始,《新青年》发表文学方面的文章明显增多,并且占据每期的首要位置,4卷4号、5卷4号就把文学性质的文章排在杂志头版位置,4卷6期、5卷4期两期全都是文学性质的文章。这些迹象表明,《新青年》在1918年后对文学倾注更多热情。在此期间,《新青年》发生由思想学术刊物向文学杂志的变化,完成以白话取代文言的文学变革,取得以学院的合法性向社会传播、渗透的历史胜利。《新青年》进行文学革命的动因,是要使"白话文"成为中国文学的利器与国语的手段,但随着白话文作者的增多与教育界通过小学教科书改用白话文的议案,文学革命完成的同时也意味着文学"又渐渐的不成问题了"②。

1919年12月1日的7卷1号成为《新青年》历史的转折点。这种转折不仅是"从学术化向政治化的转变"③,而且是文学性质向思想文化性质的重返。7卷以后的《新青年》头版位置让给"政治"和"新思潮",大量版面被政治、社会、教育、文化等方面的文章挤占,而文学创作、翻译等重新成为杂志的"报屁股"。尤其是7卷4号的"人口问题"专号和7卷6号的"劳动节纪念号"以后,文学方面的文字愈来愈少。1920年9月8卷1号开始,《新青年》明显成为宣传社会主义运动的刊物,一批信仰社会主义的作者群取代了原先的自由知识分子,他们赋予《新青年》浓厚的政治色彩,也使《新青年》遭遇军阀政府压力而被迫南迁广州。此时,《新青

---

① 陈独秀《青年杂志社告》,《青年杂志》1915年1卷1号。
② 胡适《新思潮的意义》,《新青年》1919年7卷1号。
③ 王晓明编《批评空间的开创》,东方出版中心,1998年,第200页、191页。

年》每期仅刊载少许文学作品。《新青年》编辑方针与面貌的调整、变化，隐喻从文学重返文化的意图，尽管它每期还发表几首诗歌或一、两篇小说，主编陈独秀还"很盼望豫才先生为《新青年》创作小说"①，但文学淡化的情状已较明显。

1923 年 6 月 15 日，《新青年》改为季刊重新出版后，成为中国共产党中央的理论刊物。《新青年》季刊出版宣言提出"要收集革命的文学作品"，以"与中国麻木不仁的社会以悲壮庄严的兴感"，第 1 期以头版位置发表文学作品②，但 2 期以后直到 1926 年 7 月停刊，除发表蒋光慈几篇随感性质的《并非闲话》杂文外，文学方面的文章几稀。《新青年》季刊希望继承《新青年》时期的杂志风格，希望发表"革命文学"以便与新文学潮流、时代潮流保持一致，但它最终还是倾向于理论刊物的风格。

《新青年》主要受到陈独秀的影响与控制，通过新文化创造新的政治理想进而改造社会的宗旨始终没有动摇。文学革命期间，它焕发着浓烈的文学热情，但其意义是"为新思想凿通一条传播的渠道"③，白话文胜利之后对文学热情和关注就有了明显的消退。

《新青年》同人的非文学家身份，并不是它与新文学潮流疏离的根本原因。

《新青年》成为机关刊物后，"新辟《俄罗斯研究》专栏，从而更加集中地宣传马克思主义"④。在这种情况下，它没有因性质变化而彻底摈弃文学，仍然刊发同人的白话文学创作。《新青年》文学热情的减退与文艺栏的固守，真实呈现了它的文化杂志面貌，即它涉及政治、道德、文学、教育、学术等广泛知识领域。《新青年》季

---

① 唐宝林、林茂生《陈独秀年谱》，上海人民出版社，1988 年，第 116 页、68 页。
② 发表了瞿秋白翻译的《国际歌》、创作的《赤潮曲》和郑韦之翻译的俄国小说《阶下囚》。
③ 王晓明编《批评空间的开创》，东方出版中心，1998 年，第 200 页。
④ 朱文华《陈独秀评传》，青岛出版社，1997 年，第 157 页。

刊时期成为真正的机关理论刊物。《新青年》季刊的主编瞿秋白是一个热情的革命文学倡导者,他始终支持蒋光慈从事革命文学,也创作不少的革命文学作品,所以,《新青年》季刊创刊时继承《新青年》的杂志风格,继续刊载一些革命文学的作品鼓动青年的革命情绪。

《新青年》淡化新文学还受到"同人性质"的重要影响。《新青年》在不同的历史阶段都有强烈的同人倾向,首卷的主要作者高一涵、易白沙、刘叔牙、高语罕、潘赞化、谢无量等人,多是以陈独秀为首的皖籍知识分子,"且互相间有共事革命的背景"[1]。第二卷新加入的李大钊、吴稚晖、胡适、刘半农、马君武、苏曼殊、杨昌济等人,"与主编陈独秀熟稔和有一定交谊的朋友","该卷'圈子杂志'的色彩仍旧浓厚"[2]。1917 年《新青年》迁移北京编辑后,新加入的作者沈尹默、钱玄同、章士钊、周氏兄弟等人,多为北京大学文科师生,1919 年后"所有撰译,悉由编辑部同人共同担任"[3]。

《新青年》的同人倾向与性质,使它仅刊载同人作者的文学创作或翻译,而未能积极吸收与壮大文学作者队伍。《新青年》倡导文学革命以后,文学作者群始终没有变化,小说作者仅为鲁迅、陈衡哲两人,白话诗人仅为胡适、沈尹默、刘半农、周氏兄弟、俞平伯等"尝试"时期"半路出家"的作者。新文学创作中不断涌现并产生较大社会影响的新作家,如郭沫若、康白情、刘延陵、汪静之等新诗人,如冰心、叶绍钧、郁达夫、许地山等小说作家,如田汉、陈大悲、欧阳予倩、丁西林等话剧作者,《新青年》杂志未予热忱的关注。《新青年》固守同人态度,导致作者群弱小与文学创造力匮乏,白话诗创作始终默守"胡适体"的规范与风格,小说几为鲁迅一枝独秀。《新青年》的同人态度也使它很少关心新文学的发展。在 20 年代初,白话诗已由胡适《尝试集》的写实性向郭沫若《女

①② 陈万雄《五四新文化的源流》,三联书店,1997 年,第 6 页、11 页。
③ 王晓明编《批评空间的开创》,东方出版中心,1998 年,第 192 页。

神》的抒情性飞跃，小说创作由社会问题小说向现代心理小说转型，新文学潮流由启蒙主义向革命文学过渡。在这些新文学的发展变化中，《新青年》同人的文学创作显然显得缺乏创新、发展的愿望与力量。

《新青年》不能打破文化杂志的性质与同人倾向的束缚，首先表现在它的《文艺栏》不活跃、繁荣。《文艺栏》为几个同人作者占据，始终不愿积极吸纳新文坛的后起之秀，丧失了文学创造、发展的源泉与活力，丧失了推动白话文学发展的热情与魄力，结果社会影响力被后起的《少年中国》、《新潮》、《小说月报》、《创造季刊》、《晨报副刊》等新文化刊物所取代。其次，《新青年》逐渐失去对社会、青年的影响力。20 年代是青年的时代也是文学的时代，五四过后青年人的新文化兴趣转向了新文学，从 1921 到 1923 年的两三年间，全国就出现 40 多个文艺社团、50 多种文艺刊物，而到1925 年先后成立的文学社团及其刊物就有 100 多个。随着青年人文学兴趣的高涨，杂志风格开始由文化性向文学性转变，各种文艺社团的刊物文艺色彩非常浓厚。因而《新青年》季刊在文学方面的影响就远逊于《中国青年》，因为后者编辑灵活并以大量文学作品活跃刊物。

第三节 《中国青年》的革命文学倡导

《中国青年》是中国共产主义青年团的机关刊物，1923 年 10月 22 日在上海创刊，1927 年 10 月 10 日停刊，共出到 8 卷 3 期。这个刊物的宗旨是要引导青年到"活动的路上"、"强健的路上"和"切实的路上"，由恽代英、邓仲夏、萧楚女等人编辑。因为他们都是青年运动和工人运动的领导人物，注重实际的社会问题和革命工作，所以《中国青年》很少发表文学方面的文章，或者说，《中国青年》是份宣传革命思想的杂志而不是文学刊物。但就它刊发的不多的文学作品和文学理论来看,该刊已表现出自己鲜明的文学态度,即"我们决不反对文艺,我们只反对那些无聊的诗歌小说。因为现在的青年,有许多事要做,这种'吟风弄月'的恶习,断然应加以排斥,没有提倡的道理——我们所希望的,是要能激励国民的文艺作品"①。

秋士在《告研究文学的青年》说:"俄国的革命,固然很得力于屠格涅夫,托尔斯泰,杜斯退衣夫斯基等文学家,但终应归功于列宁等实行家。印度有了一个甘地,胜过了一百个文学家的泰戈尔!"邓仲夏则主张青年要研究"正经学问"和"注意社会问题",希望青年正视"虎视鹰瞵"、"磨牙吮血"的中国现状。②恽代英把文学视为"有产阶级的游戏",认为它与"改造社会无关",劝勉上海大学学子"不要做小说诗歌"③而浪费宝贵的时间。萧楚女把青年从事文学和从事实际运动的行为,概括为"诗的生活和方程式的生活",认为前者是逃避罪恶现实而逃进幻想世界的"自娱",是一种怯懦、自私、糟蹋人生的生活。而后者是"勇猛奋进"、为"人类开辟一条坦平大道以度众生"的行为,是"勇敢可敬"、"爱他者"的生活,是一种表现出生命意义的生活。他希望青年用"方程式来同一切罪恶算总帐",少做"那象牙塔的'诗'"。④他们的观点招致一些文艺青年的非议,他们便在《中国青年》第10期上表明态度:"我们虽登载过几篇似乎反对文艺的文字,其实我们决不反对文艺,我们只反对那些无聊的诗歌小说。因为现在的青年,有许多事要做,这种'吟风弄月'恶习,断然应加以排斥。"

《中国青年》编者开始倡导有刺激性、反抗性的文学。济川写

① 《编者的话》,《中国青年》1923 年 10 期。
② 邓仲夏《新诗人的棒喝》,《中国青年》1923 年 7 期。
③ 王秋心《文学与革命》,《中国青年》1924 年 31 期。
④ 萧楚女《诗的生活与方程式的生活》,《中国青年》1923 年 11 期。

给恽代英、邓仲夏的信说，现在中国情状是"内面的军阀的一天胜一天的专权，外面列强一层进一层的剥削，民智的愚暗，社会之昏乱"，中国最急需的不是人生派和艺术派的文学，而是富有刺激性的文学，以使人们从昏梦中醒来，使"他们静如止水的心起了微微波动"①。邓仲夏号召有价值的"新诗人"，应多做"表现民族伟大精神的作品"，以"警醒已死的人心，抬高民族的地位，鼓励人民奋斗，使人民有为国效死的精神"，也应多做"描写社会实际生活的作品"，②将社会的黑暗彻底地揭示出来，暗示人们改造黑暗的希望，这样将有助于革命的迅速完成。针对恽代英反对青年从事文学的观念，上海大学学生王秋心认为，革命运动确实不需要那些讴歌恋爱、赞美自然等无裨于实用的文学，但需要提倡"富于刺激性反抗性的"革命文学，以宣传革命思想、振作革命精神，使革命达到"事半功倍之效"③。

《中国青年》编者渴望的反抗性、刺激性文学，跟蒋光慈、郭沫若等人的革命文学观念相同，他们都认为革命文学就是将不满、反抗痛痛快快写出来的文学，这样的文学才具有感人的久远价值。这表明，在 20 年代初期，中国新文学已孕育了自己的革命文学观念，它并非受苏联、日本等国际左翼文学思潮的外来影响，而是由中国现实社会的革命热情所孕育。

《中国青年》编者还认为，文学家应该参加实际工作，这样才能创作真正的革命文学作品。他们认为文学不是清高的"雅人韵事"，真正的文学家应该像托尔斯泰、佛一样到民间，到社会黑暗、痛苦的地狱中，去体验人间的不幸和艰苦，用文学把它们表现、揭示出来。邓仲夏批评新诗人"不知有汉"、漠视民间疾苦的行为，不仅要求文学家"研究正经学问"和"注意社会问题"，而且要求他

---

① 济川《今日中国的文学界》，《中国青年》1923 年 5 期。
② 邓仲夏《贡献于新诗人之前》，《中国青年》1923 年 10 期。
③ 王秋心《文学与革命》（通讯），《中国青年》1924 年 31 期。

们"从事革命的实际活动",不然的话,他们的文学作品就不可能有感染力。他说:"如果一个诗人不亲历其境,那就他的作品总是揣测或幻想,不能深刻动人,此其一。如果你是坐在深闺安乐椅上做革命的诗歌,无论你的作品,辞藻是如何华美,意思是如何正确,句调是如何铿锵,人家知道你是一个空嚷革命而不去实行的人,那就对于你的作品也不受什么感动了,此其二。所以新诗人尤应从事于革命的实际活动。"①恽代英认为,作家要先有"革命的情感"才会有革命文学,而要拥有革命的情感,就必须做"脚踏实地的革命家",否则的话,即使写出奋斗、革命等字句,也不过是"鹦鹉学舌",没有什么实质意义。总之,《中国青年》编者强调作家首先要参加实际工作,而不能做"象牙塔"里空头的艺术家。

《中国青年》编者的这种"作家观念",在 20 世纪中国革命文学运动中一直占着主导地位,在 30 年代给左翼文学造成严重的负面影响。由于左翼领导者过分强调作家参加实际运动,不仅导致一些软弱的作家脱离左联,而且导致革命作家大部分牺牲了,使革命文学在 1932 年底跌入了"低谷"。这种作家意识为什么自革命文学萌生以来就有强大的势力呢? 笔者认为,它是以革命为价值中心的朴素、自然的文学意识,目的是要求作家以实际行动为革命服务,而缺乏对文学及作家关系的深入思考。

总之,恽代英、邓仲夏等《中国青年》编者,在革命运动兴起的 20 年代初,在革命青年及文学青年的要求下,对"文艺与革命"问题表示了鲜明的态度。他们呼唤富有刺激性与鼓动性的革命文学,要求文学家首先从事实际工作。但他们的革命文学观念,仅是一种朴素、自发的文学意识,是从革命角度对新文学产生的时代要求,欠缺对"文学与革命"问题的深入理论思考。尽管如此,他们的文学主张跟太阳社的革命文学观念十分相似,也跟左翼和解放区的文学政策大致相同。这表明,共产党人在整个革命历史过程

---

①　邓仲夏《贡献于新诗人之前》,《中国青年》1923 年 10 期。

中,始终要求文学服务于革命事业。

《中国青年》除了倡导革命文学外,还发表一些革命文学作品,自第 4 期开始至杂志停刊,共发表革命小说或翻译 15 篇,发表革命诗歌或译诗 19 首,还发表了革命戏剧、寓言等作品。因为有关《中国青年》倡导革命文学的研究,多探讨它编者的文学主张,而对它发表的革命文学作品却很少关注与研究。

在《中国青年》上,瞿秋白是革命文学创作的最早尝试者。瞿秋白 1920 年秋以《晨报》驻俄特派员身份前往莫斯科,在苏联,他一面努力学习马克思列宁主义理论,一面实际考察、了解俄国十月革命后的社会变化,并由张太雷、张国焘介绍加入了中国共产党。从 1920 年 11 月到 1922 年 10 月,他先后在北京《晨报》上发表了四十多篇时事通讯,"对苏俄的政治、经济、军事、外交、党的建设、工人组织、农民问题、民族问题等都作了系统的报道和介绍"[①],还创作了《饿乡纪程》、《赤都心史》两篇游记,记述了他"去国"和在"赤都"的"所闻所见所思所感"[②]。1923 年 1 月 13 日归国后,他先在北京编辑《新青年》季刊,后到上海大学社会学系任教。在此期间,他进入革命文学创作的尝试和开拓,先后在《新青年》、《时事新报·文学》和《中国青年》等刊物上发表 15 篇作品,既有《赤潮曲》、《铁花》等革命诗歌,也有《猪八戒》、《那个城》、《暗漫的狱中日记》等革命小说,还有文艺批评和俄罗斯文学翻译。他的诗歌充满激情,简约而明快,如较有艺术性的《铁花》的结尾:"我吹着铁炉里的劳工之怒/我幻想,幻想着大同/引吭高歌的……醉着了呀,群众!/锻炼着我的铁花,火涌"。他的小说却没有诗歌那样出色,发表在〈中国青年〉上的《那个城》、《猪八戒》,构思和情节都十分简单、幼稚,像是寓言作品而非真正意义的小说。前者描写一个孩子急切走向一座受战争洗礼的城池,象征 20 年代初中国

---

① 曹子西《瞿秋白文学活动记略》,上海文艺出版社,1983 年,第 15 页。
② 《瞿秋白文集》(1 卷),人民文学出版社,1985 年,第 114 页。

对苏俄的向往之情;后者以猪八戒的昏睡形象,对梁漱溟和吴稚晖等人的"中庸"进行嘲讽。写得较好的是发表在《时事新报·文学》上的《琬漫的狱中日记》,以虚构的真实形式叙述了"二七罢工"惨案。瞿秋白的小说创作有两个特征,一是细节、场面的描写胜过情节的构思,二是偏爱以真实的革命事件为题材。他的这种创作风格跟茅盾有些相近,和蒋光慈、洪灵菲等的"浪漫谛克"风格相距较远。

在《中国青年》上发表小说较多的还有陆定一。像那个时代的大多数青年一样,陆定一在南洋大学求学期间,就开始积极参加学生运动,并于1925年加入共产党。1926年大学毕业后,他违背父愿放弃了去美国留学而到青年团工作,"从此开始了他数十年的职业革命家的生涯"①。工作不久,他被调到团中央做联络工作,并协助编辑《中国青年》杂志。《火山》、《血战》两篇小说,就写于1926年在团中央工作期间。《火山》以书信形式,描述在反动潮流到处弥漫期间,主人公革命精神受抑制的痛苦和对革命高潮的向往,作者为追求表现的热烈和感人,却违背小说的现实性逻辑,造成小说情节的虚假:病得很重的主人公因听到革命的消息和参加游行而奇迹般病愈。和情节荒诞的《火山》相比,《血战》写得充实和真实。它以一个简短的场面,刻画了在战斗中受伤的苏华临终时的心愿:要为革命拼到最后一口气,而主人公的遗书把小说情感推到了高潮。这两篇创作,以热烈的风格呈现了作者写作目的,宣传性大于文学性。

瞿秋白、陆定一等的小说,显示出相近的风格,即多以"革命青年"为主人公,以热烈的叙述渲染其革命的意志和精神,但小说情节单薄、不真实,背反和破坏了小说真实的虚假性的艺术原则,失却了审美意义和价值。这说明,20年代初革命文学作者,还没有掌握或是故意违背文学叙事法则,热切地以文学为宣传武器,表

---

① 陈清泉、宋广渭《陆定一传》,中共党史出版社,1999年,第45页。

现出对革命的拥护和热情，但作品却没有多少艺术价值。和这些以革命青年为主人公的小说相比，《中国青年》还发表了几篇描写工人、农民生活的小说。《端午节》和《小黑驴子》，描述了城市工人所受的压迫，他们没有假日去享受生活的安闲和快乐，参加罢工却遭到厂方残酷地报复和杀害。《四喜》和《九指十三归》两篇小说，叙述了乡村贫困农民遭遇的不幸，为治病被迫去向地主借高利贷，他们的年轻儿子常被抓去做壮丁，而这些他们只能无奈忍受。这几个短篇虽然带来小说主题的转变，但叙述和构思技巧也极为幼稚，多以平铺直叙方式完成小说的叙述。《四喜》这篇小说，甚至出现极为"不真实"的纰漏，主人公四喜已十七八岁了，但在小说开头时还像一个无知的幼童，他每天在外边玩耍而不问一些事情，"听见父亲叫他，以为是姑母到家，或是舅父来看母亲，又有什么好东西，要他回去吃。一气儿跑到父亲跟前，一同握着手回家去"。总之，这些近乎素描式的革命小说，因为叙事技巧的幼稚而丧失感染力。

　　和革命小说创作相比，《中国青年》上发表的"革命诗歌"显得出色得多。在革命诗歌作者中，刘一声是最主要的一位，因为他的创作数量最多，还翻译不少外国革命诗歌。遗憾的是，我们目前还不十分了解他的情况，仅知道他在复旦大学读书期间，思想趋向进步并喜欢文艺，从他发表在《学生杂志》、《民国日报·觉悟》上的评论文章《读〈红的花〉》和《读"海的渴慕者"》中可以看出来。1924 年 12 月，他在《学生杂志》的"青年文艺"栏上发表长诗《迷路的夜行者》，抒发了他决意在暗夜中"摸索著行"的愿望。他在1926 年 4 月到 12 月间，仅在《中国青年》上就发表了 7 首诗歌，翻译了 5 篇外国革命文学作品。刘一声的诗风热烈、明快、雄健，完全摆脱 20 年代诗坛吟风颂月的习气和低沉的格调。《奴隶们的誓言》、《革命进行曲》、《誓诗》和《我们的誓词》等，都以短促、明快的节奏，抒发为改变命运、世界而革命的意志和激情，如《革命进行曲》开首一节："为救我们自己／走上革命的路／为杀我们的敌人/执起钢刀在手/为未来世界的光明/啊,高举火焰般的红旗狂舞!"这些诗歌虽有战鼓般的鼓动性,但诗意浅显、直露,缺乏对生命内部世界深刻、复杂的感受和表现,失去感动衷肠的艺术力量。尽管如此,刘一声是较自觉运用艺术手段从事创作的少数作者之一,他喜爱、擅长运用排比、对比等修辞手段创造愤慨和热烈的艺术效果,此外,还能自如运用不同节奏创作不同的诗歌格调,像《五卅周年纪念放歌》和《十月革命》等抒情性的典雅篇章,作者就使用缓舒的节奏,写出集抒情和叙事于一体的"颂歌",如诗句"分明是昨天前天的斗争啊/'打倒帝国主义'的呼声还在耳边"等,读起来显得非常真挚、深情。刘一声积极创作并尝试借用艺术技巧,但他难以摆脱20年代的浪漫诗风的影响,即追求自然、热烈的诗风,而这种诗风在20年代后期失去魅力,因此,它成为刘一声诗歌难以超越的局限和宿命。

《中国青年》上的革命文学创作尚显幼稚和单薄,它们仅是革命文学的拓荒之作,反映了20年代前期逐渐高涨的革命情绪,从受苏俄十月影响到中国反帝、反封建的国民革命情绪。它们文学技巧的幼稚,除了作者文学素养的欠缺外,也和《中国青年》这份刊物的性质相关。《中国青年》是宣传性的文化刊物,这制约着编辑选稿、用稿的倾向,即只有鼓动性、宣传性鲜明的作品才可能被重视;另外,它因版面篇幅的限制也制约选稿范围,只有精短的作品才能被采用。《中国青年》对革命文学的成长并未倾其全力,但现在我们没有理由指责它,因为发展革命文学不是它的主要任务,而这需要革命文学社团来肩负。

第四节　《评论之评论》的"革命的文学"讨论

1920年底,北京大学哲学系、社会学系的师生郭梦良、陈伯隽、陈启修、王世杰、高一涵、费觉天等人,组织、成立了一个新文化团体,并出版了一个杂志《评论之评论》。这个社团及其刊物,坚信"'评论'是打破旧藩篱,创造新生命的唯一锁钥"①,决心高扬起"评论"的天职和使命,为混乱、黑暗的中国社会开辟一个公共的言论机关。他们的宣言说:

> 我等高标"评论之评论",是眼见天职所在,社会需要;是愿作时代先驱,而非敢目空一切,谓为"如斯已足"。
>
> 我等高标"评论之评论",是本着爱世的热忱,冷静的头脑,断然的态度,为真理而求真理的决心去运用科学的方法,根据固有事实,旁证各家学说,评论一切。
>
> 我等高标"评论之评论",是在使今日这种浅薄的文化运动,做到名副其实的文化运动,是在创造文化,创造真的、善的、美的社会。
>
> 我等相信人生最痛苦的,不是"四面皆敌",而是"同床异梦",所以关于同社的主张,宁问真理何在,不问一致与否。虽不求一致,然自有一致的精神。
>
> (1920 年 12 月 25 日 1 卷 1 期
> 《评论之评论·本志宣言》)

本着这种态度,费觉天批评了五四初期社会革命的运动者和新文学者,认为他们过于重视了革命理论或主义的宣传,而忽略了文学对革命的巨大作用和价值。他认为,在唤起民众的革命情绪方面,革命理论的宣传却不如文学的感染那样奏效,因为文学是情感的艺术。于是,为了中国的革命计,他不仅呼吁革命家要拿起文学这个利器,而且要求从事新文学的人也要自觉地建设"革命的

---

① 《宣言》,《评论之评论》1920 年 1 卷 1 期。

文学",以帮助中国现代文学革命和社会革命任务的完成。1921年7月,费觉天首先向郑振铎表达了自己的这种看法,在得到郑振铎的呼应和支持后,[①]就在《评论之评论》1卷4期上开辟了"革命的文学讨论"专栏,大张旗鼓地倡导革命文学。从1922年1月27日至5月,《晨报》副刊连续刊登了该期的目录广告,以期唤起人们对革命文学倡导的注意。

《评论之评论》1卷4期,发表了费觉天、瞿世英、周长宪等三人的革命文学讨论文章,转载了郑振铎的《文学与革命》一文,还刊载了胡适、周长宪、郑振铎三人创作的革命诗歌作品。这样,革命文学的理论倡导和创作实践相互呼应,向新文学界表示了他们对革命文学建设的意志和努力。

在《从文学革命与社会革命上所见的革命的文学》一文中,费觉天详尽了论述了他提倡革命文学的原因和目的。文章一开始就直接、明确地写道:"我为何而提倡革命的文学,相信革命必得藉助于文学,文学必能大有补于文学呢? 简单说来,就是:为已去的文学革命计,必得有革命的文学作品出现,才算完成;为未来的社会革命计,必须有革命的文学作品出现,才得成功。"他认为,文学的本质在激动感情,内容的意义大于文学形式的价值;但是,自文学革命以来,新文学仅在形式上发生了改变,内容上的"革命"还没有进行,其作品多为新形式装上"旧资料"。所以,为了完成文学革命的历史任务,就须提倡革命文学,以使新文学富有"生命力"和思想上的"价值"。他说道:"为使今日流行的、幼稚的、仅具有新形式的文学,能够做到名副其实的新文学计,我们应当觉悟,必得有一种满载生命力的、革命的文学出现。这就是我为革命文

---

① 费觉天1927年7月在给郑振铎的信中说,现在青年的热情已跌落了,需要产生出革命的文学家,来刺激、疯狂他们的情感,以造就革命运动,并盼望热爱文学的郑振铎能肩负这样的任务。接信没有几天,郑振铎就写了《文学与革命》一文,发表在自己主编的《文学旬刊》(1921年7月30日)上,拉开了革命文学倡导的序幕。

学计,所以要提倡革命的文学的第一理由。"他接着指出,革命文学的提倡不仅为了完成文学革命,更为急切和重要的是为了社会革命的完成。革命文学为何会有助于革命呢? 费觉天对此做了较为"新异"的解释,"奇文相与析",还是让我们来看他的论述:

> 最显著的,就是常常有些人,对于某种道理,好比马克思主义,真能了解,而了解得非常详尽,但他却因了解得愈多,怀疑得也就愈甚。不但如此,并且好些人对于某种主义,惟其了解得愈少,信仰得也就愈坚。那么足见革命所恃的是盲目的信仰,和情感的冲动,而非理智的训练,因为没有一种理论是十全具美,可以说服人人,而没有一个人之信仰某种主义是纯全由于理性判断,而非情感的激动。那么今日一般讲革命的应当觉悟,别要整日在那里闹马克思学说,理性的判断,而抛开了情感的激动,革命的精神。那么要想造出浓厚的革命精神,创制革命事业,实现革命运动,就不得不努力于革命的文学之制作。这就是我,为社会革命计,所以要提倡革命的文学的第一理由。
>
> (1921 年 12 月 25 日 1 卷 4 期《评论之评论》)

从上文可以看出,费觉天认为革命靠的是情感的、盲目的冲动,而不是革命理论的掌握和判断。因此,鼓动革命精神的武器就不是革命理论而是文学,因为文学的本性在于情感的激动,能把干枯的、冷静的理论教条和难解的真理转化为生动有趣的、易于接受的形象,以无意识的形式将革命的精神、种子散播到群众中去。他说:"革命既是一种群众运动,则要想实现就非先借助于文学,以普及群众不可。这就是我,为社会革命计,所以要提倡革命的文学的第二理由。"

总之,从文学革命和社会革命的两重意义上,费觉天认为有提倡革命文学的必要,它既能使新文学的内容上达到有意义的阶段,又能以次激荡群众的革命情绪。费觉天的这种革命文学观及其倡导的"初衷",都跟五四时期胡适、陈独秀、茅盾和郑振铎为首的研究会、《中国青年》的同人等相一致,即突出文学的社会作用价值和它对革命的宣传性价值。然而有趣味的是,费觉天对"革命"的认识却显得有些独异,跟后来梁实秋的观念非常相近。

菊农的《文学与革命的讨论》和周长宪的《感情的生活与革命的文学》,都赞同费觉天的主张,认为文学最能振发人的志气和刺激人的心灵,但它们也从不同方面深入论述了革命文学性质。菊农细致分析了革命文学激发情感的方式,即能使人感觉到自己的痛苦、产生同情心、容易模仿、产生理想的社会联想和使人行动等。周长宪具体指出了革命文学所应表现的情感内容,他这样写道:

> 革命的文学云者,能将现代之黑暗及人间之苦痛,曲曲表现出来,以激刺人之脑筋,膨胀人之血管,使其怒发冲冠,发狂大叫,而握拳抵掌,向奋斗之方面进行,视死如归,不顾一切之血泪的悲壮的文学之谓也。故自消极方面言之,革命的文学有二义。一曰无计较。二曰无慰藉。何谓无计较?吾人知所为当为而已,不问其结果之利害及成功之大小何若?其结果利于吾者,吾固当为之;即于害于吾者,吾犹当为之。其成功大者固可喜,成功小者亦可喜。夫吾人心中既充满对于人类之悲苦的同情与夫对于光明之热烈的要求,吾人惟求遂吾志而已,他何所问哉?……故革命的文学须以无计较为其本体之特质,使人不暇迟回审慎而思考其当为只之事之利害如何。以此言之,则文学中所含之理性之分子愈少愈佳;即所含之少许理性分子亦以能助长感情为当。……
>
> 慰藉的文学,诚亦有助于人类精神之安宁;但今何时耶?愁惨黑暗之气象充满国人中,人类之颠连困苦,已至

其极度,谁无心肝,尚何忍吟风花雪月之词,谈恋爱欢娱之事,以满足精神上之想象乎?匪惟不当重视慰藉的文学,亦且须排斥文学中之具有慰藉的性质者。多一分慰藉,即少一分对于人类之悲苦的同情,即少一分对于黑暗势力之拼命的奋斗;由是而感情的生活已将减少其实现只可能性。此吾所以于无计较之外,有提出无慰藉以为革命的文学之消极的性质也。

(1921 年 12 月 25 日 1 卷 4 期《评论之评论》)

认为革命文学应具有无计较和无慰藉的两个性质,其实质是期望革命文学要表现勇敢和无畏的精神,排斥犹豫及爱恋、欢娱等有碍革命的情感世界。周长宪的这种论述,显然把革命文学的表现范围缩小了,把革命文学的主题、题材引向了一条狭窄的道路;但它却显示出两种意义,即对革命文学主题的首次探讨和五四青年急迫的革命欲望。总之,周长宪认为,要使人生有意义,就需要使"生活之感情化"、革命化,而革命文学担当的就是这个使命。

《评论之评论》的这些革命文学讨论,具有开拓性的意义,不仅首次向新文坛提出了革命文学的口号,而且首次详尽论述了革命文学提倡的理由,将革命文学的出现合理化了;此外,还初步分析了革命文学作用感情的方式、表现内容的本质,明确了革命文学的性质和使命。或许如此,他们才相信自己的主张是"千真万真"的,并要求社会革命者和新文学革命者改变其"态度"[1],转向建设革命文学的方向上来。

作为革命文学的创作实践、尝试和范本,《评论之评论》1 卷 4 期刊发了胡适、周长宪、郑振铎等三人的"革命诗歌"作品。在费觉天、周长宪、瞿世英等人看来,新文学作者描写儿女爱情和自然

---

① 费觉天《从文学革命与社会革命上所见的革命的文学》,《评论之评论》1921 年 1 卷 4 期。

之美的作品,无异于传统文学中的堕落派、隐逸派,而胡适的一些白话诗歌却表现了坚强、进取的精神,所以他们选发了胡适的两首白话诗。胡适的《四烈士冢上的没字碑歌》,写得条理清晰、质朴无华,赞颂了烈士的革命的精神:"他们不能咬文嚼字/他们不痛苦流涕/他们更不屑长吁短叹/他们的武器/炸弹! 炸弹! /他们的精神/干! 干! 干!"另一首诗《死者》,是胡适为悼念因请愿而被军人杀死的青年所作的,既表达了对死者的崇敬,也委婉地谴责了扼杀革命、进步势力的专制政权。周长宪和郑振铎两人的诗《生命之火燃了!》题名相同,好像是命题作文似的,都表现了生命觉悟、进取的精神;虽然它们扫尽了吟唱"风花雪月"的旧习气,但缺乏真挚的内在情感的书写,仅是对革命认识的热情高喊。如周长宪诗歌一节:"生命之火燃了! /不容你不觉悟! /不容你不奋斗! /不容你不为人类牺牲! /不容你不为社会服务!"总之,这几首诗所表现的都是奋斗的精神,为实现新社会而努力的精神,但是都缺乏深刻的、感人的艺术力量。

从以上分析可以看出,《评论之评论》曾在 1921 年末努力倡导革命文学,并得到了郑振铎的同情和支持,使革命文学的倡导在《文学旬刊》上得以继续,并产生了初步的社会影响。但是,由于出版资金、编辑同人等因素的影响,《评论之评论》这份"激扬文字"的刊物不久就停刊了,革命文学的倡导和讨论便中途夭折,在革命文学发生史留下了一份历史遗憾。

第一节 《文学旬刊》的
革命文学"讨论"

《时事新报》创刊于1907年12月,是研究系在上海的言论机关,由张东荪主编。1921年3月,郑振铎从北京铁路管理学校毕业来到上海火车南站当练习生,不久即被张东荪聘为《时事新报·学灯》副刊主编。接编《学灯》后,郑振铎征得张东荪同意,在《时事新报》上开辟一个新文学副刊《文学旬刊》,1921年5月10日正式创刊。《文学旬刊》满一周年后,转为文学研究会定期刊物,1925年5月10日更名为《文学周报》并独立发行。《文学旬刊》及《文学周刊》、《文学周报》,不仅发表文学研究会作家讨论革命文学的文章,而且发表瞿秋白、蒋光慈等革命作家的创作,成为新文学家倡导革命文学的先声。

1921年7月30日的《文学旬刊》,发表郑振铎的《文学与革命》,该文是郑振铎读了朋友费觉天给他的一封信所产生的感触。费觉天在信中痛楚地说:"当今日一般青年沉闷时代,最需要的是产出几位革命的文学家,刺激他们的感情,刺激大众的冷心,使其发狂、浮动,然后才有革命之可言。"①他期望郑振铎及其他热心文学的朋友,能够担负起革命文学的建设任务。费觉天对革命文学的期许,引起郑振铎的思想共鸣,他认为:"在今日的中国,能够担当改造的大任,能够使革命成功的,不是什么社会运动家,而是革命的文学家。"②郑振铎对文学家的认识跟恽代英、邓仲夏等早期共产党人明显不同,后者认为对革命而言重要的是革命者。郑振铎强调文学家对革命的重要使命或"作用",是建立在他对文学本质的理解基础上的。他在文章中说,文学是"情感的产品"、最容易感人,在刺激人们的革命情绪方面,比革命运动家的理论说教有效得多,所以,点燃中国青年革命之火的工作就是革命文学家的责任。文学家与现代革命间的这种关系,他在俄、法等国家的文学中也发现了,他说:"俄国的革命虽不能说是完全是灰色的文学家的功劳,然而这班文学家所播下的革命种子却着实不少。就是法国的大革命,福绿特尔的作品对于它也是现很大的能力的。"③

　　需要说明的是,郑振铎尽管强调文学的革命作用,但他主张这只能靠文学的情感表现来实现,而不能靠宣传主义、教导哲理来达到。在《新文学观的建设》这篇论文中,他鲜明地指出,文学决不能以娱乐、传道和教训为目的,它的伟大价值"就在于通人类的感情之邮"。1925 年,他在《小说月报》16 卷 3 期"卷头语"中再次表明:"文学是热情的产品。必有真挚的热情,才能产生美丽而感人的文艺。所以我们不能以文艺为消遣的东西,同时,也难能以文艺为宣传某种主义的工具。"总之,郑振铎坚信文学能够激发人们的革命热情,主张不能违背文学表现情感的本质,这和鲁迅、茅盾的文学观念基本一致,他们都认为革命文学首先应是文学,必须先求内容的充实与技巧的上达。

　　在这篇文章的结束部分,郑振铎还提及他对革命文学家的认识,即"理想的革命文学家决不是现在的一般作家,而是崛起于险

---

①②③　郑振铎《文学与革命》,《文学旬刊》1921 年 7 月 30 日 9 期。

难中的诗人或小说家"。他认为,要描写现社会的黑暗和痛苦,作家只有"深入其中"才能极真切、极感动地把它们写出。如果说郑振铎对文学作用的认识跟恽代英等人有差别,那么,对革命文学家的理解却跟后者一致,后者强烈要求革命文学家深入革命运动和社会之中,否则就无法创作出真实、感人的革命文学。总的看来,郑振铎这篇文章的价值,不在于它对革命文学的理论探讨,而在它首次向新文坛揭示了一个问题,即新文学跟现代革命之间的历史关系,并要求新文学肩负起这个伟大的责任。同时,郑振铎的革命文学观念,还有着文学研究会"为人生"的文学影响,要求文学要有指导人生的能力,要求文学家应是道德主义者。

继《文学与革命》之后,《文学旬刊》发表李之常的长文《支配社会的文学论》。李之常 1921 年加入文学研究会,常在《文学旬刊》上发表诗文,还翻译了海涅的长诗《情曲》。《支配社会的文学论》可看成是郑振铎《文学与革命》的回响,但它深化了郑振铎的认识。像郑振铎一样,李之常也认为在"第四阶级"推翻资本主义的革命语境中,需要"血泪的、革命的、民众的文学"①,希望革命运动指导者拿起"文学"这个利器。不仅如此,他还从文学"与时代俱变"的认识出发,反对文学存在的独立性和价值的永恒性,明确指出"今日的文学的功用"是为人生、为民众、为革命和支配社会的,高扬文学是"时代的指导者、鞭策者"的旗帜。李之常的这种文学期望,和蒋光慈的革命文学观念相近,后者强调革命文学要反映时代、创造时代、超越时代。值得注意的是,它还提出革命文学的创作方法,认为革命文学要"不流入直率的教训,单调的色彩",就必须提倡"文学有主义"和"自然主义的旗帜"。他说:"中国的病的黑暗的现状,亟待谋经济组织的更变,非用科学的精密观察描写中国的多方的病的现象之真况,以培养国人革命的感情不可,非采取自然主义作中国今日的文学主义不可。"此外,他还主张革命

---

① 李之常《支配社会的文学论》,《文学旬刊》1922 年 4 月 21 日 35 期。

文学的文辞要"通俗",要排斥"文辞艰深难解的作品"。

在革命文学刚萌生的初期,李之常的主张可以说是"空谷足音",因为革命文学"大众化"问题,在 30 年代才引起左翼文学家的注意和思考,"大众化"文学实践在左翼时期才开始进行。总之,李之常的这篇文章虽然没有完全摆脱郑振铎、茅盾等人的影响,但它的思考及论述却十分深入。他主张革命文学的自然主义和通俗化,不仅超越了它的影响者,而且超越了时代的认识水平。

郑振铎和李之常的革命文学讨论,开启了文学研究会提倡革命文学的先河,在 1923 年至 1925 年的三年间,《文学旬刊》及《文学周刊》、《文学周报》等副刊,对革命文学进行不懈的呼唤和探索,形成一个革命文学倡导的热潮期。这中间有茅盾对革命文学的期盼、译介和理论思考,有华秉丞等人的革命文学讨论,还有瞿秋白、蒋光慈等的革命文学创作。它们不仅坚持倡导革命文学,而且关注、吸收文学新生力量,促进了革命文学潮流的发展和壮大。

茅盾 1920 年加入上海共产主义小组后,就过着"政治与文学"交错的生活,一方面在商务印书馆做编辑,另一方面却秘密从事革命活动。他 1923 年之前对郑振铎等人的革命文学倡导并未关注,那时,他的文学兴趣主要是外国文艺新思潮的介绍和中国新文坛状况的批评。茅盾从 1923 年开始关注革命文学,主要受《中国青年》编者恽代英的文章《八股》的刺激,写了《读代英的〈八股〉》、《"大转变时期"何时来呢?》两篇杂感,翻译了《俄国文学与革命》与高尔基的小说《巨敌》。受恽代英新文学要有用于"民族独立和民主革命运动"的思想影响,茅盾开始反对新文坛上日渐明显的"唯美主义"风气,积极支持"激励民气的文艺"的革命文学,以实现新文坛创作习气的"大转变"。他在《"大转变时期"何时来呢?》中写道:

> 我们自然不赞成托尔斯泰所主张的极端的"人生的艺术",但是我们决然反对那些全然脱离人生的而且滥

调的中国式的唯美的文学作品。我们相信文学不仅是供给烦闷的人们去解闷,逃避现实的人们去陶醉;文学是有激励人心的积极性的。尤其在我们这时代,我们希望文学能够担当唤醒民众而给他们力量的重大责任。我们希望国内的文艺的青年,再不要闭了眼睛冥想他们梦中的七宝楼台,而忘记了自身实在是住在猪圈里。我们尤其决然反对青年们闭了眼睛忘记自己身上带着镣锁,而有肆意讥笑别的努力脱除镣锁的人们。阿Q式的"精神上胜利"的方法是可耻的!

巴比塞说:和现实人生脱离关系的悬空的文学,现在已经成为死的东西;现代的活文学一定是附着于现实人生的,以促进眼前的人生为目的的。国内文艺的青年呀,我请你们再三的忖量巴比塞这句话!我希望从此以后就是国内文坛的大转变时期。

(1923 年 12 月 31 日《文学》周刊 103 期)

茅盾认为,这篇文章象征自己在文学道路上跨出"新的一步",即由"为人生的艺术"向革命文学迈进,但是,他的这些"杂感"并未蕴涵多少有价值的东西。他对革命文学的认真思考,体现在 1925 年所写的《现成的希望》、《论无产阶级艺术》、《文学者的新使命》等几篇文章。茅盾在《现成的希望》中,揭示"战争文学与劳动文学"中存在的令人无奈的"不良现象",即有实际经验的人没有工夫写作,而有闲暇创作的作者偏偏缺乏实际经历。这会导致革命文学流产,因为那些没有实际经验的作者创作的只是"书房小说",它们根本不可能成为真切感人的"伟大作品"。茅盾的文学"苦恼",实质上触及革命文学与作家的关系问题,然而,他跟大多数同时代人一样,认为革命文学须由革命者自己来写。他说:"我常想:在能做小说的人去当兵打仗以前,我们大概没有合意的战争小说,正如在无产阶级(工农)不能执笔做小说以前,我们将没有合意的无产阶级小说可读一样。"将革命文学寄托在有革命经验的人身上,这种认识与理论是幼稚和似是而非的,1928年茅盾作了修正,在《欢迎"太阳"》一文中,他表示文学家创作依靠更多的可能是实际的"观感"而非"实感",由此引发了他跟蒋光慈的文学争论。

为了深入探讨革命文学,以便清理自己过去的文学观念,茅盾又以苏联无产阶级文学为借鉴,用几个月时间写成《论无产阶级艺术》,呈现了他对革命文学深入、全面的思考。但这篇文章远离中国革命文学运动,讨论的主要是"当时苏联文学中存在的问题"①。由此看来,它是茅盾的一次心灵独白,仅为加强自己对"无产阶级文学"的深入理解。在这篇文章中,他确立了"无产阶级艺术"的范畴,认为它不同于民众艺术、革命艺术或社会主义艺术,它是"以无产阶级精神为中心而创造一种适应于新世界(就是无产阶级居于治者地位的世界)的艺术",表现的是集体主义、反家族主义和反宗教的精神。他反感无产阶级文学常把资产阶级描写成天生的坏人、残忍和不忠实的做法,认为这些描写失却了"阶级斗争的高贵的意义",因为它指向的仅是资产阶级"个人品性"而不是资本主义制度。最后,他指出无产阶级艺术形式应借鉴革命浪漫主义文学,不要到近代"新派"艺术中"去寻找"。茅盾这篇有着理论锋芒的长文,虽然不是针对中国革命文学而言,也不是中国革命文学所急需的,但它显示了作者对阶级艺术的认识,对中国革命文学运动富有启迪意义,"将会指引中国的文艺创作走上崭新的道路"②。

茅盾在1925年还热烈呼唤文学者要承担"新使命"。在《告有志研究文学者》和《文学者的新使命》两篇文章中,他都说处于革命的社会情势里,文学者目前的真正使命,就是要"抓住了被压迫民族与阶级的革命运动的精神,用深刻伟大的文学表现出来,使

---

①② 《茅盾全集》(34卷),人民文学出版社,1997年,第324页、325页。

这种精神普遍到民间,深印入被压迫者的脑筋,因以保持他们的自求解放运动的高涨,并且感召起更伟大更热烈的革命运动来!"①这表明,茅盾已从"为人生的文学"转向了"革命的艺术",事实上,他成为《文学周报》上最热烈的革命文学"呐喊"者。

《文学周刊》1924 年 7 月 7 日发表华秉丞的杂谈《革命文学》。华秉丞是文学研究会成员叶绍钧的笔名,他在《文学》副刊上仅发表几篇杂感。《革命文学》虽简短,但对革命文学的认识却显得深刻。他认为革命文学是个宽泛、模糊的概念,这主要是由"革命"这个含义广泛的词语导致的,因为凡不满、反抗现状的精神和行为都可视为革命,所以,以它为题材的文学就跟所谓的革命文学没有多少差异。文章还指出,革命文学中的"革命",若是指对现社会制度和政治而言的,那么,革命文学就是指以社会、政治革命为题材的文学,或者是鼓吹这些革命情绪的文学。这些议论首次向革命文学倡导者提出了一个问题,即"革命文学"是一个含义模糊的概念,将导致人们对革命文学产生疑惑。另外,它提出一条认识方向,即把革命文学视为反映政治或社会革命的文学,这样,革命文学就是政党或革命党的文学。我们站在革命文学史上,就能感受到这篇杂谈的思想价值。简言之,从革命文学萌生到左联成立,人们很少明确将革命文学跟政治革命联系起来,这并造成了 20 年代革命文学内涵的暧昧。这种暧昧或是提倡者理论素养欠缺造成的,或是避讳政权、军阀"荼毒"带来的,或是 20 年代革命意识形态泛化、多元导致的。

从郑振铎的"呐喊"到李之常、茅盾、华秉丞等文学研究会成员的深入讨论,文学研究会转向了对"革命文学"的关注。和同时期其他文学社团的革命文学倡导相比,文学研究会的这些讨论显得卓尔不群,它们从不同角度展示了对革命文学的认识,超出了革命文学的"倡导"范围、程度,向革命文学性质、创作方式等"本体

---

① 雁冰《文学者的新使命》,《时事新报·文学》1925 年 9 月 13 日。

论"层面深入。这是其他革命倡导者无法相比的。

从 1926 年到 1929 年停刊,《文学周报》对革命文学的热情日趋减退,仅发表几篇革命文学的书评和序文,对革命文学运动的介绍、关注取代了从前的倡导。《文学周报》的这种转变,可能是这几种因素促使的。一是政治运动的影响,由于五卅运动的影响,革命势力在上海受到国民党右派的抑制,革命力量和人员大多转向广州。二是受革命文学倡导者的社会活动影响,五卅之后,革命文学倡导者大都离开上海,茅盾、恽代英、萧楚女等南下广州,蒋光慈被党组织派到北方工作,沈泽民去莫斯科留学,革命文学运动被实际工作取代。三是刊物及编辑变化影响,由于《文学周报》1925 年5 月后独自发行,编辑就采取稳重的态度,革命文学倡导不能过于鲜明,否则,在当时日益反动的政治环境中就有被查封的危险;另外,郑振铎、茅盾、瞿秋白等离开《文学旬刊》后,叶圣陶、赵景深等编辑较重视创作,对文学理论不太感兴趣。总之,《文学周报》时期留给我们的印象,既没有鲜明、坚决的倡导姿态,又没有忘却对革命文学的注意,其重心由理论转向革命文学评论。

总之,文学研究会的机关刊物《文学旬刊》开启了中国革命文学倡导的先河。他们提倡革命文学的理由,是基于"文学是感情的产品,所以他最容易感人"①的认识;他们对革命文学作用、作家、性质问题的思考,尽管朴素、肤浅却触及了革命文学理论的基本问题,事实上也产生了广泛的社会影响,创造社、早期共产党人转向革命文学倡导,悟悟社、春雷社等革命文学社团的出现,都跟他们的"讨论"有明显的影响关系。

文学研究会的讨论首先激起创造社对新文学使命的思考。1923 年,创造社以《创造周报》为阵地,开展新文学使命的"论说"。他们在自我表现的文学观念基础上,决意今后创作要表现生命的反抗烈火,"爆发出无产阶级的精神,精赤裸

① 郑振铎《文学与革命》,《文学旬刊》1921 年 7 月 30 日 9 期。

裸的人性"①。他们认为,"一个热诚的实行家是纯真的艺术家,一切热诚的艺术家也便是纯真的革命家"②,革命文学批判的不仅是军阀列强而且是社会制度、"天理国法人情",指出"大同世界成立的时候"才是"艺术的理想实现的日子"③。受文学研究会的影响,共产主义青年团机关刊物《中国青年》也转变态度,进行革命文学的倡导。《中国青年》编者开始反对青年从事文学,认为文学是有产阶级的游戏而与改造社会无关。他们反对文学的言论招致文学青年的非议后,《中国青年》编者才转变态度,劝导文学家创作"表现民族伟大精神的作品"与"描写社会实际生活的作品"。④他们要求文学家参加实际工作,认为在军阀专权、列强剥削日益沉重的社会境况中,需要富有刺激性的文学,劝勉新文学家要多做暴露社会黑暗的作品,并且要暗示人们改造黑暗社会的希望。从文学研究会的革命文学提倡,到《中国青年》编者的革命文学主张,中国革命文学的性质"渐变之中已经预示着突破"⑤,即由文学家的"文学自觉"转到了职业革命家的"政治要求"。悟悟社与春雷文学社的成立,也受到文学研究会革命文学倡导的影响。种种迹象表明,文学研究会在《文学旬刊》、《中国青年》等报刊上的革命文学倡导,以及文学研究会作家在浙江各地学校的文学演讲,促使了悟悟社的成立,不仅如此,悟悟社对"文学"性质的认识,明显接受了文学研究会"为人生、指导人生"的文学观念。春雷文学社的成立,也受到文学研究会的影响与支持。沈泽民接编《民国日报·觉悟》后,就有意推动革命文学运动,他首先决定逐日发表蒋光慈的革命诗歌,然后联合蒋光慈、王秋心等上海大学师生成立春雷文学社,在《觉悟》副刊上开辟"春雷"周刊。总之,春雷文学社的

---

① 郭沫若《我们的文学新运动》,《创造周报》1923 年 3 期。
② 郭沫若《艺术家与革命家》,《创造周报》1923 年 18 期。
③ 郁达夫《艺术与国家》,《创造周报》1923 年 7 期。
④ 邓中夏《贡献于新诗人之前》,《中国青年》1923 年 10 期。
⑤ 张大明《不灭的火种——左翼文学论》,四川文艺出版社,1992 年,第 42 页。

成立是沈泽民直接推动的。文学研究会的这些革命文学接受者，尽管对革命文学的认识存在差异甚至对立，但他们都强调革命文学家的重要性与神圣性，换言之，将革命文学家道义化与神圣化，成为这些革命文学倡导者的共同特征。这种神圣化既是革命文学合法化的隐喻，也是渴望文学家参与革命的意识形态。

不能否认，文学研究会庞杂的"中心"性质①，郑振铎、瞿世英、沈泽民、茅盾、瞿秋白、李之常等人的革命文学倡导及讨论，无法严格视为文学研究会团体的行为；也不能否认，沈泽民、瞿秋白、茅盾等人又是共产党员，其双重身份难以具体进行群体归属。但是，他们的讨论却凭借文学研究会的地位而产生巨大社会影响，早期共产党人、创造社与进步的文学青年都开始提倡革命文学。文学研究会倡导革命文学的深层原因，与其"为人生"的文学追求有关，与其文学为情感的文学观念有关，更与五四运动焕发的革命激情与经验记忆分不开。在这种意义上讲，中国革命文学是中国现代社会的历史产儿，而非国际左翼文学思潮影响的历史结果。文学研究会倡导革命文学的历史及其影响，现代文学研究者不应该忽视。

第二节 上海《民国日报》副刊与 初期革命文学倡导

上海《民国日报》由陈其美、叶楚伧、邵力子三人于 1916 年创办，宗旨是宣传孙中山领导的革命活动。受五四新文化和新文学

① 有些研究者认为，文学研究会的社团性质难以否定，但又无法像社团一样去研究，因为其目标、价值、发展都突破社团的界限而追求全国的普遍的"中心"地位（参见朱寿桐《中国现代文学社团史》，人民文学出版社，2004 年）。

运动的影响,副刊主笔邵力子1919年6月改《救国余闻》为《觉悟》,以"集思广义"为方针,积极宣传新文化、新文学。除了《觉悟》副刊以外,《民国日报》还办有社会写真、杭育、文艺旬刊、妇女周报、平民周刊等副刊,特别是《杭育》副刊的开辟,使《民国日报》副刊染上鲜明的左倾色彩。从1924年下半年开始,《民国日报》的《觉悟》、《杭育》两个文学副刊积极倡导革命文学,不仅选刊大量的革命诗歌,而且支持革命文学社团悟悟社、春雷文学社的文学活动。由于《民国日报》副刊的积极倡导,革命文学在五卅运动期间形成一股新文学潮流。

人们常把蒋光慈发起的春雷文学社,视为中国最早的革命文学社团,其实,最早的革命文学社团应是"悟悟社"而不是春雷文学社。悟悟社1924年5月左右成立,由杭州之江大学学生许金元、蒋铿等人发起。之江大学是一所教会大学,由美国长老会创办,1914年命名为杭州基督教学院,中文名称即为之江大学。悟悟社在1924年6月2日的《民国日报·觉悟》上发表成立宣言,号召文学青年不能仅消极反对"靡靡之音"的文学,应该积极提倡"适应于现中国的需要的革命文学"。悟悟社1924年底创办了《悟悟月刊》,由共产党经营的上海书店出版,还征集、编辑了革命诗歌选集。悟悟社是《觉悟》副刊首次宣传的革命文学社团,它的出现具有鲜明的历史意义。

首先,它象征着革命文学由初期的呼唤转向自觉的建设。由于恽代英、邓仲夏等人批评新文学青年沉迷于"风花雪月"的文学,呼唤文学家要正视中国社会现实,一些文学青年把革命文学视为社会急需的文学加以建设,悟悟社是率先起来从事革命文学运动的社团,它不仅以文学运动跟实际工作形成脱离,而且以革命文学社团跟其它新文学社团构成差别。它企图造出一只革命文学生力军或队伍,蒋铿、许金元先后在《觉悟》上发表《读知识阶级提倡革命文学》、《为悟悟社征求同志》等文,希望那些"认识革命文学底需要的诸君"能跟他们合作,共同从事、鼓吹革命文学运动,使它最终成为"全国风从"①的文学。他们试图联合雁冰、泽民、杨幼炯、董亦湘等革命文学倡导者，希望获得他们的支持和指导。这不仅因为雁冰、泽民、董亦湘、杨幼炯等是共产党员，也因为他们都是文学为人生、为革命的首倡者。悟悟社的成立和宣言引起广泛的社会注意。悟悟社成立宣言发表后的第三天，《新浙江报》的编辑俞太回就写了《为杭州学生界介绍一个革命文学社》的社评，支持、宣传悟悟社的革命文学主张；华秉丞在《时事新报·文学周刊》上发表《革命文学》杂谈，对革命文学的产生、性质内涵提出自己的看法；杨幼炯在 7 月 12 日写了《革命文学的建设》一文，支持悟悟社的革命文学运动，向他们提出建设革命文学的一些建议。

其次，悟悟社对革命文学的性质进行了初步界定。应该承认，《中国青年》编者没有明确提出革命文学的概念，他们仅围绕"文学与革命"的问题，提出文学青年要抛掉"吟风弄月"的恶习，多创作表现伟大精神和现实生活的作品。悟悟社首先规定了"革命文学"的内涵和性质，认为它是一种秉有奋斗、牺牲、互助和合作精神的文学，其价值意义在于"指导人生"。如果说悟悟社的"奋斗性"、"牺牲性"等革命文学内涵，跟《中国青年》编者的观念没有多大区别，但它的"互助性"、"合作性"却是其他"革命文学"主张者所缺少的。表现互助、合作精神的革命文学意识，可能来自于国民革命的时代影响，那时国共两党合作已经展开，不仅创办了上海大学、黄埔军校等培养革命人才的学校，而且孙中山发表了"新三民主义"学说、完成了国民党的改组，国民党左派和共产党人都希望通过"合作"、"互助"精神以遏制国民党右派的分裂活动。

悟悟社对革命文学表现形式进行了初步探索。1924 年 7 月 15 日，杨幼炯在《觉悟》上发表《革命文学的建设》文章，指出革命文学不能停留于"标榜"，而应该进入具体建设阶段，要"拿自然主义作革命文学的建设"，"以人生的，丑的，真切的，平浅易解的文

---

① 许金元《为悟悟社征求同志》，《民国日报·觉悟》1924 年 7 月 1 日。

学,去培养民众个人解放和为社会而战的勇气"。对此,蒋铿在7月30日《觉悟》上发表《革命文学的商榷》文章,指出用自然主义建设革命文学"未能十分的妥合"。他认为,革命文学与自然主义文学存在不同,一是"革命文学是兼顾主观和客观的,而自然主义则极力避免主观而纯采客观的态度",二是"革命文学是兼重感情和情绪的,而自然主义则纯为感觉而绝少感情"。可见,悟悟社不同意革命文学完全走写实主义道路,主张兼顾客观写实和主观表现。悟悟社的文学表现主张跟太阳社十分相近,太阳社反对革命文学抛弃浪漫主义的行为,认为革命与文学的本质都蕴涵着"浪漫谛克"气质。

悟悟社不同意将革命文学视为鼓动革命精神的武器,认为革命文学的作用是"指导人生"。它的成立宣言说:"我们是深信文学是可以指导人生的","我们提倡'革命文学',就是秉着这四条原则的精神,灌输在我们文学的作品里面,来做指导人生的工作"①。悟悟社"指导人生"的革命文学观念,乍看起来,跟"表现反抗精神"、"鼓动革命意识"的文学观念没有多少实质差别,其实却存在对文学认识的巨大反差。这在许金元的《为革命文学再说几句话》中反映出来,这篇短文是为批评华秉丞的《革命文学》而写。华秉丞认为,中国目前社会所急需的是革命者而不是革命文学,许金元则批评说:"真的理智先生至多也只能告诉人某事的'应该做'和'怎么做';而被告诉者的去做或不去做,理智先生是很难顾问到的,因为这里是要用着情感先生的了。"许金元认为文学是以情感影响人的,有着革命情感的文学才能"激发人们去做'革命者'"。他强调革命文学独立于实际革命之外的价值或作用,强调文学通过情感方式影响人的独特性。悟悟社指导人生的革命文学观念,可能是对文学研究会文学主张的附和,因为文学研究会主张为人生、指导人生的文学。无论悟悟社的革命文学观念

---

① 许金元《悟悟社的宣言书》,《民国日报·觉悟》1924年6月2日。

来自哪些影响,它反对重实际工作、鄙视文学的观念,肯定革命文学的独立性及价值,突出文学以情感人的审美特性,为革命文学的存在合理性开拓了一片新的理论空间。

最后,悟悟社提出自己的革命作家观念。《中国青年》编者主张文学家要接触实际生活,要革命文学家首先做一个革命者。这种作家意识在 20 年代有很大影响性,鲁迅就始终认为革命文学作者应首先是"革命人",华秉丞也说:"我们如能心知革命的必要,力行革命的事为,才是真的革命者,那时候或特意为文,或乘兴为文,哪有不含养广义的革命意味的。"①许金元认为,这种观念超越了文学范围,"革命者是人,是不在文学范围之内的",所以,不应该将革命者与革命文学作家联系起来。他指出,革命文学和作者的关系,不是是不是革命者的问题,而是作者有无革命情感的问题,"所以写革命文学,只要看他革命的情感如何就好了(怎样去找和培养这情感)"②。悟悟社的革命作家观念,和李初梨、蒋光慈比较接近。李初梨在《自然生长性和目的意识性》这篇文章中,批判革命文学家应是革命者的认识,认为作家只要掌握"阶级意识"就可成为革命作家;蒋光慈也始终主张革命作家不需从事实际工作,只要拥有革命情感就能创作革命文学。

悟悟社的成立表明,革命文学由文学家与革命家的双重呼唤,转向了文学青年的自觉追求。不仅如此,悟悟社从文学立场而非革命角度初步探讨了革命文学的性质、表现方式及作家等问题,提出了自己的认识和观念。然而,悟悟社在 20 年代没有产生广泛影响,它的革命文学观念也没有受到文学界、革命家重视,这可能与悟悟社主持者的社会地位、跟革命界的关系等因素有关,但它是现代文学史上第一个纯粹的革命文学社团,许多观念具有启迪价值。遗憾的是,悟悟社的文学创作与传记资料十分稀少,无法分析他们

①　华秉承《革命文学》,《时事新报·文学》1924 年 7 月 7 日 129 期。
②　许金元《为革命文学再说几句话》,《民国日报·觉悟》1924 年 7 月 12 日。

的文学创作及成就。

《民国日报·觉悟》还支持春雷文学社的革命文学活动。1924年11月15日,春雷文学社在《觉悟》上刊登启事,称蒋光慈、沈泽民、王秋心、王环心等人组织文学社,宗旨是改变现代文学界的"靡靡之音",预备每星期在《觉悟》上出版"文学专号"。春雷文学社的"文学专号"仅出两期就停刊了,蒋光慈在停刊启事中表示,将来再找机会"另出他种文学刊物"①,但这种愿望直到大革命失败后才实现。春雷文学社历史短暂,没有像悟悟社那样开展多方面活动。今天,我们无法确切知道它停刊的具体原因,但绝不是因为"这两期文学专号太'赤'了"②。

春雷社的成立,是沈泽民受邵力子邀请代编《觉悟》副刊促成的。1924年11月,由于《民国日报》主编叶楚伧辞职、邵力子续任,邵力子邀请沈泽民代编《觉悟》副刊,这样,沈泽民获得了一个实践革命文学志向的机遇,遂联合蒋光慈、王秋心等上海大学师生组成文学社,在《觉悟》上开辟一块革命文学园地。蒋光慈是中国共产党1921年派遣到苏联留学的青年,他在莫斯科求学期间对文学发生了兴趣,执意追求自己文学上的发展,1924年夏回国后,他立意"多从事文学上的著作","将来也就勉力造就我成一个革命诗人"③。"春雷文学专号"创刊之前,蒋光慈已在《觉悟》、《文学周报》、《新青年》季刊等杂志上发表了十几篇(首)诗文。值得一提的是,蒋光慈的革命文学创作得到沈泽民热情支持,沈泽民不仅向文坛介绍这位归国不久的革命作家,而且决定在他主编的《觉悟》上逐日发表他的创作。沈泽民支持蒋光慈,主要因为沈泽民既是新文学作家又是共产党员,他在南京读书期间对文学产生了浓厚兴趣,并表示要终生从事文学。从1918年开始,他翻译、写作

---

① 蒋光慈《春雷停刊小启》,《民国日报·觉悟》1924年12月2日。

② 马德俊《蒋光慈传》,安徽人民出版社,2001年,第101页。

③ 蒋光慈《一封公开的信》,《民国日报·觉悟》1924年8月28日。

大量的文学作品,发表在《小说月报》、《东方杂志》、《教育杂志》、《妇女杂志》、《觉悟》和《学灯》等著名刊物上。1924 年,他积极倡导革命文学,积极扶植刚归国的诗人蒋光慈。

《春雷文学》创刊号,发表蒋光慈的《我们是些无产者》(诗)和《现在中国的文学界》(评论)。前者表达春雷社的文学倾向:"我们的笔龙要为穷人们吐气,我们的呼吼能为穷人壮气";后者反映春雷社的文学追求:"我们要努力地振作中国的文学界,我们要努力的是中国的文学趋于正轨,走向那发展而光辉的道上去!"蒋光慈在《春雷文学》周刊第二期上发表《现在中国的文学界》(之二),阐明春雷社的文学观念。他说:"我们现在的责任,不仅仅在于喊花呀,月呀,爱呀,美呀,而最要的是揭露现在粪堆里的生活没有花,没有月,没有爱,没有美。我们要反抗粪堆里的生活。我们要寻一条走到花月爱美的道路!"如果要深入探寻春雷社的文学观念,还须借助蒋光慈的《现代中国社会与革命文学》、沈泽民的《文学与革命的文学》等论文,它们都写作、发表在春雷社成立前后,跟《觉悟·文学专号》上的文章有着密切"血缘"关系。

首先,他们认为当时中国社会是制造"革命文学家"和"革命文学"的好场所。沈泽民认为中国正涌起"一个极大的变动","旧的阶级已自己走到他的灭亡的道路,新的阶级正在觉悟起来凝聚他自己的势力"。他把这视为无产阶级"从黑暗到光明,从苦痛到解除苦痛"的历史解放和使命,认为它是"自有人类历史以来最富有色彩,动作,和音乐的时代"。他认为能将"这种民众的反抗精神"记录下来的文学,"终能胜过一切过去时代的文学"[①]。沈泽民的认识虽然偏颇但却十分新鲜,它首次运用无产阶级理论来认识革命文学的本质及意义。蒋光慈坚信,"现在中国的社会真是制造革命的文学家的一个好场所",能够产生"伟大的,反抗的,革命

---

① 沈泽民《文学与革命的文学》,《民国日报·觉悟》1924 年 11 月 6 日。

的文学家!"①然而,他没有提及坚信的理由,他的坚信可能建立在历史进化观念上的。总之,无产阶级革命理论让沈泽民、蒋光慈相信,革命文学是无以伦比的伟大的文学,无产阶级革命时代是产生伟大文学和伟大文学家的"场所"。

其次,他们认为文学家代表社会情绪,革命文学家要走到无产阶级里面去。沈泽民认为,文学家是人类中最真挚的人、富有同情心的人,因此,他们成为"民众的口舌,民众的意识的综合者",他们的作品能慰籍民众的痛苦、把民众意志凝聚起来,"一个革命的文学者,实是民众的情绪生活的组织者"②。蒋光慈高呼文学家代表社会情绪,并负有鼓动社会情绪的"职任"。这种作家观念可能受到拜伦的影响,拜伦勇于抗争、同情弱小民族的精神深深感动中国文学家,在拜伦百年纪念日的时候,蒋光慈写了《怀拜伦》的诗歌,表达了对这位伟大诗人的景仰与自己的意志,"你挺身保障捣毁机器的工人/今日在红色的劳农国里/我高歌全世界无产阶级的革命"。把作家视为民众及社会的"口舌"而非自我灵魂的叩问者,这种观念缘于文学是生活反映的认识论。

此外,沈泽民、蒋光慈还强调文学家要为革命者。沈泽民说:"真真的革命者,决不是空谈革命的;所以真真的革命文学也决不是把一些革命的字眼放在纸上就算数。"③沈泽民跟《中国青年》编者恽代英、邓仲夏相同,不仅强调革命文学与社会现实的"镜像"关系,而且强调作家与作品间的一致。和沈泽民不同,蒋光慈强调作家"人生观"对创作的影响,他说"近视眼"、"无革命性"、"安于现社会生活"和"市侩"等类的作家不能做"革命的文学家",从他后来《现代中国文学与社会生活》、《论新旧作家与革命文学》等文章看,蒋光慈认为"'文艺品的创造全凭本身的经验'是

---

① 蒋光慈《现代中国社会与革命文学》,《民国日报·觉悟》1925 年 1 月 1 日。
②③ 沈泽民《文学与革命的文学》,《民国日报·觉悟》1924 年 11 月 6 日。

一种谬误的理论"①。蒋光慈留给作家更多的自由空间,不像沈泽民仅指给作家一条单向的道路。如果说沈泽民的观念是《中国青年》同人观念的再版,那么,蒋光慈的主张与悟悟社的作家观念却有相近之处。

最后,他们对革命文学的性质进行简单、明确的规定。沈泽民认为革命文学是表现民众反抗精神的文学,表达民众心中蕴藏的"痛苦"和"希望"②。蒋光慈说革命文学是再现社会黑暗和鼓动人们反抗的文学,"谁个能够将现社会的缺点,罪恶,黑暗……痛痛快快地写将出来,谁个能够高喊着人们来向这缺点,罪恶,黑暗……奋斗,则他就是革命的文学家,他的作品就是革命的文学"③。他们的革命文学认识跟《中国青年》编者、悟悟社的观念一致,可见,20年代初期革命文学倡导者都不约而同认为,革命文学是再现社会黑暗、表达反抗精神的文学,而这种观念直到1928年太阳社成立都没有发生变化,改变它的是后期创造社成员,他们用辩证唯物主义重新定义文学,使革命文学由笼统的"反抗论"走向明确的"阶级意识论"。

春雷文学社的文学理论没有多少"新意",可视为《中国青年》文学主张的继续。春雷文学社的成绩表现在革命诗歌创作上,尤其是以革命诗人自负的蒋光慈,他的创作受到沈泽民、瞿秋白等人的推崇,也受到上海大学不少学生的欢迎。

蒋光慈俄国留学时候就开始了诗歌创作。从1921年至1924年归国前夕,他写了四十多首诗,记录了他在俄国学习期间生活与感情的变化,既有对革命及未来理想的歌颂,也有对自己心灵感受的深情倾诉;归国之前,他把这些诗作结集交给上海书店出版,作为自己留俄的成绩和生活的纪念。蒋光慈是一个性格豪爽但内心

① 蒋光慈《论新旧作家与革命文学》,《太阳月刊》1928年4期。
② 沈泽民《我们需要怎样的文艺》,《民国日报·觉悟》1924年4月28日。
③ 蒋光慈《现代中国社会与革命文学》,《民国日报·觉悟》1925年1月1日。

感受非常敏锐、丰富的人,"浪漫的心情纠缠着浪漫的生活"①,使他常为自我的漂泊、迷失而苦恼,归国后他决意做一个东方革命的"歌者"。他在上海大学任教时结识了沈泽民、王秋心、孟超等文学朋友,沈泽民把他的诗作拿到《觉悟》上发表,使他在文坛上迅速获得很大的声誉。从1924年6月首次发表《怀拜伦》到1925年4月去北京,蒋光慈共在《觉悟》上发表20首诗歌。《怀拜伦》、《哭列宁》、《我的心灵》等作品,表现了他对伟大革命者的景仰;《西来意》、《送玄庐归国》等诗作,表达了肩负革命"取经的使命"的光荣和自豪;《莫斯科吟》、《怀都娘》、《听鞑靼女儿唱歌》等作品,表现了诗人对革命、爱情的向往;《哀中国》、《罢工》、《我们是些无产者》等诗歌,反映了革命的热烈情绪。蒋光慈的这些创作扩大了革命诗歌的表现空间,把革命者自我心灵的感受表现出来,使革命诗歌由表达"鼓动"转向了革命者自我的心灵抒情。尽管如此,他的诗作缺乏意象、象征及隐喻的表现技巧,仅成为他心灵情感"自然流露"的浪漫抒发。

　　蒋光慈以外,春雷文学社其他成员的创作没有产生多少影响。沈泽民的文学兴趣在于翻译,他努力倡导革命文学但很少创作,从他发表的《白云》、《五月》、《羞啊我》等几首诗歌作品看,他有很深厚的欧洲文学和中国古典文学素养,诗歌意象清新,结构精练。王秋心这位革命文学的热情追求者,他的经历和文学创作我们了解很少,他在《中国青年》、《学灯》、《民国日报·杭育》等刊物上,发表了《赤俄》、《为帝国主义这侮辱上大校旗而作》等诗歌。他的诗作节奏短促、刚健有力,但内容空疏、缺乏生活气息,如《赤俄》:"赤俄赤俄/你是炎炎火山/光芒四射/终年热烈烧灼/一旦暴烈/这宇宙的顽穹/一齐烧破"。总之,春雷社因历史短暂而没有做出充分"实绩",但它的成立象征共产党人积极推动革命文学的努力,初步奠定了蒋光慈在国内文坛的地位。

---

① 《蒋光慈文集》(3卷),上海文艺出版社,1985年,第303页。

除《觉悟》副刊外,上海《民国日报》热情推动革命文学兴起的还有《杭育》副刊。《杭育》由《社会写真》改版而成,1924 年 5 月 20 日发刊,由茅盾主编,茅盾 1924 年 8 月底离去后,何味辛接任主编。因为由《社会写真》改成,《杭育》仍保留了"社会写真"栏目,也增添不少新栏目,内容显得十分丰富。《杭育》开办的栏目,计有革命珍闻、社会写真、小新闻、舶来品、常识顾问、谈话、上天下地、戏园子里等,偏重反映社会下层生活、文化潮流、女性遭遇和生活奇闻怪事等,时代性和趣味性气息比较浓厚。从 1924 年 10 月中旬开始,它将原来栏目进行调整,设置小言、杂记、红的花、趣世界、小说、新报刊批评与介绍、平民世界等七个栏目。

《社会写真》改版可能有两个原因。一是它难以跟上时代潮流,1924 年国共两党合作后,反军阀、反帝的革命空气日益高涨,反映社会黑暗为目的的《社会写真》难以跟上时代发展;二是《社会写真》文艺栏目太少,每期内容单薄且缺乏趣味,难以满足社会读者口味。这些可从《杭育》发刊词中窥出大概:"杭育"两个字是吴稚晖形容工人做工时喊出的最后的抑制声音,也是最有力的一种声音,工人借这喊声来减少他们的辛苦,本栏也想借新闻最后的这一栏做点兴趣文字,如同工人喊"杭育"一样可以减少看报的疲倦,所以就拿它做本栏名字。发刊词由茅盾所写,显然含有"障眼法"性质,但为了活泼副刊和招徕读者,《杭育》创刊之初连载小凤、湘君等人的旧章回体小说,何味辛接编后,它的趣味性越来越少,左倾色彩愈来愈鲜明。何味辛原来主笔《民国日报·平民之友》副刊,他接编后就把《社会写真》、《平民之友》两副刊结合起来,加强了反映社会黑暗和革命思想的内容。《杭育》从 1924 年 10 月 14 日开始发表革命诗歌选集《血花》,18 日起推出《红花集》栏目,选载当时"报章杂志上"含有"革命精神的诗歌"[1]。到 1925 年 1 月 5 日止,它选发"革命诗歌"将近 30 首,作者多是上海大学

---

[1]　味辛《红花集》,《民国日报·杭育》1924 年 10 月 18 日。

学生和苏浙两地青年学生。

《杭育》选载的革命诗歌主要有两大类。一是呼唤工农阶级起来革命、解放自己的诗歌，如《血花》、《红的花》、《火之洗礼》、《国际歌》等，另一类表现青年勇敢、坚决、热情的革命情绪，如《自由颂》、《告青年》、《勉青年》和《青年的口号》等。这些诗歌都有浪漫主义诗风，情绪朴素、热烈和明朗，但缺乏鲜明、生动的意象和表现技巧，主题过于显露和单薄。和《中国青年》上的革命诗歌相比，它们多有"命题作文"气息，如《红的花》、《努力》、《勉青年》、《杭育歌》等都含有这种痕迹。这主要是两个原因造成的。首先是副刊栏目造成的，《杭育》开辟革命诗歌选集栏，必然会出现按编辑要求进行创作的弊端，有时因为稿源不足，编者还亲自写作以搪塞版面，味辛的《红的花》、张天一的《杭育之歌》等诗作都有这种嫌疑，因此，《杭育》促进革命文学创作的发达又使革命诗歌创作出现弊端。另一方面受革命运动的影响，从《杭育》刊发革命诗歌的历史可以看出，革命诗歌在1924年10月至1925年1月为创作高潮期，这期间正是上海工人运动高涨的阶段，上海国民大会召开、上海工人罢工等，使国共合作产生了浓厚的革命气氛。在《杭育》的诗人中，上海大学学生占了将近一半，他们把实际革命中的激昂、愤慨情绪化为诗歌，表达了勇敢、奋进的革命精神及意志，如《悼黄仁同志》、《为帝国主义者侮辱上大校旗而作》、《悼我们的同志》、《旧梦的回忆》等，就是上海大学学生斗争生活的反映。

还须提及的是，《杭育》"红的花"栏目发表几首悼念黄仁的诗作。黄仁是上海大学社会学系学生，四川人，1924年10月10日，他和何秉彝等同学出席上海国民大会，看到国民党右派代表故意扰乱会场，上台质问主席时被流氓从主席台上摔下，因伤势过重而致死。黄仁牺牲后，上海大学四川同学会出版追悼黄仁烈士的特刊，同乡、同学何秉彝写了《哭黄仁烈士》四首长诗，发表在共产党机关报《向导》周报上。此外，《民国日报》也出版"黄仁纪念号"，发表革命诗人蒋光慈的诗歌《追悼死者》。《杭育》发表的悼念黄仁死难的诗歌,表达了对帝国主义、军阀的强烈憎恨和继续革命的决心:"黄仁同志啊! /死,死是光荣/赤光缭绕的火星,而今沉堕/把一切睡的虫儿警醒!"①这些诗歌说明国共合作运动推动着革命文学走向繁荣,拉近了革命文学与实际革命的关系,使革命文学愈来愈趋向表现实际革命,从而摈弃"虚构"的文学性质。换句话说,《中国青年》编者的呼唤,终于在《杭育》革命诗歌创作中获得实现。

由于《杭育》左派色彩愈来愈浓厚,刊载的革命文学愈来愈政治化,成为国民革命运动的热烈"传声筒",加之上海大学师生发动的工人运动取得巨大进展,导致国民党右派的阻挠与外国租界的干涉。1924年12月,上海会审公廨令警务处搜查上海大学,传审校长邵力子,指控他在租界有碍治安,1925年2月公开审讯后,邵力子被判罚交保一千元,担保上海大学以后不得有"共产计划及宣传"。这最终导致《杭育》1925年2月停刊。

综上所述,随着国共合作运动的展开与共产党人加入上海《民国日报》,《民国日报》的《觉悟》、《杭育》等副刊加强了革命文学的倡导,以配合共产党人在上海开展的工人运动。但是,国民党右派对国共合作的敌视,加之上海租界当局对所谓"赤化"的查禁,导致共产党1925年2月后逐渐离开《民国日报》,《民国日报》由此变为国民党右派的"喉舌",共产党人的革命文学"宣传"被迫中止。

第三节　广州《民国日报》副刊的革命文学呼唤

《广州民国日报》由国民党员吴荣新等人集资自办,由《广州

---

① 孟超《掉黄仁同志》,《民国日报·杭育》1924年11月20日。

新民国报》改组而成,1923 年 6 年创刊,孙仲瑛为社长兼编辑主任,叶健夫为营业部主任,编辑有吴荣新、甘乃光、汤澄波、黄鸣一等。该报拥护孙中山国民革命主张,设有《消夏》、《明珠》、《影戏》等文艺副刊,性质以趣味、消闲为主导,刊发的作品多是旧派通俗文艺。1923 年 9 月创办的《文艺丛刊》显示出新气象,但发表的多是汪精卫、黄晦闷、曼殊等人的旧诗文。可以说,直到 1924 年上半年,《广州民国日报》副刊几乎为旧文艺、旧派小说所控制,成为上海鸳鸯蝴蝶派文学的天下。1924 年 7 月,《广州民国日报》被国民党广州特别市党部接办,社长及总编辑为吴荣新,10 月又被国民党中央宣传部接管,由陈秋霖主持,1925 年 8 月后由陈孚木接任主编。其间,广州革命文化界创办《民国曙光》、《学汇》、《文学周刊》、《自由评论》、《批评与创作》、《新时代》等革命性质副刊,试图改变广州旧文艺及黄色文艺盛行的空气。1926 年冬至1927 年春,甘乃光担任《广州民国日报》社长,开辟了《现代青年》副刊,由热心青年运动的余鸣銮主编。国民党清党后,该报由陈孚木接管,《现代青年》副刊由谢宝猷主编,出至 122 期后仍由余鸣銮主编。此后,《广州民国日报》沦为国民党内部派系斗争的宣传工具,1936 年底被南京国民党中央宣传部接收,1937 年改组为《中山日报》。

由于西南军阀的长期盘踞,广州在国民革命势力没有进入之前,是一个社会非常污浊的城市,形成重趣味、爱滑稽、嗜黄色的地域文化风尚。《广州民国日报》创办之初的《消夏》副刊,设有自由讲演、顾斋漫抄、红薇感旧记、游记等栏目,以趣味、消闲为编辑宗旨,刊发的多是旧派通俗小说。该副刊认为娱乐是人类生活的必要条件,是生活自然之要求、生理法则之支配,而人类为了"圆满其生活,畅发其活气"则"不可一日减少之也",其"需要之亟,不减布帛菽粟"。该副刊还认为,人类娱乐内容、方式的好坏将产生善恶不同的利害,"其善者功用不异于教育,可以陶养情性,锻炼肢体,渐以跻人民于高尚纯洁强健活泼之域",而"其恶者乃至诲淫海盗,致耽玩之者日沦于邪僻污浊疾病颓靡之地,亦不减于饮人以鸩,陷人以阱",所以,"娱乐机关之于人欲,犹川渎湖沼之于洪水也"。为了挽救人欲的横流及堕落,社会"必有适当娱乐机关当之"①,而消闲、游戏的文学能够给人带来正当、健康的愉悦。因此,《消夏》提供给读者的多是上海鸳鸯蝴蝶派类小说,其作者越老、瘦鹃、闲生、碧痕、寒影等旧派文人,多是以文自娱的文士。

1924 年 8 月 1 日问世的《快乐世界》副刊,也承继《消夏》的"娱乐"性质,"专以快乐资料,贡献读者,以能使读者读了本栏的文字,大家快乐为宗旨"②。《快乐世界》不仅认为娱乐是生理必需,而且把"快乐"视为人生观,其出刊宣言跟上海《礼拜六》杂志的出刊"弁言"相仿佛,现抄录如下:

> 个人活在世界上,早晨起来晚上睡觉,饿了吃饭,冷了穿衣,其余的工作,择人而施,不是种田,就是做工。不是读书,就是学贾。任是何人,总逃不出士农工商四个字的职业。若说在士农工商之外,这人不是流氓,便成废物了。

> 我要问世界上的人类一句话:"你们士农工商,一天到晚,终日营营扰扰,究竟为了什么来?"我想在这个"人生观"没有彻底确立以前,任你何人,决不能作一个圆满的答案罢!

> 那么,我敢大胆地说一句,人生是为"快乐"。因为人是要死的,在杨朱眼里,桀纣尧舜,是不分好歹的。孔子盗跖,是没有圣贼的。他这种人生观,虽不免偏激错误,但到了现在,也有人研究他的学说了。在我看,忧愁也是死,快乐也是死,与其忧忧愁愁,眼泪洗面唉声叹气

---

① 宋介《娱乐》,《广州民国日报·消夏》1923 年 8 月 1 日。
② 编者《本栏欢迎投稿》,《广州民国日报·快乐世界》1924 年 8 月 1 日。

而死,毋宁吐气扬眉,快快乐乐笑,乘欢而死。"快乐"两字,不是"嫖赌吃看",才算快乐,譬如革命党人,只要革去国贼的命,就是快乐,达到三民主义实现的目的,就是快乐,譬如报馆里做主笔编辑的人,只要办出一张报来,人们读了,都觉得"好",就是快乐,能引人到光明路上,就是快乐。

今天是快乐世界出世的第一天,记者本着这个宗旨,来贡献给读者;只要读本报者,打开快乐世界一看,大家快快乐乐,这就是记者的唯一快乐了!

《快乐世界》设置的文艺栏目,有小言、中外趣闻、酒后茶余录、剧评、小说等,作者多为《消夏》副刊上的作家,如鹤声、凤蔚、酒中冯妇、昙庵等人,还有上海的婉雏、程小青、徐枕亚、周瘦鹃等鸳鸯蝴蝶派作家。可见,随着国民革命势力转向、聚集广州,上海鸳鸯蝴蝶派文学也乘机涌入,并顿时抢占了广州的文化市场。从1924 年 9 月 17 日开始,《快乐世界》扩充版面并改为"小说之部",连篇累牍发表旧派通俗小说,连载诸如鹤声的社会小说《山泽龙蛇》、昙庵的义侠小说《昆仑磨剑》、我亦抢客的滑稽小说《抢食记》、红楼主人的写情小说《情仇》、抱璞女士的家庭小说《故乡回首记》等等。随着广州国民革命空气的日益浓厚,《小说之部》为迎合社会潮流而推出"革命文艺"栏目,发表雁声的革命小说《雪梨恨史》、春声的革命戏剧《一枝梅》等等,但这些应景之作都以"晚清革命"为内容,前者暴露革命党"以革命之头衔"欺人混事的丑恶行径,后者表彰革命党行侠仗义、专杀贪官污吏的行为。不久,《小说之部》又分为"小说世界"、"余趣"两个版面,前者大量连载枕亚、朴轩、蕴章、红蕉等人的社会小说、记实小说、侦探小说、哀情小说,后者以嬉笑怒骂之文呈现堕落的世道人心。总之,由于《快乐世界》及《小说世界》、《余趣》等消闲副刊的推波助澜,广州消闲文艺日益繁荣与发达。

　　为了消除广州旧文艺、消闲文艺的势力而宣传"革命学说"，广州革命文化界 1924 年 6 月创办《民国曙光》副刊。这个首先在广州问世的革命文化副刊，内容分为文学与常识两种，"文学是包括人生观家庭问题社会研究等，常识是包括卫生经济教育科学艺术杂录等"①。《民国曙光》重视思想、卫生、科学而不重视文学，头版"言论"栏多刊发现代思想学说，既有关于广州报界改革、妇女装束改革及性教育等方面的建议，又有学校教育改革方面的论述。《民国曙光》更多篇幅让给卫生、科学知识的宣传，诸如夫妇间维护爱情的方法、胎教的方式、赌博的遗害、四季的养生等现代生活常识。文学成为《民国曙光》真正的报屁股，而且刊发的多是游戏性质的旧诗文，如果说笑魂的随笔《寄递情书之新法》简单编织世界各地男女传情的奇思妙想，那么，春声的白话诗《并无其事》、崧的《快人快事》等纯粹是空洞性质的笔墨游戏，而花田侣侬的《披襟小记》、徐洞天的《暑天妄想录》、悲潮的《灵丝袅袅录》等更是毫无现代气息的旧文艺。也许因为《民国曙光》未呈现鲜明、活泼的革命文化气象，它存在不到两个月就停刊了，尽管读者赞称它"内容五光十色，异常丰富"，给阅读增添"十分兴趣"，甚至使堕落青年"赌博也不思想去了"②。

　　1924 年 8 月 1 日，《广州民国日报》推出更具有革命气息的《学汇》副刊，它由《民国曙光》改版而成。《学汇》既发表国民党领袖孙中山、汪精卫等人的革命论述，也刊发恽代英、萧楚女等共产党人的革命宣传，成为国共两党宣传革命思想的阵地。不仅如此，它还成为新文学的创作园地，既发表广州新文学青年金庵、抽纺等人的诗歌创作，又刊发北京、上海等地新文学作家的小说作品。因此，《学汇》创刊后引起广州革命界、新文化界的高度重视，

　　① 编者《欢迎投稿》，《广州民国日报·民国曙光》1924 年 6 月 30 日 1 号。
　　② 刘钟响《读了民国曙光以后的两个朋友》，《广州民国日报·民国曙光》1924年 7 月 10 日 9 号。

胡耐安、金庵、孚木等文学青年纷纷表达对它的希翼,希望它成为广州乃至全国的学术总汇,能够侧重革命精神的宣传,以呼应上海和北京两地的新文化运动。他们把《学汇》视为污泥中的"孤莲"和美丽的"天使",将会给旧文化盘踞的广州送来"一点微弱的曙光"①。正是《学汇》及其之后的《文学周刊》、《批评与创作》等新文化副刊的努力,于上海兴起的革命文学终于闯进旧文艺盛行的国民革命"策源地"广州。

《学汇》的文艺栏主要发表广州新文学青年的创作,也发表外国文学的翻译作品。然而,有些文学青年认为《学汇》是国民党公开的机关报,希望它侧重国民党革命精神的宣传,希望它能够多登些慷慨悲歌、鼓舞国民革命勇气的文字,不要登载那些表面新而实质上缺乏"新精神"的所谓新文学,认为那些"无病呻吟"之作"恐怕要比旧文学还腐败,还不切于实用"。② 从1924年10月起,《学汇》转向革命文学的倡导,首先转载许金元《革命文学运动》一文,该文发表在1924年6月2日上海《民国日报·觉悟》副刊上,成为广州《民国日报》倡导革命文学的先声。该文批评中国新文坛几乎都是喊着"爱人呀"的"风月"作品,认为它们在被压迫国家、尤其在"两重压迫"的中国根本不需要,"现在我们中国所最需要的,是提倡革命文学,鼓舞国民性,以期国民革命早日成功,真民国早日出现",号召只是消极反对"靡靡之音"的人们积极起来提倡"适应于现中国的需要的革命文学"。10月4日,《学汇》刊发金枝的《非战文学的原理和革命》,指出"非战文学"并非是感伤主义的诅咒战争,而是表现"反抗精神"的文学,它"替人民诉苦"的同时又能"培养真正战争的勇气"。他认为中国即将到来的长期战争,会催生"两种文学",一种是"非难不义之战的"文学,另一种是"鼓吹革命战争"的文学。11月14日,《学汇》又转载《觉悟》副刊上沈

---

① 金庵《泥中孤莲》,《广州民国日报·学汇》1924年8月8日。
② 孚木《对于学汇的希望》,《广州民国日报·学汇》1924年9月17日。

泽民的《文学与革命的文学》,继续在广州宣传上海的革命文学运动。沈泽民认为,诗人是人类最真挚、最富同情心的人,他们是"民众的口舌,民众的意识的综合者",其作品能慰籍民众的痛苦又能把民众意志统一起来。他还指出,诗人的这种人格不是天生的而是经验养成的,因此,一个真正的革命文学家应该走进社会,应该首先使自己成为一个真正的革命者

《学汇》不断转载上海《民国日报·觉悟》上革命文学的倡导文章,用意非常明白,即希望清除广州通俗文艺与黄色文艺的盛行,促使广州新文学家转向革命文学的创作。但是,《学汇》发出这几声"呼唤"后,再未刊发革命文学倡导或论述的文章,也没有登载革命文学的创作作品。这一方面是因为广州新文学青年此时还沉睡在五四新文学的旧梦中,另一方面是因为广州革命空气还不够浓厚,培养革命人才的摇篮黄埔军校刚创办不久,腐败的广东大学还没有进行改组。《学汇》没有像上海的《觉悟》副刊那样对革命文学充满热情,可能也跟《学汇》的性质及编者的态度有关。《学汇》注重学术与革命学说,人们希望它能够向"学"与"汇"两个方面发展,前者可以改变广州新闻界剽窃、抄袭的习气,后者可使它成为广州甚至中国学术的"总汇"。偏重学术的《学汇》最终招致社会读者的冷落,迫使编者改变编辑方针。编者在改版"小言"中说,"从前的《学汇》,偏重于学理方面,所以介绍和贡献给读者的,大都是近于专门的,而不是普通",表示《学汇》今后要负起"灌输常识"的"使命","凡关于发人深省的'文艺',增进人们的'常识',激奋颓废精神的'革命论',世界新近的'学说',《学汇》都愿尽量的供给读者"。① 缺乏生动、活泼气象的《学汇》还被减缩版面,由原初整版改成半版,另外半个版面被商业广告取代。日趋萧索的《学汇》跟《快乐世界》的繁荣构成鲜明反差,致使它创刊不到半年光景就停刊了。

---

① 《小言》,《广州民国日报·学汇》1924年10月27日。

　　《学汇》停刊后，广州"文学周刊社"在《民国日报》上创办《文学周刊》，专门从事新文学运动。在 1925 年 5 月 4 日第八期上，《文学周刊》开设"革命文学讨论"栏目，旨在推动革命文学在广州的发展。该期发表柏生《致甄陶论无生命的文学》的信，称他们（甄陶、柏生、镜人、厉甫、甘乃光等同志）"提倡革命的文学以宣传革命主义，以完成革命的事业"，但遭到郑振铎的反对，因为郑振铎在《小说月报》16 卷 3 期"卷头语"中批评"宣传某种主义"或"消遣"的文学。郑振铎认为，文艺是热情的产品，"必有真挚的热情，才能产生美丽而感人的文艺"，反对以文艺为消遣的或为宣传主义的工具。他说，作反战小说的时候，如果我们并未深切感到战争的凄惨，小说就会沦为表达反战主张的工具，这样的小说绝对不会有生命、绝对不会成为好文艺。柏生把郑振铎的这种文学主张视为"反革命文学的宣言"，是浪漫的、市侩的而没有生命的文学观念。他说，在"凄惨"的社会环境中，文学家不为之动容和表现，宣传便是麻木不仁，而麻木不仁的文学家就是无生命的文学家。他指出，今日的文艺已不是浪漫和市侩的文学场所，它们因"落后"时代而将被"自然淘汰"，有永久生命的文艺只能是"在革命主义之旗帜下"的革命文学。

　　柏生这篇讨论"无生命文学"的文章比较短，但它至少有三个方面值得重视。一是告诉我们，在 1925 年初，广州新文坛已出现"革命文学运动"，"文学周刊社"可能是最早的实践者，文学周刊社甄陶、镜人等作者，还创作了《石达开之文学》、《中国》（剧作）等具有革命精神的作品；二是广州革命文学提倡者多是国民党左派青年，他们明确指出革命文学是宣传"革命主义"的文学，而革命主义就是孙中山制定的"青天白日革命旗"，这说明在国民革命逐渐展开及新文学家、共产党提倡革命文学的双重影响下，国民党左派青年已开始自觉从事革命文学；最后，它将表现人生或自我情感的文学视为浪漫的文学，认为是无生命而需要铲除的市侩文学，这是以前革命文学倡导中所没有的，更为重要的是，它可能影响了创造社的文学转向，因为创造社元老郭沫若、成仿吾、郁达夫转换文学方向时，不仅将浪漫文学视为落后的批判对象，而且将革命文学视为具有久远价值的高尚文学。① 总之，文学周刊社将《学汇》的革命文学呼唤转化为文学实践，它的实践者不仅是国民党左派青年，而且它的内涵也明确为"青天白日革命旗"的宣传，革命文学与革命运动联结为一体。

和《学汇》一样，《文学周刊》的寿命可能也不长。《广州民国日报》1925 年 8 月重新调整副刊，推出《自由评论》副刊及《小广州》、《趣声》两个贴近生活的文艺副刊，并创办《批评与创作》副刊。《批评与创作》周刊 1925 年 12 月 2 日出刊，性质与《学汇》比较接近，倾向于政治和学术。它发表的文学作品多为文学批评和革命诗歌，作者多是广州大学、黄埔军校等校的文艺青年，他们的创作多反映广州革命斗争的状况，如学时的《祝雷属革命胜利》、怡普的《感作》、毓刚的《三月十八日的北京》等诗品，都以国民革命的政治斗争、军事斗争及思想文化斗争为题材，而陈淘、黄剑芬等人的诗歌则表达流血、牺牲等热烈的革命情绪。值得注意的是，何约新是《批评与创作》引人注目的革命诗人，他是兴宁人，原在上海三育大学肄业，非常喜欢新诗，上海各报上都有他的诗文登载。他在《批评与创作》上发表的《努力革命》、《血潮》等诗作，被读者称赞为"有大丈夫的气概，壮士的胸臆"②。但是，他的这些革命诗歌近似"鼓动"诗，几乎就是"标语口号"的堆砌，跟《中国青年》上刘一声的诗作相仿佛。让我们深思的是，不是这些革命诗歌的幼稚成因，而是《批评和创作》发表它们的"用意"。《批评与创作》编发这样的诗歌，一为反映广州高涨的革命情绪，二为培养广州革命作家。众所周知，广州文学青年通晓国语的较少，能够使

---

①　郭沫若、成仿吾 1926 年发表在《创造月刊》1 卷 3 期、4 期上的《革命与文学》、《革命文学与它的久远性》，都认为革命文学是有久远价值的文学。

②　刘森《何君约新的新诗》，《广州民国日报·批评与创作》1926 年 2 月 26 日。

用国语的新作家不多,且能力也有限。不论如何,何约新等革命诗人的出现,表明国民革命已造就了自己的文学作家。

从《学汇》、《文学周刊》到《批评与创作》,广州革命文化坚持同旧文艺、黄色文艺抗争,使革命文学在这座社会文化落后的城市逐渐发展起来,培养了革命青年的文学创作兴趣。但由于受广州方言的制约,也由于广州文学作者多是革命青年,广州的革命文学创作显得非常稚嫩,多是"纸面上写着许多'打、打','杀、杀'或'血、血'的"①的文学。尽管如此,它们催生了广州的革命文学,使广州成为上海之后的革命文学中心。

1926 年 4 月 22 日,《批评与创作》改为《新时代》副刊。这个副刊由革命理论的宣传转向了革命问题、青年问题的探讨,对革命文学的重视程度也加强了,其中,值得关注的是,它开展的"恋爱与革命"讨论及逐渐增强的革命文学色彩。

《新时代》开展的"恋爱与革命"问题讨论,由张威《恋爱与革命》的文章引起,该文发表在 1926 年 4 月 21 日《批评与创作》副刊上。在这篇短文中,张威首先提出自己的恋爱观,即真正永久的恋爱是建筑在精神上,而"绝对没有金钱虚荣或性欲冲动的彩色,就是说真真正正的恋爱,是以恋爱为目的,不是以恋爱为手段"。他指出,这样的恋爱在如今"宗法社会和经济恐怖的时代"根本无法实现,因为资本主义制度"已将家庭爱情的面帕扯碎了,家庭的关系弄成了单纯的金钱关系",男女的恋爱异化为作茧自缚的东西。他最后认为,男女在经济未获得独立之前"绝对不能谈恋爱与婚姻",否则"在男子是变态的奴隶,在女子是变态的娼妓",而现在男女青年要想得到真正的恋爱,"唯一的方法"只有去"革命",为无产阶级革命"终极目的而奋斗","废除一切私有制度,和横蛮的礼教,建设新经济组织的社会",让人人可以发展自己的个性并实现自由平等,真正的恋爱才自然而然地可以实现。张威的

---

① 《鲁迅全集》(3 卷),人民文学出版社,2005 年,第 567 页。

"恋爱观"引起 MS 的共鸣,他承认在革命没有获得成功以前,"什么自由恋爱,什么恋爱自由,完全是性欲冲动,金钱势力使然的"。但他认为,张威的思考逻辑却产生另外一个矛盾问题,即若青年等待革命成功后再恋爱"恐怕他已经死有余骨了"。相反,MS 认为性欲冲动是"任何人不能避免的",恋爱与革命又是矛盾冲突的,革命吧而性欲却是无法遏止的,恋爱吧又会妨碍革命工作。他主张革命青年在性欲未发展前尽管努力革命,在性欲发展时可以恋爱,但非"金钱或一般性欲的结合",而恋爱时也"毋忘革命"。①

张威与 MS 不同的恋爱观,引发广州革命青年的关注与讨论,《新时代》5 月 7 日、5 月 12 日、5 月 20 日、5 月 25 日、6 月 16 日推出五期"恋爱与革命问题"专号,希望通过广泛、深入讨论而获得明确解答,使革命青年得到清楚的认识与正确的人生指导,以免"他们暗中摸索或误入歧途"②。讨论开始阶段,张威的资本主义制度异化人类纯洁爱情的观点获得普遍共鸣,但他恋爱中不能有性欲、青年在革命中不要恋爱的观点却遭到多数青年反对,许多青年认同 MS 的恋爱观,认为性欲是不可避免的、自然的生理现象,青年革命过程中需要恋爱、也可以恋爱,只不过恋爱要注意几个条件。有人提出要遵守经济独立、打破性欲观念及两性同为革命青年等条件,有人提出恋爱勿忘革命、爱而不恋等条件。随着这个问题的解决,讨论转向恋爱是否会"妨碍"革命工作的问题,许多青年认为恋爱是革命青年无法"牺牲"的,革命青年恋爱不仅不妨碍革命而且能促进工作。愤花说,革命的恋爱会带来积极的利益,一是可使枯燥、艰苦的革命工作增加了活力,二是能够促使男女恋人彼此竞争、进步;萧宜林说"恋爱是革命成功的母",真正的革命家绝不会为了恋爱而"变了心"、"不去革命","有时候还会因

---

① MS《读了〈恋爱与革命〉以后》,《广州民国日报·新时代》1926 年 4 月 24 日 3 期。
② 袁乾《恋爱与革命问题的我见》,《广州民国日报·新时代》1926 年 5 月 25 日 24 期。

受爱人的鼓励,更加兴奋起来,增进我们成功的要素"。① 如果说"革命"要不要"恋爱"的问题没有产生认识分歧,那么,"恋爱"是否妨碍"革命"的问题就产生截然对立的主张。多数人认为恋爱能够给革命青年带来心理慰藉、革命激情,但也有不少人坚决反对这种思想,认为革命青年应该"宁愿牺牲自己的苟且爱情,也要谋之于将来",而战场上的流血和恋人的"接吻"绝不能同时发生,恋爱与革命绝对会发生矛盾冲突,恋爱无论如何会对革命工作产生妨碍。"恋爱与革命"问题的讨论,还激发"恋爱与革命"的文学创作,顾仲起的小说《一封来信》、姚应征的独幕剧《思潮》都以此为题材,前者批评恋爱是革命青年"安慰品"的腐朽思想,后者反映革命青年向"爱神"屈服的意志堕落与沉沦。

《新时代》也推动了革命文学创作的发展,这不仅反映在它越来越增加"文学"的版面②,刊发的文学作品"革命"色彩鲜明,而且反映在它发表的革命文学体裁的丰富上,尤其是对"革命戏剧"的热情关注上。《新时代》发表的革命诗歌,如飘零的《恋爱与牺牲》、痴公的《支那屠场中! 几只不驯的犬》、何勇仁的《三月十二日的默哀》等诗作,都强烈表达反帝、反资本主义的国民革命意识:"黑幕层层/一息间,白光光的太阳,上了青天/五个兄弟,一早起来,声音朗朗地/扬着小旌/走到一块"③。它刊载的革命小说也逐渐增多,郑尚的《雄壮的缠绵》与《一封慰安的信》、顾仲起的《一封来信》等,都属于"书信体"的革命小说。《雄壮的缠绵》以青年"出征"时写给女友的"情书",表达了坚决的革命意志;"天天盼望着的血肉相搏的生活,现在快要开始动作了。何等痛快呵,这会不是敌人死在我的脚下,就是我死在敌人的脚下";《一封慰安的信》

---

① 萧宜林《恋爱是革命成功的母》,《广州民国日报·新时代》1926 年 6 月 16 日 39 期。

② 《新时代》1926 年 5 月 21 期开始,文学版面扩充为整版,并欢迎作者投稿。

③ 痴公《支那屠场中! 几只不驯的犬》,《广州民国日报·新时代》1926 年 6 月 5 日 32 期。

则是战士写给父母的"家书",安慰"物质上"彻底失败了的年迈双亲,将因儿子成为战士而得到"精神上"的胜利,并告诉他们"等到革命成功之后,那时无产阶级的生活改善了,我们家的生活也改善了"。《新时代》更重视"革命戏剧"的发展,不仅发表戏剧作品而且关注戏剧的理论及批评。徐谷冰《创作剧本之商榷》探讨了革命戏剧的创作问题,他说戏剧现在是革命宣传最好的利器,其文学地位由过去"小说诗歌戏剧"的"第三位"上升为"第一位",这要求剧作家要有"热烈的同情正确的思想和高尚的艺术",否则,他的创作及表演对社会、人生就"决不会发生什么良好的影响"。他认为戏剧家首先要"革命化平民化",才能创作出"适合环境与人生的剧本",而革命戏剧形式上应以"独幕剧"为主,因为独幕剧省时、简单易举、便于维持观众注意力。广的《白话剧话》认为,白话剧虽然要求演员学识宏富,但是"编剧"尤其重要,"因剧本不佳,则演者不能增加兴趣,观者不能感化"。他指出,革命戏剧"要有主义",并"务使观者心领神会,潜移默化",倘若仅能使观者"赏心悦目"则属于"下品"。尹伯林是《新时代》上崭露头角的革命剧作者,他的《觉悟》编织了军阀兵痞在革命军教导下"改邪归正"的思想转变,诗剧《一个生命的结局》以"小飞虫"的厄运抒发青年"离家别母"的飘零情绪。《新时代》对革命戏剧的关注,实质反映了广州革命文学的历史状况,即是说,国民革命领袖重视戏剧的宣传作用,黄埔军校政治部就成立了"血花剧社","以宣传革命为宗旨,曾于潮汕各处,演出多次,颇受社会欢迎,故获得一时之盛名"①。

　　受国民党整理党务案运动的影响,《新时代》1926 年 6 月底停刊,《广州民国日报》1926 年 12 月 27 日又推出《现代青年》副刊,以"指示青年以正当之路径,灌输革命理论"②为使命。主编余明

---

①　杨大荣《黄埔观剧后》,《广州民国日报·新时代》1926 年 6 月 28 日 47 期。

②　朱节山、余明鎏《对现代青年的要求》,《广州民国日报·现代青年》1927 年 1 月 26 日 25 期。

鋈说,这个副刊专为青年群众说话,"想唤起一般青年注意解决自身的问题,并引导他们杀出一条血路出来"①,注重革命理论、国际知识的介绍与社会问题的解答,至于革命文艺、学术专著则以其"余力"尽量刊发。《现代青年》是国民党整理党务案的思想产物,旨在唤醒革命青年对孙文主义的信仰与忠诚,而对于革命文学建设与发展并不热心。因此,有读者批评说,"现代青年已出至二十余期了,所发表的文字,大都是谈主义的,而且十有九都是鼎鼎大名的著作家所著作的。我以为谈主张的文章固然很紧要,但对于文艺一项也不能完全没有,须知真正文艺作品,都是人类高尚圣洁的感情的产物,以文艺感人,比普通文字感人尤深,而鼓吹革命及改造社会等事业,文艺便是利器",并希望《现代青年》"每期都应找些有革命性的诗歌或小说发表"。② 或许因为读者的不满,《现代青年》此后才开始发表文学创作,如李焰生的诗歌《辞别一九二六年之神》、邱祥霞的小说《受伤的小鸟》等。李焰生接替余明鋈担任主编后,《现代青年》才重视革命文学。李焰生认为广州文艺界的沉寂是无法讳言的,表示"本刊以后于登载革命论文之外,将努力筑起一座文艺的花园——革命文艺的花园",打算每旬出版一期纯文艺作品,希望革命青年多"采集革命的文艺之花,来点缀这荒芜寂寞的花园"。③ 在李焰生主编期间(36–81 期),《现代青年》文学色彩日趋浓厚,共刊发新诗 33 首、小说 2 篇、戏剧 1 篇,文学作品的"政治倾向"十分鲜明,多反映迷途的国民党革命青年皈依"孙文主义"的思想觉醒与新生。孔圣裔成为这时期最有代表性的作者,他的《呼声》、《小诗》等诗作表达了对"三民主义"的清晰认识,"革命必带有时间性/中国的环境,只有三民主义适应"④。

---

① 余明鋈《发刊的话》,《广州民国日报·现代青年》1926 年 12 月 27 日 1 期。

② 朱节山、余明鋈《对现代青年的要求》,《广州民国日报·现代青年》1927 年 1 月 26 日 25 期。

③ 焰生《编者的话》,《广州民国日报·现代青年》1927 年 2 月 18 日 36 期。

④ 孔圣裔《呼声》,《广州民国日报·现代青年》1927 年 2 月 18 日 36 期。

由于李焰生重视文学表达感情、活泼情趣的作用，以及他站在国民党左派立场上的鲜明态度，《现代青年》经他的努力而顿时成为国民党左派青年的文艺园地与读物，并把国民党左派的思想态度充分表达出来，即"攻击右派的思想落伍，纠正CY的幼稚，完全在两党合作的原则上说话"，"使党内外的同胞都认识真正的中国国民党和孙文主义"①。

国民党清党运动期间，《现代青年》1927年4月21日改由姚宝猷主编，他在《本刊今后的使命和我们应有的努力》中说，本刊今后的重要使命"是立足在我们中国国民党的主义，党纲，和政策上，从事于一般青年的思想行事的指导和纠正，务使一般青年的思想能为科学化，行为能为革命化，生活能为团体化。换句话说，就是在中国国民党指挥领导之下去唤起一般受封建社会的遗毒如旧思想，旧礼教，旧道德重重压迫的有志青年，为求其本身的利益及全民众的利益，而作种种正当的青年运动，和参加打倒帝国主义及其走狗军阀等之国民革命的战线！"所以，他表示本刊极愿意尽量发表"讨论怎样才能使本党健全和发展、及其他关于青年问题的文章"。受此影响，《现代青年》这期间刊发的文学作品明显减少，共刊发11首诗歌、4篇小说，革命文学的"政治"色彩与"战争"色彩减退，而转向了批判封建思想的"社会革命"主题。代表这种文学主题变化的是郭士寅、绍东的小说创作，郭士寅的《玉堂》、《中秋节后的阿凤》等小说，以鲁迅的《阿Q正传》为文学借鉴，描绘了乡村贫困青年幻想"当兵"而获得人生幸福的"阿Q思想"，"打仗，杀人，开机关枪，开大炮，真快乐，杀人如草芥，烧屋如烧柴！"②绍东的《炳喜的死》描绘了乡村雇农因穷困而家破人亡的惨状，饥饿所迫的炳喜在借贷无望后只好卖儿救急，但最后还是难逃家破

---

① 格孚《一封信》，《广州民国日报·现代青年》1927年4月4日69期。

② 郭士寅《中秋节后的阿凤》，《广州民国日报·现代青年》1927年5月24日106期。

人亡的厄运,他自己用一根麻绳吊死,他的妻子带着孩子也不知流亡何处。总之,《现代青年》此后转向表达"一般青年受那宗法社会的旧思想,旧道德,旧礼教之压迫"的痛苦呼声及"解脱痛苦的方策",①刊发的文学作品带有"感伤颓废"倾向,多表现青年在爱情、求学、职业上所遭遇的社会压迫。余明鎏1927年6月再次主编该副刊后,这种编辑宗旨及倾向更加鲜明。少希的《热》、陈炜权的《马路上》等小说都以"车夫"为题材,表现劳动者与有产者的社会差别;陈吉人的《谁之罪》、黄育根的《爱的中伤》、郭士寅的《渡河》等小说,表现的是女子爱情与封建礼教之间的冲突;徐尚周的《往何处去》、罗道的《残絮》、陈吉人的《一个落伍的青年》等小说,都反映青年在爱情、谋生及求学等方面遭遇的痛苦与心理苦闷。由于这种"达夫式"的感伤情调日趋浓厚,编者和读者都希望《现代青年》多发表具有"革命性"的作品,谢立猷在《对本刊的一点小要求》中呼喊,希望它能够"建筑起一座鲜艳的革命文艺之园,来在我们革命的时代上,革命的环境中,显示出我们璀璨的革命文艺之花",而它的编者却抱怨许多文学青年"不懂得什么是文艺革命什么是革命文艺",表示为了提倡革命文学起见,"特约广州文学会每星期一担任出一文艺专号,定名为'滂沱'"②。总之,随着北伐成功与国民政府迁都武汉,广州由国民革命的策源地变成了革命的大后方,革命的意识形态斗争与北伐战争的革命情绪趋于平淡,革命文学创作发生了主题与风格上的巨大变化。不仅如此,这种转变还跟创造社、鲁迅等新文学家的"转向"有一定影响关系,《现代青年》上刊载的诗歌、小说多有《女神》、《沉沦》、《阿Q正传》等作品的影响痕迹。

《广州民国日报》彻底改变了广州黄色文艺盛行的风气,取得了较好的社会效果。

---

① 姚宝猷《编者的话》,《广州民国日报·现代青年》1927年5月26日108期。
② 《编辑室缀话》,《广州民国日报·现代青年》1927年12月10日260期。

第一节 《谩》的翻译对
鲁迅的影响

鲁迅弃医从文后做的事情之一，就是与弟弟周作人一起翻译《域外小说集》，鲁迅仅翻译了三篇俄国小说，其中之一就有安特莱夫的《谩》。这篇小说的翻译就像另外两篇译作《默》、《四日》一样，给了鲁迅深刻的思想影响，使他从"立人"学说的热情中退回到对"孤独"、"沉默"、"无力"等内在世界的感受。众所周知，鲁迅日本留学时期认为中国国民性中缺乏"诚"与"爱"，渴望抱诚守真、刚健不挠的人生战士出现。然而，《谩》的翻译改变了鲁迅的这种认识，让他感受了"谩乃永存"的存在本质，让他体味到了"诚"在人间的虚无与痛苦。从此，"诚"与"谩"这对矛盾就在鲁迅思想中生下根来并不断碰撞，成为他文学创作不断探索的主题，从狂人对虚伪世界的抨击和对"真人"的渴望，从涓生不愿委于虚伪到说出真实的痛悔，从"这样的战士"对抗"无物之阵"的无奈到对抗虚无的人生决意，都反映了《谩》的翻译对鲁迅思想及创作的深远影响。

众所周知，鲁迅的童年极富戏剧性。幼年家境较好，但祖父入狱结束了他快乐的童年，从此家道中落而变成"乞食者"，加之父亲突发急病不久告别人世,本家长辈欺负孤儿寡母要求分屋。"当时他还是一个未成年的孩子……这类事带给他内心的创伤是深重的,使他从小就看清了本家长辈的真面目。"①他在《呐喊·自序》中写道:"有谁从小康人家而坠入困顿的么,我以为在这途路中,大概可以看见世人的真面目。"从这句话里可以想象少年鲁迅所经受过的种种难堪、屈辱,以及由此产生的对世人执拗的怀疑与不信任。当这个涉世不深的少年匆匆奔走于当铺与药铺之间,面对周围熟人亲戚卑鄙虚伪的嘴脸,他对于"谩"在人间的存在及冷酷必定有痛苦的感受及憎恨。这既是外界现实进入意识后产生的抵触情绪,也是一个具有善良天性的人对虚伪欺诈的厌恶与反叛。

在日本留学期间,鲁迅和好友许寿裳讨论过中国国民性的缺点,结论是"我们民族最缺乏的东西是诚和爱",而这毛病的根源皆是因为汉族两次被奴役于异族,"做奴隶的人还有什么地方可以说诚说爱呢?"②鲁迅认为救治的方法就是革命。在《摩罗诗力说》中,他介绍拜伦、雪莱等这些"抱诚守真"的天才,认为拜伦的死是"性又率真"而"虚伪满于社会"所导致的,赞叹雪莱"当我见诚,而君见我死"的执著精神。这些显示出鲁迅对"诚"的执著,对"至诚之声"、"温煦之声"的深切呼唤。他在《破恶声论》也大声疾呼"伪士当除",深切渴求个人的诚实,"吾未绝大冀于方来,则思聆知者之心声而相观其内曜",而所谓"心声者,离伪诈者也"③。总之,鲁迅留学早期都是以"诚"的渴求而希翼驱除"谩"的存在。

鲁迅这时期多"自居为一个救国救民的启蒙者"④,决心扮演一个对抗"谩"的英雄或战士,以驱除人性与人间的虚伪与欺诈。

---

① 萧红、俞芳等《我记忆中的鲁迅生活》,河北教育出版社,2000 年,第 225 页。
② 许寿裳《我所认识的鲁迅》,人民文学出版社,1978 年,第 59－60 页。
③ 《鲁迅全集》(8 卷),人民文学出版社,2005 年,第 25 页。
④ 王晓明《无法直面的人生——鲁迅传》,上海文艺出版社,1993 年,第 26 页。

此时,他对于"谩"的理解与少年时代并无两样,还仅是从道德、感性层面上理解,"谩"仅是一个人性堕落的道德对象,而"诚"也只像一个热切的口号和目标,它如此遥远却又如此诱人。实际上,安特莱夫的《谩》表达的就是对"谩"的不满,那位像白云般飘逸妩媚的女主人公竟是谎言的象征,男主人公无法忍受以爱的欺骗而将其杀死,小说叙事者在叙事结束时同情地写到,"诚不在此、诚无所在也。顾谩乃永存、谩实不死。大气阿屯、无不含谩。当吾一吸、则鸣而疾入、撕裂吾胸。嗟乎、特人耳、而欲求诚、抑何愚矣!伤哉!"像空气一样无处不在的"谩"让人窒息,一个谎言和痛苦充斥的世界也让人陷入痛苦的绝望。

然而,随着弃医从文的失败,留学前景变得日渐黯淡,鲁迅此前狂热的启蒙激情也逐渐消退,清醒地感受到了自己在现实面前的无力,"思想上的矛盾开始显露出来,他也越来越容易怀疑和犹豫了"①。为了肩负家庭的重担,他带着满心的失落回国,先在家乡教书后到教育部任职,这成为鲁迅生命中绝无仅有的十年沉默期。为了应付袁世凯政府的恐怖统治,他抄古碑、辑古书、读佛经,除去教育部上班和逛书店,基本上不出会馆,每日夜间一个人孤灯下独坐,这样的生活持续了五年之久。同时,母亲给他包办的婚姻愈加显得沉重,不幸婚姻导致的禁欲生活,让他孤独痛苦的心境更加阴霾。这段日子鲁迅将他的住处取名为"俟堂",取"待死堂"之意。正是在这种境遇下,当外界喧闹冷静下来的时候,他转向了自我内在的反省,可以猜测他的内心矛盾,他不再是一个激进的热血青年,他把目光从社会、国家、民族转向自我的沉思。在反思自我的意识之旅途上,他对"谩"的认识也发生一种巨大的转变。

莱昂内尔·特里林说过:"革命家对旧社会之虚伪的关注导致他们对个人甚至自我之可能虚伪的关注。"②从童年阴郁的记忆

---

① 王晓明《无法直面的人生——鲁迅传》,上海文艺出版社,1993年,第37页。
② 莱昂内尔·特里林著、刘佳林译《诚与真》,江苏教育出版社,2006年,第69页。

到留学时期的失意,直至回国后的沉默颓唐,鲁迅不再执著于只揭露社会的虚伪本质,他更深体会到自己内心不断滋长的黑暗力量。从五四时期到整个 20 年代,这种感觉越来越强烈,如大毒蛇缠住他的灵魂。从前,他一直试图同缺乏"诚和爱"的人间斗争,试图剥去社会与个人虚伪的外衣而造就一个真诚、率真的人生与社会,但进入中年的沉默与孤独中,他终于意识到"诚"只是自我内心一种美好的渴望,人不可能真诚面对世界与自己。他尝到了自己"求诚"而造就的人生苦酒,认识到"谩"在人间的人道意义与价值效用。

在散文诗《野草》中,他表达了对"诚"与"谩"的心灵困惑。《立论》以老师教导学生如何"立论"的寓言故事,揭示了在一个需要世故圆滑的人间社会,立论最好的法子就是"不立论"。鲁迅以"说要死的必然,说富贵的许谎"而"说谎的得好报,说必然的遭打"的矛盾,似乎说明人间存在一种被视为合理的"虚伪"世故法则,这让一个希望"说实话"的人陷入尴尬。在世故的情况下,不仅"诚"的窘迫显现出来,"诚"的有限性呈现出来,而且"谩"的必要性被揭示出来,它甚至成为支配人心的道德律令。鲁迅后来说过,自己所以参加新文学运动,对自己而言实际上是"许谎"和自欺,他虽然不相信文学能够"扭转乾坤",但还是自愿"拿起了笔","几年以来,有人希望我动动笔的,只要意见不很相反,我的力量能够支撑,就总要勉力写几句东西,给来者一些极微末的欢喜。人生多苦辛,而人们有时却极容易得到安慰,又何必惜一点笔墨,给多尝些孤独的悲哀呢?"①鲁迅所以选择自欺及欺人,动机和愿望都是出于善意与人道。总之,鲁迅以《立论》表现了对"谩"的深入思考,旨在表现"诚"并非具有普遍的必然性与道德价值。

鲁迅在《祝福》与《伤逝》中,把对"诚"的反诘与否定推向了终极。祥林嫂在路上问我的"究竟有没有魂灵和地狱"的问题,把

① 《鲁迅全集》(1 卷),人民文学出版社,2005 年,第 298 页。

"我"推到无法言说的"踌躇"与"支吾"中。起先，为了不增添"末路的人的苦恼"，"我"选择了善意的欺骗，支支吾吾地说大概是有的。经不住祥林嫂再三追问，"我"便胆怯起来而且否定了自己所说，以"说不清"搪塞便匆匆逃走，因为自己这时真不知道该如何回答才好。"我这答话怕于她有些危险……倘有别的意思，又因此发生别的事，则我的答话委实该负若干的责任……"这似乎重复了《立论》里的"立论"困境，最好的立论法子就是根本什么都不表达。此时，鲁迅深深意识到"诚"和"谩"不再是对立的二元冲突，认识到了在善意和人道的动机与目的中，"许谎"虽是令人鄙薄的世故"圆滑"，但却是脆弱心灵无法面对痛苦现实的正当行为。《祝福》中我所以用"说不清"来推托，因为这既可以不负说出真实可能导致的后果，又得以避免因为说谎带来的内心愧疚。在这种意义上，《伤逝》中的涓生却犯了"说清楚"的思想错误和痛苦。

《伤逝》体现了"诚"与"谩"的更大冲突与碰撞。在情感变化与生活压力中，涓生发现自己不再爱子君，这使他陷入真与伪的心理矛盾与道德困境中。这种困境不仅是现代爱情观念造成的，即爱情要立足于真实而非虚伪的情感，而且是涓生"诚"的人生观念造成的，他不愿委于虚伪而决意将"不爱"的真实说给子君。"我在苦恼中常常想，说真实自然须有极大的勇气的；假如没有这勇气，而苟安于虚伪，那也便是不能开辟新的生路的人。"[1]没想到的是，涓生的求"诚"不仅给子君带来感情痛苦，而且导致子君重新回到冰冷的旧世界而死去。这让涓生陷入无尽的悲哀与悔恨中，决心向前跨出一步、以遗忘和"说谎"为自己的前导。在《伤逝》这篇抒情小说中，涓生悔恨的核心在于他"没有负着虚伪的重担的勇气"，"我不应该将真实说给子君，我们相爱过，我应该永久奉献

---

[1]　《鲁迅全集》(1卷)，人民文学出版社，2005年，第125页、130页、133页、299–300页。

她我的说谎。如果真实可以宝贵,这在子君就不该是一个沉重的空虚。谎语当然也是一个空虚,然而临末,至多也不过这样地沉重。"①对此,有学者指出:"人格之建立,则需要虚伪和说谎,需要用面具先把自己的灵魂遮蔽起来,即使在夫妻之间,也需要保持一定的距离,需要'隐私权'。这才是新的、独立人格的真正'生路'。不承认人格具有'面具'的性质,或是没有勇气承认最赤诚的心都只不过是一副人格面具,而要求要人与人之间、哪怕夫妻之间毫无隐瞒地袒露出自己全部的内心,其结果只会迫使人们生出更大的虚伪和更巧妙地说谎。"②总之,涓生的悔恨与悲哀证明了从"诚"的道路抵达"善"与"美"的道德终点,这几乎是不可能的,于是,在深痛的悔恨与悲哀中,涓生决定选择另一种道德方式而企图"新生":"我要向着新的生路跨进第一步去,我要将真实深深地藏在心的创伤中,默默地前行,用遗忘和说谎做我的前导……"③涓生的这种人生"新生"及对"虚伪"的道德选择,实质上反映了鲁迅在20年代对"谩"的道德意义的反思与存在价值的正视。

其实,鲁迅在将近十年的沉默中,一直在品尝着"诚"带给他的人生苦汁,陷入了"诚"的茫然与虚空之中,而对"谩"的认识仿佛愈加清楚与坚实。他在《呐喊·自序》中说:"假如一间铁屋子,是绝无窗户而万难破毁的,里面有许多熟睡的人们,不久都要闷死了,然而是从昏睡入死灭,并不感到就死的悲哀。现在你大嚷起来,惊起了较为清醒的几个人,使这不幸的少数者来受无可挽救的临终的苦楚,你倒以为对得起他们么?"他虽然否定启蒙的可能,不愿意给青年人制造"醒来无路可走"的痛苦,但他最终没有忠实

---

①③ 《鲁迅全集》(1卷),人民文学出版社,2005年,第125页、130页、133页、299－300页。

② 邓晓芒《人之镜——中西文学形象的人格结构》,云南人民出版社,1996年,第81页。

自己而表示愿意"听将令的"。面对他人,他不愿说出自己内心的"黑暗"即真相,让更多的热情青年跟他一起品尝苦痛;面对自己,他清楚"听将令的"让自己无法表达自我心中的真实黑暗,只能以美丽的谎言麻醉青年及欺骗自己。诚与谩的不知所措,让鲁迅一直处在无法逃脱的苦恼意识中。正如他在《野草·希望》里写的,他"用这希望的盾,抗拒那空虚中的暗夜的袭来,虽然盾后面也依然是空虚中的暗夜。然而依然就是如此,耗尽了我的青春"。他渴望自己实践"诚"的期许,而道义又迫使他将真实藏在心的创伤中,他说:"偏爱我的作品的读者,有时批评说,我的文字是说真话的。这其实是过誉,那原因就因为他偏爱。我自然不想太欺骗人,但也未尝将心里的话照样说尽,大约只要看得可以交卷就算完。我的确时时解剖别人,然而更多的是更无情地解剖我自己,发表一点,酷爱温暖的人物已经觉得冷酷了,如果全露出我的血肉来,末路真不知要怎样。"①

　　这形成了鲁迅"呐喊"即是"玩玩"的思想困惑。他给许广平的信里说:"我所说的话,常与所想的不同,至于何以如此,则我已在《呐喊》的序上说过:不愿将自己的思想,传染给别人。何以不愿,则因为我的思想太黑暗,而自己终不能确知是否正确之故。……所以我忽而爱人,忽而憎人;做事的时候,有时确为别人,有时却为自己玩玩,有时则竟因生命从速消磨,所以故意拼命的做。……我对人说话时,却总挑那些光明些的说,然而偶不留意,就露出阎王并不反对,而'小鬼'反不乐闻的话来。"②有学者认为:"鲁迅所谓'玩玩'云云纯粹出于一种无可奈何,迫不得已的要求。它表明,'玩玩'者虽然在为未来的光明献身、以自己的血饲人,却由于自己的心灵的黑暗,为光明的献身都已经成了另一座黑暗的闸

---

　　①　《鲁迅全集》(1卷),人民文学出版社,2005年,第125页、130页、133页、299 –300页。

　　②　《鲁迅全集》(11卷),人民文学出版社,2005年,第81页、195页。

门,所谓'希望'云云无异于绝望。"①总之,鲁迅归国后不再以诚对抗着永存的"谩",对"谩"的认识及态度有了巨大的转变,他在感受了"诚"的痛苦与错误后,发现"谩"的存在价值与道德意义,陷入对两者无法言说的苦恼意识中。

30年代后,鲁迅流露出一种前所未有的暮年心态。一方面沸沸扬扬的谣言损耗了他大量的精力,另一方面年老体衰遭受着疾病的袭击。"死"这个触目惊心的字眼,已经频繁出现在他的文章中。鲁迅早就知道自己将死于哪些最悲苦的苦刑,那就是"死于慈母误进的毒药,战友乱发的流弹,病菌的并无恶意的侵入,不是我自己制定的死刑"②。鲁迅在晚年的时候,慈母误进的毒药早已解开,但剩下的两项死刑却越发逼近,谣言与疾病消耗了他最后的精力。

鲁迅晚年生活在一个混乱的时代,生活在谣言可以制造杀戮与流血的时代。早在1925年,鲁迅就说给他伤害最大的"并非书贾,并非兵匪,更不是旗帜鲜明的小人,乃是所谓'流言'"③。鲁迅一生都在为流言而战,不论是学术上、政治上还是生活上,各种无中生有的流言恶意传播,袭扰着他的身心,尤其是在30年代,政治方面的流言层出不穷。如果说生活学术上的流言诋毁他的品德,政治方面的谣言则显得更加恶毒,它为反动统治势力的迫害制造口实,是借刀杀人、欲置他于死地的歹毒行径。他不无痛苦地说过:"自称酷爱和平的人民,也会有杀人不见血的武器,那就是造谣言。"④1931年初,左联作家柔石等被捕,接着报上刊发"鲁迅被捕"的谣言。"九一八事变"后,鲁迅是"亲日汉奸"、"替日本做侦探"的谣言不胫而走。此外,左翼内部的种种流言此起彼伏,如有人说他不大写文章、不做事等类,使他气愤反感,他给友人的信说:

---

① 刘小枫《拯救与逍遥》,上海人民出版社,1988年,第413页。
②③ 《鲁迅全集》(3卷),人民文学出版社,2005年,第51页、161页。
④ 《鲁迅全集》(4卷),人民文学出版社,2005年,第611页。

"今之青年,似乎比我们青年时代的青年精明,而有些也更重目前之益,为了一点小利,而反噬构陷,真有大出于意料之外者,历来所身受之事,真是一言难尽,但我是总如野兽一样,受了作,就回头钻入草莽,舐掉血迹,至多也不过呻吟几声的。只是现在却因为年纪渐大,精力就衰,世故也愈深,所以渐在回避了。"①其实,鲁迅在厦门时就对文学青年颇有微辞了,认为他们"大抵是可以使役时便竭力使役,可以诘责时便竭力诘责,可以攻击时自然是竭力攻击"②。

来自"友人"的暗箭让鲁迅最痛苦,让他感觉到比被敌人所伤更悲哀。1935 年给朋友的信中,他举出"战友"从背后打他鞭子的例子。1936 年 5 月他又写出同样的信,说自己被围攻,感叹自己"时常想歇歇"。鲁迅求"诚"的信仰不断遭遇"谩"的创痛,现在他真的无力得想躲避、休息了。20 年代他就意识到了"诚"的不足,到了晚年他对"诚"的怀疑终于走向极端。在他去世前八个月,写下了《我要骗人》的杂感,伤感地说:"倘使我那八十岁的母亲,问我天国是否真有,我大约是会毫不踌躇,答道真有的罢。"这与面对祥林嫂的追问而不知所措的"我"大不一样了,那时,他彷徨于"诚"与"谩"的困惑之间,现在他似乎彻底倾向"谩"了;以前,他在欺骗与真实之间仿佛无法抉择,现在报复似的、赌气似的、又像是顿悟似的,在人生终结之前说出了"要骗人",因为这世上尽是在"谩"中过活的人,"无聊的人,为消遣无聊计,是甘于受欺,并且安于自欺的,否则就更无聊赖"。③

现在,我们必须考虑这样一个问题,即早年家道中落遭受鄙弃时,鲁迅的心过于稚嫩善良,不能够坦然接受世间的虚伪,为何在他自认自己"思想太黑暗"之后,尤其在晚年时期受到"谩"的伤

---

① 《鲁迅全集》(12 卷),人民文学出版社,2005 年,第 405 页。
② 《鲁迅全集》(11 卷),人民文学出版社,2005 年,第 81 页、195 页。
③ 《鲁迅全集》(5 卷),人民文学出版社,2005 年,第 481 页。

害,还会对所受的"流言"不断表示震惊与意外？难道他真正认识到了"谩乃永存"的真谛吗？有学者认为,鲁迅有着"良善的轻信",尽管他有着明显的多疑性格,有着如此之多的惨痛教训,他对人的卑劣与自私、伪诈与欺骗还是估计不足。总之,"自己玩玩"、"我要骗人"等言语,仅是鲁迅不堪重负的愤激之辞,并不是宣布自己要虚伪欺瞒,即是说,他虽然认识到"谩"的普遍存在与价值意义,但他显然不愿实践"谩"的人生追求。"如果真诚是通过忠实于一个人的自我来避免对人狡诈,我们就会发现,不经过最艰苦的努力,人是无法到达这种存在状态的。"①鲁迅亦然,他在十年沉默期显然对"谩"有了深刻的反思,认识到"诚"在人间并不具有普遍的"善"及"美"的存在价值,但有意思的是,这种反思与发现没有让鲁迅达到对"诚"的真正否定,他去世前人间"流言"与"欺骗"的愤怒显示了对"诚"的坚守,把"诚"视为拯救堕落生命与虚伪人间的"方舟"。这成为鲁迅终生无法摆脱浪漫主义思想的又一个象征。

第二节　《苦闷的象征》对钱杏邨
文学批评的影响

在藏原惟人的新写实主义理论未被介绍到中国以前,钱杏邨一直是"力的文艺"的崇拜者。他在早年漫评外国小说的系列文章中,倾倒于普希金的《情盗》、席勒的《强盗》和德国英雄史诗等作品,热爱其中的英雄、壮士和强盗。在钱杏邨看来,这些刚毅不屈的英雄好汉,"明显地代表着所有的反抗形式,代表着所有为某

---

① 莱昂内尔·特里林著、刘佳林译,《诚与真》,江苏教育出版社,2006年,第7页

种道德、社会或政治原则进行的斗争"①。他把这种抗争精神视为人间最伟大的力,渴望文学能够表现人类这种永久不死的精神,因为它是 20 年代国民革命转折时刻最"急切需要的食料"。②

钱杏邨"力的文艺"观念的形成跟许多因素有关,既有"社会的和政治的背景"又是"对所寻求的传统的共鸣",③同时跟蒋光慈的影响也分不开。不仅如此,钱杏邨"力的文艺"还受到日本文艺理论家厨川白村《苦闷的象征》的影响。在钱杏邨早期的文学批评中,他特别喜欢使用"力"这个词,据不完全统计,仅《力的文艺》里就不少于 40 次。在《力的文艺》中,钱杏邨也频繁使用"象征"、"健全"及"苦闷"等词语,而这些词语都是《苦闷的象征》的关键词。此外,钱杏邨早期的文学批评还喜欢从心理角度论述,他尤其喜爱阿志巴绥夫描写"小有产者女性心理"的小说。总之,《苦闷的象征》不仅影响了钱杏邨《力的文艺》写作,而且影响了他的《现代作家论》(一卷)写作,即是说,厨川白村的文学观念渗透进钱杏邨早期文学批评中,并且在他接受新写实主义之后的一段时间里,这种影响还没有完全消失。

厨川白村(1880 – 1923)早年就读于东京帝国大学英文科,专攻英国文学和欧洲近代文学思潮,先后在第五、第三高等学校和京都帝国大学任教,主要著作有《近代文学十讲》、《文艺思潮论》、《出了象牙塔》、《苦闷的象征》等,1923 年死于日本关东大地震的灾难中。《苦闷的象征》是在他遗物中发现的部分遗稿,加上生前在《改造》杂志上发表的一部分文章(即《苦闷的象征》的前两部分)编辑而成,1924 年 2 月在日本出版。该书出版两个月后,鲁迅就在北京东亚公司购买了它,阅读后深受吸引并决定用它为教材,在北京女子师范大学课堂上讲授;1924 年 9 月 22 日开始,鲁迅着

---

①③　高利克《中国现代文学批评发生史》,社会科学文献出版社,1997 年,第 181 页、177 页。

②　钱杏邨《德国文学漫评》,《小说月报》1928 年 19 卷 2 期。

手翻译此书,完成后由新潮出版社以"未名丛刊"之一出版。鲁迅认为这本文艺著作的价值在于它的"独创性",它虽根据柏格森"以进行不息的生命力为人类生活的根本"的哲学,以及弗洛依德"寻出生命力的根柢即用以解释文艺"的学说,但是该书又与这些旧说不同,"柏格森以未来为不可测,作者则以诗人为先知,弗罗特归生命力的根柢于性欲,作者则云即其力的突进和跳跃。这在目下同类的群书中,殆可以说,既异与科学家似的专断和哲学家似的玄虚,而且也并无一般文学论者的繁碎"①。总之,鲁迅认为该书对于文学"多有独到的见地和深切的会心",主旨是"生命力受压抑而生的苦闷懊恼乃是文艺的根柢,而其表现法乃是广义的象征主义"②。

《苦闷的象征》的内容共分四个部分,第一是创作论,第二是鉴赏论,第三是关于文艺根本问题的考察,第四是文学的起源。在"创作论"里,厨川白村从发生学角度,提出"生命力受了压抑而生的苦闷懊恼乃是文艺的根柢,而其表现法乃是广义的象征主义"。他认为人生的苦闷源于"两种力的冲突",即"创造生活的欲求"与"强制压抑之力"的冲突,后者由"外部/社会"和"内部/生命自己"两部分组成。"我们为要在称为'社会'的这一个大的有机体中,作为一分子而生活着,便只好必然地服从那强大的机制。使我们在从自己的内面迫来的个性的要求,即创造创作的欲望之上,总不能不甘受一些什么迫压和强制";而"即使不被外来的法则和因袭所束缚,然而却想用自己的道德,来抑制管束自己的要求的是人类。我们有兽性和恶魔性,但一起也有着神性;有利己主义的欲求,但一起也有着爱他主义的欲求。"③如果说生命始终处在"两种力的冲突"的苦闷和患难的情境内,那么,在厨川白村看来,文艺

①② 《鲁迅全集》(10 卷),人民文学出版社,2005 年,第 257 页、257 页。
③ 厨川白村著、鲁迅译《苦闷的象征》,百花文艺出版社,2000 年,第 16 页、9 页、11–27 页、58 页、59 页、60 页。

是人类实现自由与自我愿望的象征形式："文艺是纯然的生命的表现；是能够全然离了外界的压抑和强制，站在绝对自由的心境上，表现出个性来的唯一的世界。"①但是，厨川白村强调，文艺为"人间苦的象征"须恪守两个原则：一、必须"忘却名利，除去奴隶根性，从一切羁绊束缚解放下来，这才能成文艺上的创作"；二、象征的作品世界应是"改装"、像梦一样的"具象化"世界，"人生的大苦患大苦恼，正如在梦中，欲望便打扮改装着出来似的"②。

除了文艺是"苦闷的象征"外，厨川白村在第三部分中提出诗人是预言者、时代的先驱。他说，文艺者"为预言者的诗人"、"总暗示着伟大的未来"，"因为自过去以至现在继续不断的生命之流，惟独在文艺作品上，能施展在别处得不到的自由的飞跃，所以能够比人类的别样活动——这都从周围受着各种的压抑——更其突出向前，至十步，至二十步，而行所谓'精神底冒险'。超越了常识和物质，法则，因袭，形式的拘束，在这里常有新的世界被发现，被创造。在政治上经济上社会上还未出现的事，文艺上的作品里却早经暗示着，启示着的缘由，即全在于此"。③所以，大文艺家常常是"文化的先驱者"，因为"既然文艺是尽量地个性的表现，而其个性的别的半面，又有带着普遍性的普遍的生命，这生命即遍在于同时代或同社会或同民族的一切的人们，则诗人自己作为先驱者而表现出来的东西，可以见一代民心的归趣，暗示时代精神的所在"④。这种暗示、表现出来的时代精神，厨川说："决不是固定了凝结了的思想，也不是概念；自然更不是可称为什么主义之类的性质的东西"，"只是茫漠地不可捉摸的生命力"，"也就是思潮的流，时代精神的变迁。"⑤

厨川白村的这些文学观念不同程度影响了钱杏邨早年的文学批评，这种影响鲜明表现在《力的文艺》中，也表现在《现代作家

---

①②③④⑤　厨川白村著、鲁迅译《苦闷的象征》，百花文艺出版社，2000 年，第 16 页、9 页、11 - 27 页、58 页、59 页、60 页。

论》(1 卷)中。在这两本中外文学的批评论著中,钱杏邨为了克服国民革命失败后的幻灭、动摇情绪,不仅积极宣扬不屈服压迫的反抗暴力,而且高呼文学家要超越时代、成为时代潮流的历史预言者。他 1927 年底写的"力的文艺"系列评论中,宣扬不屈服于压迫的"强盗"精神,把它视为人性健全的、积极的情绪。1928 年以后,他在《死去了的阿 Q 时代》、《幻灭动摇的时代推动论》等批评文章中,宣扬文学家不仅要表现时代而且要超越时代、创造时代。从前,我们多认为钱杏邨的这些批评是受到左倾激进主义路线的影响,或是受到苏联无产阶级文化派及日本"福本主义"错误路线的影响,并批评钱杏邨犯了主观、教条的错误。其实,钱杏邨的这些批评观念,主要是接受了厨川白村《苦闷的象征》的思想,这种影响关系主要体现在以下三个方面。

首先,厨川白村《苦闷的象征》中生命处于苦闷情境即"两种力的冲突"的观念,影响了钱杏邨"力的文艺"观念。上文指出,钱杏邨喜爱从心理角度评论作家创作的成就与作品的意义价值。在外国作家中,钱杏邨比较钟爱阿志巴绥夫,因为他擅长表现女性游移不定的心理;在中国作家里,钱杏邨推崇郁达夫、茅盾的心理描写,认为"达夫是一个很健全的时代病的表现者"①,而茅盾也把"整个的小资产阶级的病态心理写得淋漓尽致,而且叙述得很细致"②。钱杏邨也欣赏丁玲在《黑暗中》表现出来的才华,因为她把莎菲型的女性心理冲突描绘出来了,"她们的生活完全是包含在灵与肉,生与死,理智与感情,幸福与空虚,自由与束缚,以及其他一切这样的现象的挣扎冲突之中"③。虽然如此,钱杏邨却不满意他们的创作,因为他们仅描写了心理苦闷,只是"富有病态心理表

---

① 《中国新文学大系 1927 – 1937 · 文学理论集一》,上海文艺出版社,1987 年,第 630 页。

② 钱杏邨《幻灭》,《太阳月刊》1928 年 3 期。

③ 钱杏邨《黑暗中》,《海风周报》1929 年 1 月 1 日 1 期。

现的天才"①而缺少健全心理即"力"的表现。钱杏邨认为,只沉浸于"两种力的冲突"的生命是不健全、病态的,健全的生命应是随着压抑力的增强而反抗的力就更强烈,这样不屈服的精神才能够呈现人类健旺的生命力。

钱杏邨把表现"健全的生命力"视为他文学批评首要的价值标准。以这种标准看,在无产阶级革命遭到镇压而需要爆发反抗力的时代,具有时代和文学双重意义的创作,就不是阿志巴绥夫、郁达夫与茅盾、鲁迅等表现病态心理的作品,而应是郭沫若、蒋光慈等"代表上进一派"的创作,他们的作品才"确实的表现了毫无间断的伟大的反抗的力",是"一以贯之的反抗精神的表演。"②他明确指出,"新兴文学"应该克服"阿志巴绥夫倾向",希望郁达夫、茅盾等作家今后的创作在技巧方面要表现伟大的力量。这里,钱杏邨与厨川白村的文艺观念产生一些差异。厨川白村认为,"将伏藏在潜在意识的海的底里的苦闷即精神底伤害"象征化即是"大艺术",而钱杏邨要求表现的"力",却是厨川白村意义上的"创造生活的欲求":"永是不愿意凝固和停滞,避去妥协和降伏,只寻求着自由和解放的生命的力。"③总之,钱杏邨接受的不是苦闷心理的象征而是生命力的象征,他认为:"艺术不仅要表现人间苦,现代艺术的重大使命,是否定资本主义的社会,要开未来的光明世界的先路。"④产生这种接受差异的根本原因,可能是钱杏邨从革命的需要角度来认识《苦闷的象征》的。

钱杏邨批评中国现代作家的时候,常常认为他们的作品不能表现时代,没有暗示一条伟大的光明的出路。他批评鲁迅的创作"不曾追随时代",只满口喊着苦闷而不去找一条出路,他说,"无

---

① 钱杏邨《黑暗中》,《海风周报》1929 年 1 月 1 日 1 期。
② 黄人影编《创造社论》,上海书店,1988 年,第 19 页。
③ 厨川白村著、鲁迅译《苦闷的象征》,百花文艺出版社,2000 年,第 60 页。
④ 钱杏邨《艺术与经济》,《太阳月刊》1928 年 6 期。

论从哪一国的文学来看，真正的时代的作家，他的著作没有不顾及时代的，没有不代表时代的"①，坚信"一个真正的代表着时代的作家，他是应该做'大勇者，真正革命者'的代言人……他们是必然的代表着时代的进展，必然的代表着有着前途，有着希望的向上的人类"②。钱杏邨的这种文学观念，其实也是《苦闷的象征》影响的结果。正如上文所说，厨川白村认为真正大艺术不仅表现作者自己的苦闷，也反映着人类、民族情绪的一面，同时，它象征的伟大的生命力也暗示着生命前进的方向。钱杏邨以厨川白村的这些文艺思想，不仅批判鲁迅的《呐喊》、《彷徨》等作品没有能够表现时代，而且批判茅盾的《幻灭》《动摇》等虽反映了时代但没表现出时代的生命力，即创造未来、向前发展的历史精神。以前，人们常把钱杏邨的"时代观念"归于蒋光慈的影响，认为它是蒋光慈文学信念的一种"变形"，或认为是中共早期革命"左倾"思潮的体现，或来源于藏原惟人的无产阶级现实主义"于其全体性，于其发展中去观察现实"的观念。这些认识忽略了钱杏邨与厨川白村之间的精神联系。我们认为，钱杏邨力的文艺观念，即"真正伟大的作家代表时代、暗示历史前进方向的思想"，这跟《苦闷的象征》有着较深的影响关系。

《苦闷的象征》还影响到钱杏邨的文学——象征观念。受弗洛伊德学说的影响，厨川白村相信文学作品是作者心理苦闷的象征，并且这种"移情作用"跟"梦的方式"一样。钱杏邨接受文艺是"苦闷的象征"的观念，但他压抑了厨川白村更强调的文学生产方式即"梦的方式"："和梦的潜在内容改装打扮了而出现时，走着同一的经路的东西，才是艺术。"③结果，钱杏邨将文学作品视为作者思想的直接反映，而不像厨川白村那样更强调文学需要"改装"或

---

① 钱杏邨《死去了的阿Q时代》，《太阳月刊》1928年3期。
② 钱杏邨《茅盾与现实——读了他的〈野蔷薇〉以后》，《新流月报》1929年4期。
③ 厨川白村著、鲁迅译《苦闷的象征》，百花文艺出版社，2000年，第25页。

"打扮"。在《达夫代表作后序》里,钱杏邨把小说人物的病态心理与病态生活视为郁达夫自我生活的写照:"病态生活的表现,当然是由于作家生活的不健全;不过单靠不健全的病态生活,依旧不能完成不健全的表现,其间还有一种最重大的要素,就是心理的不健全。心理的和生理的互为影响,相因而成为不健全的'现代人',这理由是很明显的。达夫的病态的成因也是如此。"他批评鲁迅的时候也是如此,认为鲁迅"所看到的何如呢? 在野草里也就很明白的说过,所谓将来就是坟墓! 因为他感到的前途只有坟墓"①。我们都知道,文学的世界与作者的世界有无法割裂的关系,但却不能说作品就是作者自我的真实象征,厨川白村强调艺术与作者间需要"改装打扮"即"象征化",茅盾也反感这类把文学与作者不加区分的批评倾向,他反驳说:"如果把书中人物的'落伍'就认作是著作的'落伍',或竟是作者的'落伍',那么,描写强盗的小说作家就是强盗了么?"②总之,钱杏邨把文学世界看成作者生活的象征形式,忽略了两者之间应存在的距离甚至反讽关系,这可能是"误读"厨川白村《苦闷的象征》的结果罢?

　　钱杏邨"力的文艺"跟厨川白村《苦闷的象征》有很多、直接的影响关系,但根据时代或自我的需要,钱杏邨又做了某种程度的选择或误读,以至"力的文艺"在某些方面背离了厨川白村的文学观念。然而,把这种影响关系与来自蒋光慈、创造社等方面的影响相互渗透,钱杏邨却拥有了坚定的"力"文学观念,提出革命文学"力"的叙事要求。通过他大胆、鲜明的文学批评,"力的文艺"在20年代末产生广泛的社会影响,成为革命文学家共同的文学观念,即革命文学就是"粗暴的艺术"。钱杏邨崇拜"力的文艺",渴望文学应该表现这种"人类永久不死的精神",认为在革命失败后的转折时期尤其需要它。因此,他果敢宣布"阿Q时代"已经死

---

① 钱杏邨《死去了的阿Q时代》,《太阳月刊》1928年3期。

② 茅盾《读〈倪焕之〉》,《文学周报》1929年5月8卷20号。

去，希望郁达夫在"力的文艺"时代要"表现出伟大的力量"，热情赞扬郭沫若的作品"确实的表现了毫无间断的伟大的反抗的力"①。不仅如此，"力的文艺"被革命文学倡导者普遍接受，成为革命文学初期的风格追求。蒋光慈要求革命文学要将社会黑暗写出来，要引导人们向社会罪恶奋斗。鲁迅也认同"力"的观念，他说："斗争呢，我倒以为是对的。人被压迫了，为什么不斗争？正人君子者流深怕这一着，于是大骂'偏激'之可恶，以为人人应该相爱，现在被一班坏东西教坏了。他们饱人大约是爱饿人的，但饿人却不爱饱人了，黄巢时候，人相食，饿人尚且不爱饿人，这实在无须斗争文学作怪。"②创造社后期成员彭康也指出，革命文学"所要求的唯一的东西"，就是"要在无产阶级的意识下充分的表现中国现社会阶级的斗争，暴露统治阶级的反动，激引工农大众的斗争，指出斗争的途径"③。

钱杏邨"力的文艺"代表20世纪20年代的文学精神，他认为这种"力的文学"有别于资产阶级文学。不仅如此，他还把这种不屈服的反抗之力道义化和人性化了，认为在黑暗的社会里，这种反抗的暴力不仅是实现社会公平的正义手段，而且是生命存在原则和人间道义的根本体现，是生命强健不息的一种人性力量。在评述普希金《情盗》的时候，他深情写道："虽然俄罗斯的旧势力那样猖狂，但农奴们是始终不肯屈服，继续不断的用生命去抗争，去寻找出路，这是俄罗斯的一点生命，这是天地间最伟大的力……而旧势力的宣告死刑，农奴们伸起头来，也就基于这一点力。"钱杏邨的这种思想倾向十分接近创造社的成仿吾，成仿吾把革命视为真实、正义、仁爱等积极、真挚的人性，认为革命文学就是"（真挚的

---

① 黄人影编《创造社论》，上海书店，1988年，第12页。
② 《鲁迅全集》（4卷），人民文学出版社，2005年，第84页。
③ 彭康《新文化运动与人权运动》，《新思潮月刊》1930年4期。

人性) + (审美的形式) + (热情)"①的结合,革命文学因表现这种真挚的人性而被赋予久远的生命力和强烈的感染力。把革命视为健全、积极的人性,视为能够改变命运和创造公平、正义的伟大力量,钱杏邨才从中看到受压迫者的生活出路,认为它寄寓着创造个人和国家合理生活的生机和希望:"从俄罗斯从中国的许多绿林英雄史上去看,我们是可以决定很多的强盗是很有道理的,是全人类光明的代表。"②

钱杏邨对"力"的这些认识,增长了他对表现虚无主义文学的批评勇气。"按他的看法,虚无主义是一切同力的原则对立的东西,一切游移不定、踌躇不前、萎缩退却的东西。他不能始终如一地服务于大众的社会和政治解放的事业。"③因此,他不满意高斯化绥的《争斗》、阿志巴绥夫的《宁娜》,前者表现了改良主义的思想,把劳资斗争的最后胜利归于改良主义的工会领袖哈刺司;后者以俄罗斯民众反抗官府的失败结束,"这样虚无的结束就足以证明作者并不曾洞察到民众的最后的力量"④。在中国现代作家中,钱杏邨也发现这样思想上根本失败的文学创作,他批评鲁迅的作品看不到人类改善的伟大力量和希望,只满口地喊着苦闷而不去找一条出路;指出处于方向转换途中的郁达夫还潜伏着幻灭的危机,"在过去的三个时代的达夫的创作中,表现了他自己许多次的幻灭的升沉,甚至到了最近,序《达夫代表作》时,依旧保留着幻灭颓败的情调。假使这种情绪与这种幻灭的思想不根本铲除时,实在是一个最可怕的潜伏的隐忧"⑤。

---

① 《成仿吾文集》,山东大学出版社,1985 年,第 207 页。

② 钱杏邨《俄国文学漫评》,《小说月报》1928 年 19 卷 1 期。

③ 高利克《中国现代文学批评发生史》,社会科学文献出版社,1997 年,第 184 页。

④ 钱杏邨《阿志巴绥夫〈宁娜〉》,《小说月报》1928 年 19 卷 11 期。

⑤ 《中国新文学大系 1927 - 1937·文学理论集一》,上海文艺出版社,1987 年,第 646 页。

钱杏邨反抗压迫的"力"寓示生机与出路的文学观念，跟茅盾忠于现实的"写实"文学观念发生了强烈的冲突。茅盾反对这种"力的文学"信仰，表示自己不愿在作品中泄露生机，他在《读〈倪焕之〉》这篇文章中说，"如果在他们中间插进一位认识正路的人，在病态中泄露一线生机，那或者钱杏邨要满意些吧。我应该尚能见到这一点，可是我并不做"。在《写在〈野蔷薇〉的前面》的序文中，他又批评钱杏邨的"出路"论，说："知道信赖着将来的人，是有福的，是应该被赞美的。但是，慎勿以'历史的必然'当作自身幸福的预约券，且又将这预约券无限止地发卖。没有真正的认识而徒以预约券作吗啡针的'社会的活力'是沙上的楼阁，结果也许只得了必然的失败'。"针对茅盾的反对，钱杏邨坚信"大勇者"代表前途的观念，他在《茅盾与现实》这篇批评文章中明确指出："所谓'大勇者，真正革命者'代表着什么呢？他们是必然的代表着时代的进展，必然的是代表着有着前途，有着希望的向上的人类，他们是创造着新的时代的角色"。他批评茅盾仍然恪守旧写实主义的消极的叙事法则，认为这种叙事方式无助于时代的发展，"茅盾先生推动情热的方法，是守着自然主义原则的消极推动法。"①

钱杏邨还认为革命文学的表现技巧也应是力的技巧，认为这是无产阶级文学有别于资产阶级文学的表现手法。他在《达夫代表作后序》中说："现在的文艺，已经走到力的文艺的一条路了，我们的技巧也应该是力的技巧，处处要表现出力来。"他认为《阿Q正传》的技巧已经死去："《阿Q正传》的技巧，我们若以小资产阶级的文艺的规律去看，他当然有不少的相当的好处，有不少的值得我们称赞的地方，然而也已经死去了，也已经死去了！"②他称赞郭沫若的《女神》："不但表现了勇猛的，反抗的，狂

---

① 钱杏邨《幻灭动摇的时代推动论》，《海风周报》1929年14、15合期。
② 钱杏邨《死去了的阿Q时代》，《太阳月刊》1928年3期。

暴的精神,同时还有和这种精神对称的狂暴的技巧。"①钱杏邨虽然主张力的技巧,但没有进一步解释它是怎样的一种技巧,以至现在无法窥知这种技巧的面目。从他漫评外国文学和批评《幻灭》、《动摇》等的文章看,"力的技巧"可能指文学的篇章结构、描写方法和人物形象的塑造方式等,但这些技巧也有随表现对象的变化而变化的必要吗? 或者说也含有阶级性吗? 马克思主义者认为,文学的"形式是历史地由它们必须体现的'内容'决定的;它们随着内容本身的变化而经历变化、改造、毁坏和革命"②。托洛茨基也指出,文学形式的重大发展产生于意识形态发生重大变化的时候。但我们很难把钱杏邨的表现技巧跟马克思主义者的"形式"等同起来。

尽管如此,"力的技巧"反映着无产阶级文学需要新表现方法的欲望。蒋光慈坚持革命文学要反对唯美主义、要粗暴,他在《少年漂泊者》的自序里说:"我知道我这一本东西,是不会博得人们喝彩。人们方沉醉于什么花呀,月呀,好哥哥,甜妹妹的软香巢中,我忽然跳出来做粗暴的叫喊,似觉有点太不识趣了。"创造社同样主张革命文学的技巧要粗暴,在《流沙》出版的前言中,创造社同人宣告:"我们对于艺术的手法的主张,是 Simple and Strong。"可见,钱杏邨"力的技巧"反映着 20 年代革命文学者的共同欲求,即以粗暴的技巧进行无产阶级革命文学叙事形式的创造。

总之,《苦闷的象征》通过钱杏邨的文学接受,通过钱杏邨激烈而旗帜鲜明的文学批评,形成了 20 年代末革命文学"力的文艺"观念,并成为盛行一时的主导性革命文学观念。

---

① 黄人影编《创造社论》,上海书店,1988 年,第 29 页。

② ［英］特里·伊格尔顿著、文宝译《马克思主义与文学批评》,人民文学出版社,1980 年,第 26 页。

第三节 《两地书》的出版及接受

　　《两地书》是鲁迅与许广平两人 1925 年至 1929 年间的通信集,最初由北新书局 1933 年印行,名为《鲁迅与景宋的通信——两地书》,1938 年后收入《鲁迅全集》时改为《两地书》。近几年来,《两地书》的"原信"及"手迹"接连问世,上海古籍出版社 1996 年影印出版了《两地书真迹》,中国青年出版社 2005 年出版《两地书》的"原信",给鲁迅研究提供了新的研究资料及研究空间。不仅如此,《两地书》的不断"出版"也应该成为研究对象,这不仅可以使鲁迅研究走入具体而真实的历史语境中,而且也可以使我们比较客观认识鲁迅作品的社会生产状况及影响。

　　书信作为私人情感的交往媒介,尤其是情书,除非后来有作为研究的意义与价值,一般说来,公开出版、发表的并不多。正如郁达夫所说:"有一位批评家说,作者的私记,我们没有阅读的义务。当时我对这话,倒也佩服得五体投地,所以书店来要我出书简集的时候,我就坚决地谢绝了,并且还想将一本为无钱过活之故而拿出去卖的日记都教他们毁版,以为这些东西,是只好于死后,让他人来替我印行的。"①事实上,20 世纪二三十年代的新文学作家将情书出版的较少,"作家以情书公开的,据我知道的有蒋光慈发表他与他的亡妻宋若瑜来往的情书——《纪念碑》,郭沫若发表他的爱妻晓芙(又名安娜)给他的情书——《落叶》,现在读到了鲁迅和他的爱妻许广平来往的情书——《两地书》"②。章衣萍 1926 年出版的《情书一束》,容易让人产生误会,这本畅销的出版物并不是情

---

　　① 郁达夫《移家琐记》,《申报·自由谈》1933 年 5 月 4 日。
　　② 杨邨人《鲁迅的〈两地书〉》,《时事新报》1933 年 6 月 25 日。

书而只是短篇小说集。现在的问题是,像郁达夫这样推崇文学"自叙传"的作家尚且不愿出版自己的书信,那么,作为一个冷静而世故的鲁迅为什么要出版自己的情书呢?虽然他说《两地书》不像情书,"其中既没有死呀活呀的热情,也没有花呀月呀的佳句",但它实际上就是恋人之间的私人通信,这些信件见证了他与许广平恋爱的全部过程。况且,鲁迅对待自己的"恋情"一直有太多的顾忌,他在广州白云路租赁房子时还让许寿裳在场,到上海后与许广平同居之初"外人还是一点儿也没有晓得"①,而好友林语堂直到许广平怀孕后才知晓情况。

　　鲁迅自己说过,《两地书》的出版动因是由于韦素园的病殁,以它作为自己的纪念并答谢朋友,并且相赠孩子以便将来知道他们感情历史的真相。鲁迅这些话似乎将《两地书》出版的用意说得很明白了,即对自己是一段辗转南北、几度浮沉的感情纪念,对朋友尤其是不在人世的柔石、素园是感谢与怀念,对快四岁的孩子是认识父母真实人生情景的凭借。然而,除去这些真诚的解释外,我们认为鲁迅决定出版《两地书》还有另一层非常现实的考虑,即他在 1932 年 8 月 17 日致许寿裳信所说:"为啖饭计,拟整理弟与景宋通信,付书坊出版以图版税。"我们知道,鲁迅的著作当时多被禁止出版与销售了,大学院特约撰述员每月三百元的薪俸 1931 年 12 月又被裁止,这些使得鲁迅的经济收入大大下降。另一方面,这时期他的健康状况也不断下降,家庭虽省各项支出,但经济还是略显艰难。据鲁迅日记记载,他 1931 年共收入约 7381.15 元,平均每月收入约 652.6 元,每月支出约 346 元,其中 1 至 7 月份共收入约 4890 元,平均月收入约为 698.6 元。至 1932 年他的收入骤降,1 月至 7 月共收入约 1832 元,平均每月收入约 261.7 元,平均支出约为 153 元。虽然每月支出减少一半以上,但此时他的每月收入也只相当于 1931 年的 40%,可见,鲁迅此时生活已十

①　郁达夫《郁达夫忆鲁迅》,花城出版社,1982 年,第 32 页。

分拮据。总之，经济因素即使不是《两地书》出版的唯一原因，也是一个非常重要的促使因素。1933年，鲁迅不但出版了《两地书》，也将《伪自由书》、《竖琴》、《一天的工作》等著作、译著出版了。实际上，《两地书》出版后，鲁迅的经济收入明显有了改善，1933年就收取《两地书》版税1250元。其后，《鲁迅日记》中虽不再出现《两地书》版税收取的情况，但"得小峰信并版税"或"得北新书局版税"等中未尝没有《两地书》的版税，因为在鲁迅生前《两地书》便于1933年6月、1934年2月、1935年9月三次再版。

除去"纪念"和"经济"方面的原因外，鲁迅决心出版自己的书信还可能有其他用意。这种用意在他的《野草·复仇》中或能感受出来。《复仇》描写一对裸着全身、捏着利刃而立于广漠旷野之上的男女，他们不拥抱也不杀戮的对视情景引来拼命伸长脖子围观的无聊看客。鲁迅曾对郑振铎说过，《复仇》的这些无聊看客"以为必有事件，慰其无聊，而二人从此毫无动作，以致无聊人仍然无聊，至于老死，题曰《复仇》，亦是此意"，他又说自己所写不过是"愤激之谈"，"该二人或相爱，或相杀，还是照所欲而行的为是，因为天下究竟非文氓之天下也"。[1]"照所欲而行"就是鲁迅《论雷峰塔的倒掉》所说的："和尚应该只管自己念经。白蛇自迷许仙，许仙自娶妖怪，和别人有什么相干呢？"鲁迅和他同时代的许多知识分子一样有着包办婚姻的不幸，他承认过自己并不知道"爱情是什么东西"[2]，从1906年奉母命结婚到1925年开始与许广平通信，他已艰难度过将近20年的孤寂生活，过着寂寞如古寺僧人的生活。1925年以后，他终于鼓起勇气走向与许广平"十年携手共艰危"的新生活，这其间承受种种压力及流言蜚语。而这些风雨终于平静下来后，鲁迅对于当初那些谣言者、妄加揣测者、兴风作浪者又该持一种何样的态度呢？这或许使鲁迅想到《复仇》中的无聊看

---

① 《鲁迅书信集》，人民文学出版社，1976年，第546页。
② 许广平《欣慰的纪念》人民文学出版社，1951年，第55页。

客,让他决定将通信结集出版,使那些谣言者看到事实并不如他们所想、也无生趣,使他们因"干枯"、"失了生趣"而更加无聊。这种"复仇"欲望也该是《两地书》出版的另一层心理动因吧。

　　《两地书》里的信件写于 1925 年 3 月至 1929 年 6 月间,原信现存 160 封,鲁迅致许广平 78 封,许广平致鲁迅 82 封,而 1933 年初版本只收入书信 135 封,鲁迅致许广平 68 封,许广平致鲁迅 67 封。《两地书》现有三个不同的版本。第一个版本是初版本系统,题为《鲁迅与景宋的通信两地书》,北新书局 1933 年印行,后来收入各版本《鲁迅全集》中改为《两地书》。第二个是"原信"版本系统,上海古籍出版社 1996 年影印出版《两地书真迹》,这是"原信"和鲁迅"手书"《两地书》的合集;浙江文艺出版社 1998 年出版了《两地书全编》,这是"《两地书 + '原信'》的合集",①这是 1933 年版与"原信"的合编本;中国青年出版社 2005 年出版的《两地书·原信》,是"原信"首次单独出版的版本。第三个版本是"鲁迅手书"本,即上海古籍出版社 1996 年影印本中的"真迹"部分,"它是《两地书》出版以后,这是鲁迅用毛笔手书在 35 × 23 厘米宣纸上的。它不但此前没有单独出版过,也没有排印出版社。文字和排印本《两地书》又不尽相同。但改动不是'一两个字',却又不算多",它"显然是传家的版本;是最后的版本,也可以说是'定本'"。②

　　《两地书》共分三集,第一集是 1925 年 3 月 31 日到 7 月 30 日四个半月间在北京的通信。第一集中的信一开始并不带有恋情,而是师生间关于教育问题、学生运动、刊物编辑、人生哲学等问题的相互讨论,4 月 12 日许广平第一次拜访鲁迅寓居后,两人之间产生一种新的感情。这一集生动记录了他们从师生到恋人的感情发展过程。第二集是 1926 年 9 月至 1927 年 1 月厦门——广州间的通信。两人分处两地,以书信讨论以后"所走的路",直至最后

---

①②　鲁迅、景宋《两地书·原信》,中国青年出版社,2005 年,第 335 页、336 页。

两人达成默契和认同,鲁迅说出了"我可以爱"。这一集反映了两人为爱情而经历的心理磨难和达成默契后的欢欣。第三集是1929年5月13日至6月1日北平——上海的22封通信。此时鲁迅北上,这是二人同居后第一次离别间的通信,表达两人对对方的深切关怀与眷恋,正是新婚暂别的心理情感。

鲁迅大概在1932年决定出版自己的"情书"。1932年11月9日夜,他得到从北平拍来"母病速归"的电报,第二天上午买票,第三天离开上海赴北平,13日下午到北京时"母亲已稍愈",这使鲁迅有空闲与北平朋友相聚。据李霁野回忆,鲁迅在朋友聚会时突然提一个问题,说"你们看,我来编一本《情书一捆》,可会有读者?"而朋友们猜想这"情书一捆"的戏言大概是指他同许广平的通信,并认为真若能出版"对了解先生的生活和思想很有用处",遂诚心诚意希望他能够"编好印行",而社会读者"一定比读《呐喊》的还多"。① 鲁迅与李霁野等人的这次会面是在11月18日,而实际上出版书信的念头在此之前产生了,1932年8月17日他致许寿裳的信中就这样写道:"为啖饭计,拟整理弟与景宋通信,付书坊出版以图版税,昨今一看,虽不肉麻,而亦无大意义,故是否编定,亦未决也。"另外,鲁迅萌生出版自己书信的动机,还蕴涵着永久保存这些珍贵感情记录的意念,觉得将它们出版可能是一种最好的保存方式:"先前是一任他垫在箱子底下的,但现在一想起他曾经几乎要打官司,要遭炮火,就觉得它好像有些特别,有些可爱似的了。"②这些想法萌生后,大概鲁迅不久就告知了北新书局老板李小峰。他1932年10月20日致李小峰信说:"通信正在钞录,尚不到三分之一,全部约当有十四五万字,则抄成恐当在年底。成后我当看一遍并作序,也略需时,总之今年恐不能付印了。届时当再奉闻。"鲁迅1932年10月31日的日记也有记述:"夜排比

---

① 李霁野《鲁迅先生与未名社》,湖南人民出版社,1980年,第55页。
② 《鲁迅全集》(11卷),人民文学出版社,2005年,第4页。

《两地书》讫,凡分三集。"这里的"排比"是指鲁迅核查原信后,按时间与地点将它们分为第一集(北京,1925 年 3 月至 7 月)、第二集(厦门——广州,1926 年 9 月至 1927 年 1 月)、第三集(北平——上海,1929 年 5 月至 6 月)。事实上,这些原信排比、分集后,许广平就开始抄录并给每封信编上序号。1932 年 11 月 16 日许广平给身在北平的鲁迅信中说:"我的作工,连日都是闲空则抄《两地集》。"11 月 24 日的信中又说:"信(两地集)已抄至第 84,恐怕快完了。"总之,鲁迅向北平朋友流露出版书信的"想法"时,这种出版计划与编辑工作早已开始,而他所以如此"戏言"恐怕是想听听朋友们的看法或建议吧。

鲁迅与许广平在整理、抄录书信的同时,也开始联系书局、商谈印行出版的事情。鲁迅 1933 年 1 月 2 日给李小峰信说:"书信集出版事,已与天马书店说过,已经活动,但我尚未与十分定实,因我鉴于《二心集》的覆辙,这地步是要留的。"《二心集》"覆辙"是指鲁迅在李小峰一再催促下,将几年来杂文编为《三闲集》、《二心集》交给北新书局印行,但北新书局只愿接受《三闲集》,《二心集》"因骂赵景深驸马之话太多之故"[1]而被拒绝,最后只好交给上海合众书店出版,不久遭到上海教育局和国民党中央宣传委员会查禁。这次,鲁迅可能因书信涉及人事关系过多,北新书局恐怕也不愿印行,所以与天马书店联系而没有找关系密切的北新书局,当北新书局经理李小峰要求出版它时,鲁迅便将《两地书》交给北新书局,作为弥补而另外编了《自选集》交给天马书店。但是,鲁迅告诉李小峰出版时有几条"须先决见示"[2]。1933 年 1 月初,《两地书》排出校样。鲁迅 1 月 13 日记记载:"复阅《两地书》讫。"这是

---

① 《鲁迅全集》,人民文学出版社,2005 年,第 310 页。
② 一是"书中虽与政治无关系,但开罪于个人(名字自然是改成谜语了)之处却不少,北新虑及有害否?"二是"因为编者的经济关系,版税须先付,但少取印花,卖一点,再来取一点,却无妨"。三是"广告须先给我看一遍,加以改正"。四是"因我支了版税又将书扣住了,所以以后必须将别一作品给与天马书店"。

鲁迅修改许广平的抄稿并定稿的时间。鲁迅1月14日记写道："晚费君来，并交到小峰信及版税泉百五十，即付以《两地书》稿一半，赠以《鲁迅全集》一本。"费君名为费慎祥、北新书局职工，他晚间送来鲁迅的版税稿费，带回去一本日译本的《鲁迅全集》和改定好的《两地书》书稿。值得注意的是，鲁迅在抄写、编辑书信的同时，还萌生自费另印一套"精装"版的念头，他1月15日致李小峰信说："印的时候，我想用较好的纸，另印一百本，自备经费。"但不知何故，他不久又打消了这一想法。

鲁迅亲自设计了《两地书》的封面。初版本封面由一条竖线分成两个不等的空间，右面大的空间为主要表现部分，上首题为"鲁迅与景宋的通信"，中间是刻成的"两地书"书名，下面题为"上海北新书局印行"，而下方的留白仅标明"1933"的出版年份。封面左端的垂直空间为衬托部分，竖排着"景宋：两地书：鲁迅"的字样。鲁迅1933年3月31日致李小峰信说："书面的样子今寄上，希完全照此样子，用炒米色纸绿字印，或淡绿纸黑字印。那三个字也刻得真坏（而且刻倒了），但是，由它去吧。此书似乎不必有'精装'，孩子已经养成得这么大了，旧信精装它什么。但如北新另有'生意经'上之关系，我也并不反对。"但清样出来后，鲁迅发现北新书局为了"生意经"的关系，在末页版权页注上"上海青光书局印行"，而封面上仍然是自己设计时写下的"上海北新书局印行"，产生了前后矛盾的错误。他4月5日致信李小峰，希望将前后的书局名称改为一致。1932年10月26日，北新书局出版过一本通俗民间故事书《小猪八戒》，因有辱回教而引起回教严正抗议，回教徒捣毁了北新书局位于福州路的门市部，27日三十余人再次到书局打砸。11月16日，国民政府内政部批复查封北新书局，后几经疏通北新书局改名为"青光"才能够继续营业，一年多后，风波平息才恢复北新书局名义。北新书局可能担心《两地书》出版会给书局带来麻烦，最后将前后的出版机关一律改为"青光书局"，1937年3月发行第5版时，才标注由上海北新书局出版。

鲁迅 1933 年 4 月 6 日晚校对完清样,北新书局立即进行印刷、发行。鲁迅 4 月 18 日记记载:"下午得小峰信并付版税百五十,即付证千。"4 月 19 日写到:"下午得小峰信并《两地书》版税泉百,并赠书二十本,又添购二十本,价十四元也。"《两地书》版权印花标注的是"广平"两字,税率为 25%,印 1000 本,定价每册一元,鲁迅获得稿酬 250 元。《两地书》出版时也在报上登过广告,广告词这样写道:"本书凡信一百三十五封。鲁迅在自序里说'回想六七年来,环绕我们的风波也可谓不少了,在不断的挣扎中,相助的也有,下石的也有。'从这句话里可知鲁迅先生就是在写所谓情书时也还是与所谓正人君子在搏战,与旧的社会和传统相周旋的。倘若我们拿这书与他同为编年的杂感集《华盖》以及《朝花夕拾》等对看,当更能对于我们的这作家的生活得到了解。实价一元。"①《两地书》使用的是 32 开毛边道林纸,22.2×16.1 厘米,出版后很受读者欢迎,不到两个月就售完而再版,至鲁迅 1936 年病逝时已再版了 4 次。1933 年 6 月 25 日,"木眼"在北平《世界日报》上发表一篇短文《鲁迅与〈两地书〉》,说他去图书馆借《三闲集》、《二心集》、《而已集》、《两地书》时,结果它们都被借走了,而自己去书店购买《两地书》时,结果《两地书》也卖完了。由此可见,《两地书》已成为十分畅销的书籍。在鲁迅晚年,《两地书》的畅销程度超过了他的杂文集。

《两地书》出版后既然拥有众多读者,自然引起社会读者的诸多议论及评价,有人把它视为纯粹的男女之间"情书",有人把它视为了解作者人生及社会的"镜子"。1933 年 5 月 4 日,郁达夫在上海《申报·自由谈》发表散文《移家琐记》,其中说到这本私人性质的《两地书》时,便认为从它中间"看出了许多平时不容易看到的社会黑暗面来",而"至如鲁迅先生的诙谐愤俗的气概,许女士的诚实庄严的风度,还是在长书短简里自然流露的余音,由我们熟

---

① 《申报》1933 年 4 月 20 日 4 版。

悉他们的人看来,当然更是味中有味,言外有情,可以不必提起,我想就是绝对不认识他们的人,读了这书,至少也可以得到几多的教训。"郁达夫因跟鲁迅交往密切,他的这种评论可能含有"溢美"之情,但是,许多读者认为它跟以前书店里售卖的"情书"不同。"《两地书》给我们一种印象,则适与两年前那部甚么情书集完全相反。我们从《两地书》里面看见了两个清楚的刚强的性格,同时又连带地对于当时那个社会,那个时代,有了再度的认识。自此以后,我觉得情书集也很可以看。"①与此相反,也有读者把它当成恋爱"教科书"的,如杨邨人在1933年6月25日《时事新报》上发表文章即持此观点。如果联系他1933年6月17日在《大晚报》上发表的《新儒林外史》,以及稍后在《文化列车》上发表的《致鲁迅的公开信》等文章,我们就可以清楚看出,杨邨人把《两地书》视为青年们"恋爱指南针"的评论显然有失客观。

鲁迅1934年12月6日在致《萧军》的信中,曾指出《两地书》其实并不像"情书","一者因为我们通信之初,实在并未有什么关于后来的预料的;二则年龄,境遇,都已倾向了沉静方面,所以决不会显出什么热烈"。《两地书》虽然刺激了读者的"好奇心",但实质上更像作者人生的一段平凡传记,成为认识、理解鲁迅及文学创作的珍贵资料。1933年5月8日天津《大公报》上,署名"诰"的《两地书》评论就指出,这本书可以"满足一部分读者的好奇",而"有许多关于鲁迅的传说材料可以由此获得",是"鲁迅的杂感集最好的注释"。也有读者从文学角度指出《两地书》是平常的,"文字并不雅隽,时常罗里罗嗦的,杂乱无章;内容呢,只是一些日常琐事老生常谈,并没有什么精深的议论和精彩的描写",认为其中还再现了鲁迅的"坏脾气","他无时不张牙舞爪的做出准备嘶杀的姿势。这情形在这一本通信集里澈头澈尾的表现了出来"。②

① 庸人《读〈昨夜〉》,《大晚报》1933年9月13日。
② 谐庭《两地书》,天津《益世报》1933年6月10日。

《两地书》出版后销量好、影响大，但它并没有给读者尤其是青年读者带来预想的热烈缠绵的爱情故事，而成为人们认识鲁迅思想及杂文创作的一个窗口。在这种意义上，《两地书》没有遭遇读者的误读，而鲁迅决定出版它的衷曲最终获得了实现。

第四节　革命文学论争与 鲁迅左翼身份的建构

1930 年 3 月 2 日左翼作家联盟在上海成立。经过 1928 年"革命文学"论争之后，鲁迅和他的论敌们走到一起，被赋予了左翼作家身份，而且这一赋予也得到鲁迅的完全认同。这样，从外在赋予和内在认同上，鲁迅都成为真正意义的左翼作家。然而，身份的建构需要思想的基础与前提，而不是随便的命名与简单的接受。以 1928 年"革命文学论争"前后为分析对象，通过对这一历史阶段与过程的细致而深入的梳理，我们希望发现或找到鲁迅自我认同的思想根源。

我们知道，鲁迅与创造社论争之前，双方都有合作的意愿。1926 年 11 月 7 日鲁迅给许广平的信中写道："其实我还有一点野心，也想到广州后，对于'绅士'们仍加以打击，至多无非不能回到北京去，并不在意。第二是同时与创造社联合起来，造一条战线，更向旧社会进攻，我在勉力写些文字。"1927 年 4 月，鲁迅和创造社成员联名发表《中国文学家对于英国知识阶级及一般民众的宣言》；同年，9 月 25 日，他给李霁野的信中说："创造社和我们，现在感情似乎很好。他们在南方颇受压迫了，可叹。看现在在文艺方面用力的，仍只有创造社，未名，沉钟三社。"同年 12 月，来到上海的鲁迅和创造社联合刊登《〈创造周报〉复活宣言》，准备在 1928 年元旦共同出版《创造周报》。从这些资料可以看出，鲁迅在主动寻求一个联合战线,而目标就集中到创造社身上。令人困惑的是,鲁迅向来对创造社有些不满,而且与创造社无过多联系,那么,鲁迅为什么希望与它联合呢?

当然,这跟鲁迅决定走出彷徨、重新振作的精神变化有关。鲁迅经历新文化阵营解体、兄弟失和、女师大事件等挫折之后,决心重新寻找人生的道路,而此时创造社元老都在革命策源地广东,而且提倡表同情于无产阶级的"革命文学"。这些不能作为鲁迅主动联合创造社的首要原因。现代文学研究者认为,鲁迅的"一点野心"是对"正人君子"的反击,是与创造社联合造就一个强大的战线;然而,前往革命的广州及表示与创造社联合,只是鲁迅表达自己意愿的话语,只是鲁迅希望新生的象征,却不能作为实际的转变与联合。其实,鲁迅的南下都是在寻找实现"野心"的契机与力量,以抛弃北京社会留给他的孤独与绝望。那么,问题是鲁迅真把创造社作为自我转变的契机与力量吗?我们发现,鲁迅到广州后并未急于向创造社靠拢,而是关注广州的革命活动与"革命文学",在他的演讲辞和文章中,革命、革命者、革命文学等语词大量出现。但是,广州的革命与革命者使鲁迅彻底失望与绝望。

广州的耳闻目睹加深了鲁迅的宿命意识,他愈加感到自己只能做一个文人而无法成为人们希望的战士或革命家。所以,他对广州的革命心存不满,把精力用在"革命文学"的关注上。在他看来,广州流行的"革命文学"并非真正意义的"革命文学",只是在"指挥刀的掩护之下,斥骂他的敌手的"的文学,或是"纸面上写着许多'打、打','杀、杀'或'血、血'"[①]的文学。他认为,这样的文学表现的要么是恃强凌弱的压迫,要么是无聊之徒的笔墨游戏,根本没有表现出人间反抗压制与强权的自由精神和革命精神,只能异化或扭曲革命的本质与意义。这里有一个问题需要注意,此时的"革命文学"有别于1928年论争时的"革命文学"。日本学者丸

---

① 《鲁迅全集》(3卷),人民文学出版社,2005年,第567页。

山升指出："提倡为革命的文学，即使在四一二政变之前，也不只是立足于马克思主义的文学，还包括国民党系统的文学，或者至少说是在'为革命'、'为宣传'的文学广泛的超越了马克思主义的框架。"①革命文学论争期间，鲁迅对"革命文学"的批评显然源于广州的感受，而且对于革命、革命者的本质思考也基于广州的经验。当鲁迅与创造社论争时，一个被研究者忽略的现象就浮现出来，即论争双方在经验感受与理论资源方面存在鸿沟，鲁迅批评的指向更多是广州的记忆，而创造社争论的知识背景却是无产阶级理论。当鲁迅认识到论争隐含的知识冲突后，他开始反思与修正自我，开始学习与接受论争对手的无产阶级学说。

　　广州的经历不仅带给他沉重的革命记忆与绝望，而且也轰毁了鲁迅的进化思想。他在《三闲集·序言》中说："我在广东，就目睹了同是青年，而分成两大阵营，或投书告密，或助官捕人的事实！我的思路因此轰毁。"这种进化观念虽然被轰毁，但那时并未给鲁迅带来无产阶级唯物史观，②或者说，鲁迅又落入绝望的深谷与思想的荒野上。思想的茫然与荒芜，增强了鲁迅寻求新思想、反抗绝望的精神动力，成为鲁迅在革命文学论争间主动"投降"的原因，也成为鲁迅走向左翼的历史契机。鲁迅真诚地说过："我有一件事要感谢创造社，是他们'挤'我看了几种科学底文艺论，明白了先前的文学史家们说了一大堆，还是纠缠不清的疑问。……以救正我——还因我而及于别人——的只信进化论的偏颇。"③总之，创造社的无产阶级理论击中鲁迅思想中的荒芜，让绝望中的鲁迅

---

① 　[日]丸山升《鲁迅·革命·历史》，北京大学出版社，1999年，第14页。

② 　马克思主义唯物史观反映了19世纪欧洲历史思想中不断增长的社会学倾向，它把社会置于历史研究的中心，并断定那些与经济活动最直接相关的社会要素的逻辑优先性，认为历史发展的动力只有在社会经济结构的内在力量的相互作用中才能揭示出来。参见[美]阿里夫·德里克著、翁贺凯译《革命与历史：中国马克思主义历史学的起源》，江苏人民出版社，2005年。

③ 　《鲁迅全集》(4卷)，人民文学出版社，2005年，第6页。

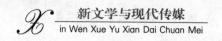

发现了一丝走出绝望的光亮。

革命文学论争前的鲁迅，一方面处于思想危机的焦虑中，对革命与革命者、对社会与历史的绝望，让他实践"一点野心"的希望彻底化为泡影；另一方面反抗绝望与寻找新思想的意志也暗自滋长，革命文学论争的发生给鲁迅提供了内省与拯救的历史契机，他终于把新兴的无产阶级理论纳入自己的思想视野中。

1928 年 1 月，新创刊的《文化批判》以崭新的姿态掀起无产阶级文学运动。冯乃超、李初梨等人带着马克思主义理论资源回到中国，开始无产阶级文学的启蒙运动。他们的一个行动就是反对创造社与鲁迅联合，鲁迅与创造社合作的计划被搁置并成为后者的一个批评对象。冯乃超在《艺术与社会生活》一文中说，鲁迅"他时常追怀过去的昔日，追悼没落的封建情绪，结局他反映的只是社会变革期中的落伍者的悲哀，无聊赖的跟他弟弟说几句人道主义的美丽的话。隐遁主义！"这种批评不能肤浅地看成是文人的意气相争，或是后期创造社成员批评的盲目或错误①。

《文化批判》在出版预告中，明确提出其目的是"以学者的态度，一方面介绍最近各种纯正的思想；他方面更对于实际的诸问题为一种严格的批判的工作"。成仿吾在《祝词》中进一步说："它将从事资本主义社会的合理的批判，它将描出近代帝国主义的行乐图，它将解答我们干什么的问题，指导我们从那里干起。政治，经济，社会，哲学，科学，文艺及其余个个的分野皆将从《文化批判》明了自己的意义，获得自己的方略。《文化批判》将贡献全部的革命的理论，将给与革命的全战线以明朗的光大。这是一种伟大的启蒙。"总之，《文化批判》致力的是无产阶级的文化批判与无产阶级文学建设。李初梨的《怎样地建设革命文学》首先否定五四文

---

① 现代文学研究界和鲁迅研究者都认为，后期创造社成员对鲁迅的批评是盲目的与错误的，主要是受日本福本主义的影响，而没有认真审视与探究这场论争所蕴涵的理论问题与思想分野。

学的个人主义观念,认为"文学,有它的社会根据——阶级的背景。文学有它的组织机能,———一个阶级的武器",指出无产阶级文学的性质是"为完成他主体阶级的历史使命,不是以观照的——表现的态度,而是以无产阶级的阶级意识,产生出来的一种斗争的文学"。这种文学的重新定义显然呈现出一种新兴的文学理论,其背后隐喻马克思主义的哲学思想,①核心是以文学的意识形态性质否定文学的自律性,将文学视为无产阶级历史解放的斗争武器。王独清在一次演讲中鲜明地说:"我们的文学便是我们革命的一个战野,文学家与战士,笔与破击炮,可以说是一而二二而一的东西。"②

　　鲁迅与创造社的理论分歧集中在两个方面。首先是"革命文学"是否存在的问题。创造社认为,中国社会的性质和革命阶段已经发生变化,革命文学应该由混沌时期的文学转向无产阶级文学。成仿吾在《从文学革命到革命文学》中指出:"资本主义已经到了他的最后一日,世界形成了两个战垒,一边是资本主义的余毒法西斯蒂的孤城,一边是全世界农工大众的联合战线。"而鲁迅却认为:"社会停滞着,文艺决不能独自飞跃,若在这停滞的社会里居然滋长了,那倒是为这社会所容,已经离开革命。"③显然,鲁迅与创造社论争的分歧主要来自对革命现实的判断,广州经验使鲁迅认为革命"停滞"了,或者说,革命已堕落为武人的夺权与商人的获利。此外,崇尚"抱诚守真"的鲁迅同时还怀疑革命文学家的真诚性,他们多是小资产阶级而与工农毫无联系,他们怎能创造革命文学来? 其次是对"革命文学"性质的认识。针对创造社"一切

---

　　① 20 年代初 30 年代末,这种文学理论被称为"新兴文学论"、"唯物史观文艺论"或"科学的文艺论"而逐渐兴盛起来。这种文学理论的特征是"从作为表象的文艺出发达到对深层的社会关系、历史关系的政治性把握"。参见程正民、程凯《中国现代文学理论知识体系的建构》,北京大学出版社,2005 年。

　　② 《革命文学论争资料选编》(上),人民文学出版社,1981 年,第 549 页。

　　③ 《鲁迅全集》(4 卷),人民文学出版社,2005 年,第 84 页、84 – 85 页。

文学都是宣传"的主张,鲁迅相对坚持文学的"文学性",指出"一切文艺固是宣传,而一切宣传却并非全是文艺",反对"拙劣到连报章记事都不如"的宣传文学,告诫革命文学现在应力求内容的充实与技巧的上达。但是,鲁迅也承认文学的宣传功能,他说:"我不相信文艺的扭乾转坤的力量的,但倘有人要在别方面应用他,我以为也可以,譬如'宣传'就是,""用于革命,作为工具的一种,自然也可以的。"①鲁迅对文学宣传性质的肯定隐含着两个思想倾向,一是他对反抗黑暗现实的力量的支持与维护,显示着一直寻求前进的心曲;二是他对阶级文学合理内核的首肯,呈现鲁迅与创造社文学观念具有一些同质因素。

鲁迅如何对待创造社的批评呢? 他在《三闲集·序言》中抱怨道:"但我到上海,却遇见文豪们的笔尖的围剿了,创造社、太阳社'正人君子'们的新月社中人,都说我不好,连并不标榜文派的现在多升为作家或教授的先生们,那时的文字里,也得时常暗暗地奚落我几句,以表示他们的高明。"这种述说虽显示鲁迅的委屈与抱怨,但事实上鲁迅却逐渐接受了无产阶级文学观念,认识了文学的阶级性与作为"艺术的武器"的本质,尽管这种文学思想更新并不完全是创造社赐予的,还有鲁迅自觉阅读与翻译马克思主义文艺著作的结果。据统计,鲁迅仅在 1928 年中就购买了《从空想到社会主义》,《列宁给高尔基的信》,《马克思主义的作家论》,《艺术与唯物史观》等六十多册此类书籍,而且翻译了片上伸的《现代新兴文学的诸问题》、卢那卡尔斯基的《艺术论》、《文艺与批评》及普列汉诺夫的《艺术论》等。他和青年聊天时常使用"阶级斗争"、"社会主义"等新的名词,在给朋友的信中也承认"以史的唯物论批评文艺的书,我也曾看了一点,以为那是极直截爽快的,有许多暧昧难解的问题,都可说明"②。这都表明,经过与创造社的革命

① 《鲁迅全集》(4 卷),人民文学出版社,2005 年,第 84 页、84 – 85 页。

② 《鲁迅全集》(12 卷),人民文学出版社,2005 年,第 125 页。

文学论争，鲁迅意识到自己的"落伍"并加以克服，主动向创造社批判所预设的理论天地进入，这虽不能说明鲁迅已成为马克思主义者，但可以肯定的是鲁迅看到了一条摆脱绝望的道路。相对于进化论思想，马克思主义给鲁迅带来了文学的新视野，其唯物、辨证的态度与鲁迅的思想方式相近而得到他由衷的首肯。鲁迅向来以为"希望之为虚妄，正与绝望相同"，但论争留给他的却是对希望的坚信，却是对未来社会的憧憬与执着。

不难看出，后期创造社的文化批判才真正给鲁迅带来思想的实际变化，为"左联"的成立及鲁迅对左联的认同打下思想基础。当然，鲁迅并没有完全接受创造社文化批判的所有思想，而且有些分歧左联成立后仍然存在，但鲁迅还是整体上接受了无产阶级文学理论，为此真诚表示要感谢创造社。换句话说，革命文学论争使鲁迅找到实现"一点野心"的历史契机与思想基础，使鲁迅找到摆脱绝望与"落伍"的新思想力量，从而与批判他的创造社走到一起结成左翼联盟。

"革命文学"论争的结果是"左联"的筹建，也是鲁迅左翼身份正式确认的过程。

作为"左联"的前身，创造社、太阳社以及鲁迅为代表的一批"五四"作家都是作为文学社团而存在的，这样，"左联"的成立与身份的建构就要面对一个问题，即它究竟是政治性质的联盟还是文学性质的联盟？其实，1928 年的"革命文学论争"已经给出这样的信息，大革命失败后茅盾等一批职业革命家转入文学领域，富有叛逆精神的创造社"左"转，不少五四作家感到文学不能脱离政治而存在。这种文学状况既是政党革命对新文学影响日趋增强的表现，又是五卅以后新文学家思想日益左倾的结果，即是说，左联的筹建与左翼身份的建构还受到新文学家思想变化的驱使。不仅如此，左联成立的复杂性还有一个情况值得注意，就是创造社、太阳社已面临极大的生存困难。1929 年 1 月 10 日《创造月刊》被迫停刊，2 月 7 日创造社被封，《文化批判》、《日出旬刊》、《文艺生活》

等创造社刊物被禁。太阳社的情况也大致相同,《太阳月刊》1928年出到七期被查禁,此后创办的《海风周报》、《新流月报》等也屡遭禁止。由于国民党文化审查制度①的建立与实施,导致激进的革命文学社团难以存在,走向联合以对抗政府的文化制度也在情理之中,正如鲁迅致姚克的信中所说:"1930年,那些'革命文学家'支持不下去了,创、太二社的人们始改变战略,找我及其他先前为他们所反对的作家组织左联。"②

在这些复杂的历史动因面前,左翼身份的性质建构就有些艰难。1930年3月1日《萌芽月刊》刊登了《上海新文学者底讨论会》消息,称讨论会目的是清算过去"革命文学"论争的错误和成立新的文学团体,文中指出:"作为讨论会的结果,还有更重要的一事,即全场认为将国内左翼作家团结起来,共同运动的必要。"这里,"左翼作家"作为名词第一次出现,但该文并未对它的内涵做出具体界定。对它进行界定的是"左联"的《理论纲领》,该纲领发表在1930年3月10日的《拓荒者》上,它指出左翼作家"是反封建阶级的,反资产阶级的,又反对稳固社会地位的小资产阶级的倾向"。这里,左翼身份被规定为坚持无产阶级立场而从事无产阶级艺术的作家联盟。然而,从左联的组织机构、成员与左联的行动看,"左翼"都表现出文学与政治的双重性质,左翼既是激进文学家的文化身份又是文学家的革命象征。

鲁迅更多的是在文学意义上认同左联的左翼身份。我们知道,"左联"成立时鲁迅举荐了郁达夫加入,加入"左联"后鲁迅重视文学创作,培养了一批新生的青年作家,他自己很少参加左联组织的政治行动。鲁迅把左联看作"阵线"性质的文学团体而不是

---

① 国民党中央1928年间制定了《出版条例原则》,1929年1月国民党中宣部制定了《宣传品审查条例》,1930年12月国民政府颁布了《出版法》。参见倪墨炎《现代文坛灾祸录》,上海书店,1996年。

② 林非编《鲁迅著作全编》,中国社会科学出版社,1999年,第921页。

"第二党"，他参加它旨在实现造就文学战线的愿望。那么，鲁迅如何认识"左翼"身份的呢？在左联成立的大会上，他告诫左翼作家是很容易变为"右翼"作家的，他说不和实际的社会斗争接触，不明白革命的实际情况而只对革命抱不切实际的幻想，以救世主自居而期望获得工农的报偿，都很容易使左翼作家变为右翼作家。鲁迅的讲话表面上是对革命文学论争对手的激烈批评，实质上却反映着鲁迅对左翼身份的理解与认识。在鲁迅的心目中，左翼作家应该是革命的、现实的与高尚的，①他不仅应成为政党革命意义的左翼作家，而且应成为超越政党政治的左翼作家。值得深思的，鲁迅对左翼身份的理解似乎又回到他原先的思想与经验中，留日时代拥有的个人无治主义思想，归国后一次次失败的革命留下的痛苦记忆，大革命策源地广州带来的革命绝望，这些都在革命文学论争中爆发出来并使他产生"落伍"的意识。然而，鲁迅的这次批评与回归，却不能简单理解为鲁迅不满左联或与左联隔膜的表现，应理解成鲁迅对左翼的由衷期望，期望左翼作家能够成为对抗强权、批评愚昧的文化战士。所以，鲁迅在讲话中提出要扩大左联的战线，"我们应当造出大群的新的战士"而且要以"共同目的为必要条件的"②。显然，鲁迅认同的左翼身份带着更多的自我性质，期望它可以实现自己心中从未实现的"野心"，在愚昧与专制的黑暗社会里建立一个理想的"人国"。

"革命文学论争"成为鲁迅思想转变的真正历史契机，他意识并克服了自己思想的"落伍"状况，接受了马克思主义的革命理论并加入了左联，找到了可以实现自己"一点野心"的社会力量。然而，鲁迅对左翼身份的认同并非仅是政党革命意义的，还表现出文

---

① 鲁迅的讲话实质隐含着他对近代革命失败的痛苦经验，希望革命者能有正视历史与社会的现实态度、不断革命的超越精神、彻底实现个人自由与平等的伟大革命目标。

② 《鲁迅全集》(4 卷)，人民文学出版社，2005 年，第 241 页。

学甚至文化意义的,显示出自我意识与左联视野的思想差异与对话、融会。总之,鲁迅加入"左联"与左翼身份认同,有着自我精神与思想的历史发展为内在基础,这既使他成为富有现实斗争精神的左翼战士,又增加了他左翼身份的丰富性和深刻性。

第一节　郁达夫脱离创造社后的文学翻译

郁达夫的创作生涯 1927 年开始发生了变化。从 1927——1932 年,他把大量精力投入到了文学翻译中,小说创作几乎终止。这种文学现象一直被学术界所忽视。郁达夫的翻译除了和他的创作有紧密关系,"他所译介的俄国作家屠格涅夫和德国作家道林,恰好都是对其创作影响极大的外国作家"①,还有一些是当时文艺论争需要的文艺理论。郁达夫为何中断创作而积极从事文学翻译呢? 这跟他脱离创造社、生活问题、文艺思想转变等因素有关。

1927 年 8 月 15 日,郁达夫在《民报日报》和《申报》上刊登了启事,宣布脱离创造社:"今后达夫与创造社完全脱离关系,凡达夫在国内外新闻杂志上所发表之文字,当由达夫个人负责,与创造社无关。"这是他停止创作而转向文学翻译的最直接动因。

20 世纪以降,文学杂志的产生逐渐改变了现代文学的生产方式。"杂志越来越直接地引导和支配着现代文学的发展方向。甚至事实上刊物的聚合构成了所谓文坛。"①创造社前后期都以同人刊物为支撑,表现他们的文学追求与建构他们的文坛地位,前期的《创造周报》、《创造》月刊,转型期的《洪水》、《创造月刊》,以及后期的《文化批判》、《流沙》等,都是创造社同人发表文学创作、争夺话语权的园地。对于 20 年代作家而言,离开杂志、社团既关系到自身的名声和影响力,也意味着失去发表作品的园地,甚至威胁到自我的生活与生存,总之,"杂志和报纸就意味着他们创作的生命本身,成为他们唯一的生存空间"②。鲁迅 1928 到 1929 年极少写稿、没处投稿,就跟他初到上海没有自己的刊物有关。同样,郁达夫脱离创造社不仅是人事关系的分离,也使他丧失了创造社的文学阵地,陷入了一时创作"失语"的困境。

郁达夫因为《广州事件》、《在方向转换的途中》及《诉诸日本无产阶级》等文章,引起创造社同人的不满和恐慌,这是他决定脱离创造社的动因。不仅如此,他还"深恐以后再将以文字而召祸",决心以后"不再作议论文自誓"③。在这双重意义上说,郁达夫失去了文坛的阵地与创作的热情。一方面,创造社刊物不再接受郁达夫的稿件,另方面当时文坛与刊物也开始转换色彩,《现代小说》、《金屋》等主张现代主义、唯美主义的期刊都转向"革命文学",而以表现个人苦闷为主题、为风格的郁达夫小说已不合时宜,"社会的情形大变了,以后恐怕再也不能做这些空谈的文字了"④。创造社和 20 年代末的文坛不再接受郁达夫的小说,他本人又无法创作出革命性质的文学作品,选择文学翻译几乎就成为无奈之举。

郁达夫把文学翻译视为他思想激进的象征。1926 年,郁达夫

---

① ② 旷新年《1928:革命文学》,山东教育出版社,1998 年,第 26 页、28 页。

③ 郁达夫《翻译说明就算答辩》,《北新半月刊》1928 年 2 卷 8 号。

④ 王自立、陈子善编《郁达夫研究资料》(上),天津人民出版社,1982 年,第 207 页、197 - 198 页。

南下广州教书时,本意是为革命做一点工作,但他对广州的社会局势和革命现状产生了一种幻灭感:"在那里本想改变旧习,把满腔热忱,满怀悲愤,都投到革命中去的,谁知道鬼蜮弄旌旗,在那里所见到的,又只是些阴谋诡计,卑鄙污浊。一种幻想,如儿童吹玩的肥皂球儿,不待半年,就被现实的恶风吹破了。"①1927 回到上海主持创造社出版部工作后,他愈来愈看清军阀的阴谋,对蒋介石的"清党事件"表示强烈的愤慨。郁达夫不仅以《广州事件》等文章揭露黑暗,而且表示,"以后我要奋斗,要为国家而奋斗,我也不甘再自暴自弃了",而"奋斗的初步,就想先翻一两部思想新彻的书,以后如有机会,也不妨去做实际的革命工作"。② 郁达夫虽一时不能从事革命文学创作,但文学翻译却是力所能及的,他以此表现自己思想的进取与激进。

混乱的革命文坛也促使郁达夫立志文学翻译。他 1929 年致周作人的信说:"现在上海,沉闷得非常,文艺界是革命文学家的天下,而且卑鄙龌龊,什么事情都干,我以后想不再做什么东西了。等生活定下来后,只想细心来翻译一点东西。"③确实,20 年代末的上海文坛"投机"与"商业竞卖"的风气已愈加浓厚,投机者、跟风者、谋利者等比比皆是。郁达夫期望远离污浊的文学创作,而只想细心来翻译一点东西了。

与创造社决裂使郁达夫失去作品发表的园地,社会局势的黑暗与文坛的污浊让郁达夫丧失创作兴趣,此时,他惟独相信翻译能对国家、文艺有点作用。1927 年 8 月后,他除了创作《迷羊》、《二诗人》两篇小说外,大部分文章都是翻译作品,翻译的长度、数量、时间都超过创作。他在创作上确实"已经落伍了,已经没落了,就

① 王自立、陈子善编《郁达夫研究资料》(上),天津人民出版社,1982 年,第 207 页、197 – 198 页。

② 胡从经编《郁达夫日记集》,陕西人民出版社,1984 年,第 123 页。

③ 《郁达夫文集》(9 卷),花城出版社,1982 年,第 414 页、402 – 403 页。

快死亡了"①。

生活问题是郁达夫转向翻译的另一个客观原因。退出创造社之后,郁达夫几乎成为无业游民,除在法科大学一星期担任一两节课外,就没有其他职业与固定收入了。直到鲁迅介绍他进入北新书局,一方面担任刊物编辑,一方面出书拿版税,这种情况才有所改善。尽管如此,郁达夫当时的收入极不稳定,再加上他爱好喝酒、吸烟,身体又非常虚弱,开销很大,钱往往不够用。"稿费、版税,非常有限,郁达夫尽管开动了全部脑筋,尽全力在创作,可总觉得入不敷出。他现在全面计较,如何多拿一笔稿费,创作太有限,翻译是一门新兴的行业,需要全面坚实的国语与外语基础。郁达夫正是精于这两者的佼佼者之一。"②

除了经济的困窘外,郁达夫此时又陷入恋爱的狂热中。与王映霞相识后,他心思就一直没有离开过她,几乎每天日记都提及而且书信来往不断。这种情况下,他再没有闲暇和心思从事创作。郁达夫早期创作多在"生的苦闷"和"性的苦闷"下完成,与王映霞结合后,这方面的苦闷减少了,创作的动因与热情减退。钱杏邨谈及郁达夫前后创作的转变说:"他的最后的转变,还有一个他本身很重要的原因,就是恋爱问题的解决。"③

与鲁迅交往促进了郁达夫文学翻译的开展。在鲁迅的鼓励和帮助下,郁达夫事实上成为语丝派的一员,他们共同创办期刊、发表翻译作品,反击文学论争的对手。他在《奔流》上发表一些外国文学评论和翻译作品,包括《哈姆雷特和堂吉诃德》、《易卜生论》、《幸福的摆》、《废墟的一夜》等,翻译小说后来结集成《小家之伍》出版。他以翻译反击他的批判对手,表达自己的人生态度与文学追求,他说:"当中国的各'大家'正在合纵连横,对我这样的一个

① 《郁达夫文集》(9卷),花城出版社,1982年,第414页、402 – 403页。
② 陈福亮《郁达夫大传》(下),中国广播电视出版社,2004年,第801页。
③ 邹啸编《郁达夫论》,上海书店,1987年,第28页。

尤小,决未成家的人,在下总攻击的此刻,把这一部稿子送给印刷所去印出书来,似乎也有一点借了外国人的毒瓦斯来遮盖自己的嫌疑。但是不敢做官,尤其不想做领袖的我这落伍者,向来是与世无争,于人无怨的这一点微衷,或者是可以对诸位攻击我的大家们告罪而有余的罢!"①《拜伦艺术》即是在这种情况下译出的。"我翻译此书的兴趣,是因为当写一篇答辩文(即《翻译说明就算答辩》)时,感觉到原著者(辛克莱尔)仿佛在替我代答,因而省了我许多工夫。"②这里答辩所指的是梁实秋的《读郁达夫先生的〈卢骚传〉》。梁实秋《论卢梭的女子教育》引起鲁迅的不满,郁达夫为配合鲁迅写了《卢梭论》,与梁实秋展开了辩论。郁达夫从 1928 年 4 月 1 日开始翻译,1929 年 8 月才翻译完,时间之久可见翻译决心之大。

除以《奔流》为阵地发表翻译作品外,经得鲁迅先生的同意和帮助,郁达夫又和夏莱蒂 1929 年创办《大众文艺》月刊,进一步展开翻译与介绍工作。郁达夫在《〈大众文艺〉释名》中说:"平庸的我辈,总以为我国的文艺,还赶不上东西各先进国的文艺远甚,所以介绍翻译,当然也是我们这月刊里的一件重要工作。"③郁达夫在《大众文艺》上发表自己的译作不多,但是翻译与介绍的主张却十分鲜明。另外,《语丝》、《北新》也因鲁迅的介绍而成为郁达夫发表译文的刊物。在 1927－1932 这段时间内,郁达夫始终没有中断翻译工作,以此作为承担社会责任的方式。

1930 年 3 月经鲁迅的介绍,郁达夫加入了左联,他在鲁迅的鼓励下想把高尔基全集译出,但最终没有如愿。1932 年之后,随着政治局势紧张、各刊物的被查封或者转变色彩,郁达夫离开

---

①　王自立、陈子善编《郁达夫研究资料》(上),天津人民出版社,1982 年,第 240 －241 页。

②　《郁达夫文集》(7 卷),花城出版社,1982 年,第 189－190 页。

③　《大众文艺释名》,《大众文艺》1929 年 1 期。

上海而四处漂流,翻译工作基本停止,而小说创作热情再次旺盛起来。

郁达夫转向翻译还有一个十分重要的原因,即他脱离创造社后开始转向革命文艺的提倡。作为早期创造社的一名主要成员,他的文艺观念是充满矛盾的,一方面张扬个性的、浪漫的、唯美的文学,另一方面又强调文艺的社会性、功利性。这种矛盾性使郁达夫脱离创造社转向革命文学,正如李何林指出:"创造社倾向与无产阶级的文学,想把革命与文学结婚,表面上是从今年的新正开始,但细细地考察起来,却绝不是突然的,他们之所以在今日发酵了,也实在是经了很长久时间的酝酿。"①

人们多认为郭沫若是最早转向的早期创造社作家,把他的《革命与文学》作为最先倡导革命文学的标志。事实上,郁达夫早在1923年就已展现出无产阶级文艺观的端倪,他在《创造周报》上发表的《文学上的阶级斗争》就是明证。在这篇文章中,他说艺术和人生根本就是一体,"艺术就是人生,人生就是艺术",认为艺术史和社会运动史一样可以分出许多阶级来,因此也要进行文学上的阶级斗争,而中国现在正处在俄国革命前的时期,正是无产阶级反对有产者的时期,阶级斗争要一直地走下去不可。《文学上的阶级斗争》"虽然没有真正的阶级论的观点,但却已表明作者已朦胧地感到'二十世纪的文学上的阶级斗争,几乎要同社会实际的阶级斗争,取一致的行动了'"。②

在《无产阶级专政和无产阶级文学》一文中,郁达夫明确提出"无产阶级文学"这个概念。他认为"在无产阶级专政的时期未达到以前,无产阶级的文学是不会发生的",因为在无产阶级没有专政之前,真正的无产阶级意识、无产阶级的社会教育、设施和要求还没有发达。郁达夫是把无产阶级文学与无产阶级专政紧密联系

---

① 李何林《近二十年中国文艺思潮论》,陕西人民出版社,1981年,第143页。

② 唐弢编《中国现代文学史》,人民文学出版社,1980年,第196页。

在一起,前者以后者为前提和基础。在他看来,中国目前还不能创造真正的无产阶级文学,当务之急是致力于无产阶级社会的到来,而翻译工作可以促进这项事业的完成。另外,郁达夫坚持"真正无产阶级的文学,必须由无产阶级者自己来创造"。他认为自己不是无产阶级,不能真正体会无产阶级的生活,也缺乏他们的思想经历,所以"到目前为止,还不曾写过一篇配称文艺的东西"。① 不仅如此,他还否定自己以前的创作,坦率承认《春风沉醉的晚上》、《薄奠》、《微雪的早晨》等作品,"因创作的年代很旧,故而意识不明,力量微薄"②。王观泉指出:"这实在不是郁达夫的自谦,是实在话,创作赶不上理论,形象思维赶不上逻辑思维。"③总之,郁达夫认定自己不是无产阶级,无法创造时代需求的无产阶级文学,舍弃文学创作而选择文学翻译,以此推动革命文学的建设发展。郁达夫曾自嘲自己已经落伍了、没落了、也真的做不出什么东西来了。

尽管郁达夫否定了自己以前的创作,认为自己无法创作出真正的无产阶级文学,但他没有放弃作为一个文学家的道义和责任,翻译了一些符合"革命文学"思潮的作品。最值得一提的是辛莱尔的《拜伦艺术》。从 1924 年 4 月 1 日起到 1929 年 8 月 1 日,翻译《拜伦艺术》共 19 章,翻译时间之长,数量之大,对于一个以写作出道的郁达夫可谓是个不小的考验。《拜伦艺术》中提出的"一切艺术皆是宣传",不仅对郁达夫产生了深远影响,而且成为当时"革命文学界"的理论资源。

总之,郁达夫在 1928 年至 1932 年这段时间内,失去了文学创作的冲动、环境和热情,转向了文学翻译。他的翻译推动了外国小

---

① 《致〈大众文艺〉编者》,《大众文艺》1930 年 2 卷 5、6 期。

② 王自立、陈子善编《郁达夫研究资料》(上),天津人民出版社,1982 年,第 221 页。

③ 王观泉《席卷在最后的黑暗中——郁达夫传》,天津人民出版社,1986 年,第 147 页。

说和新兴文学理论的引入,成为他激进思想与文学观念的表达与象征,这应该是郁达夫传记研究中不容忽视的一个历史阶段。

第二节　闻一多早期诗歌评论的"影响焦虑"

"闻一多面对混乱局面,严肃倡议建树新的诗歌格律,讲究新诗艺术,这在现代诗歌发展史初期,应该说是颇有里程碑意义的。"[1]这样叙述闻一多诗歌格律主张的价值意义,蕴含着启蒙理性的认识逻辑,即把新诗现代化进程理解为向一种完善诗歌本体的回归,它把在具体情境内产生的特殊诗歌主张抽象为超越性的必然与永恒,而忽略了闻一多格律主张的历史性。阅读闻一多早年写作的几篇新诗评论及他在美留学时写给学友、家人的书信,我们强烈感受到他的诗歌观念、写作动机及其他对新诗的理解都极为杂芜,"它是由许多股朝不同方向奔驰但又相互交错的力所组成的复杂的丛聚"[2]。通过对《冬夜评论》、《女神》之时代精神》、《诗的格律》等文本细致的重读,我们可能"推迟了各种认识的不确定并合,打破了这些认识的缓慢的成熟过程,迫使它们进入一个崭新的时空,把这些认识从它们的经验论的根源和它们原始的动机中截取下来,把它从它们的虚构同谋关系中澄清出来"[3]。

《冬夜评论》是闻一多写得最长的一篇诗歌评论,也显得稚嫩和大胆。该文作于1921年冬,1922年由清华文学社出版。开篇论"音节"部分的文字语意有些紊乱而枝蔓斜生,不如后半部分紧凑、凝练。它以俞平伯《冬夜》为初期白话诗的代表,激烈批评了初期白话诗的欠缺:音节的自然化流弊为口语化、缺乏艺术美。他

---

①② 时萌《闻一多朱自清论》,上海文艺出版社,1982年,第32页、17页。
③ 福柯著、谢强译《知识考古学》,三联书店,1998年,第3页。

认为:"一切的艺术应以自然为原料,而参以人工,一以修饰自然的粗率,二以渗渍人性使之更接近于吾人,然后易于把捉而契合之。"闻一多还批评初期白话缺乏幻象与强烈的情感,认为这是作者太拘束于传统词曲的音节而造成的。应该讲,闻一多对《冬夜》及初期白话诗的评论切中肯綮,但他的这些批评观念却缺乏新鲜感。我们知道,新诗尝试期的关注焦点是新诗的音节和白话,《谈新诗》、《白话诗的三大条件》、《〈试集〉再版序言》、《新诗底我见》等文章,谈论的都是新诗"不拘格律,不拘平仄,不拘长短;有什么题目,做什么诗"①音节特征。闻一多批评新诗音节流弊的价值仅在于,他指出初期白话诗人把音节的"自然化"误读为"口语化"。新诗音节自然化有两重意向:一是抛却传统古典律诗音节的僵死格调,替换为"有什么题目,做什么诗"的因事命意;二是追求新诗音节的自然化,像口语般亲切与自然。但自然化并非口语化。此外,闻一多批评初期白话诗幻象与情感的不丰富,也重复了他者的批评话语,至少我们能在郭沫若与宗白华的《谈诗通信》、康白情的《新诗底我见》等文章中阅读到人们对新诗的诗性期待,或者说,对新诗发展流向的浪漫主义风格的欲望与倡导。众所周知,浪漫主义强调想象与情感,希望在诗中"表白自己并使我们注意其个性的激情深度和个人的特征"②。然而,闻一多的浪漫主义诗学观念中,存在与浪漫主义文学精神矛盾、悖离的地方,即他主张新诗人工的修饰,他说:"一切的艺术应以自然作原料,而参与人工。"③这与"自然流露"的浪漫主义风格相径庭,也不同于郭沫若的诗学主张,后者认为:"诗只要是我们心中的诗意诗境底纯真的

---

① 《中国新文学大系建设理论集》,上海文艺出版社,2003 年,第 299 页。

② 什克洛夫斯基等著、方珊等译《俄国形式主义文论选》,三联书店,1992 年,第 351 页。

③ 《闻一多全集》(3 卷),三联书店,1982 年,第 308 页、605 页、610 页、316 – 328 页、618 页。

表现，命泉中流出来的 strain，心琴上弹出来的 Melody。"①

《冬夜评论》虽然没有多少创见，但它的出版给闻一多带来莫大的惊喜。一是向新诗界的权威胡适辈发出了大胆挑战，在"左道日昌，吾曹没有立足之地了"②的新诗界，制造了容纳他们作品的空气；二是证实了"我们所料得的反对同我们所料得的同情都实现了。郭沫若来函之消息使我喜如发狂。我们素日赞扬此人不遗余力，于今竟证实了他确是与我们同调者"③。应该指出，闻一多出于对新诗音节的焦虑而欲挽其弊，可是，他那时对古典诗歌及汉语言缺乏真切的审美感知。他批评中国传统诗歌意象简单、粗率、朦胧，以至"那些枝枝叶叶的装饰同雕镂，都得牺牲了"，还说"中国文里形容词没有西文里用得精密"④。闻一多的这些批评带有"五四"时期颠覆中国传统的时代心理，可以说，它遮蔽了闻一多对汉语言及古典诗歌的确切认识，即"用'以物观物'的方式，不把自我灌注入自然，不把主观情绪及思维浸溢自然，任自然事物自由涌发"⑤的表现方式。除了这种"全盘西化"的历史影响外，闻一多批评中的误解还可能与他的审美偏向有关。闻一多喜爱济慈、李义山诗歌的繁缛秾丽。尽管如此，闻一多还是满怀自信，不仅把自己视为新诗的指点迷津者，而且把忽略情感与幻象的诗人骂作"瞎眼的诗人"。近乎张狂的闻一多有点令人难以接受，如果想到他此时才年仅23岁，又想在文坛造出一个"文学的清华"，他的自负及对新诗、古典诗歌的误读自在情理之中。

发表在《创造周报》的《〈女神〉之时代精神》与《〈女神〉之地方色彩》，是闻一多留学美国不久写的。在1922年11月26日写给梁实秋等友人的信中，他说："文学社出版计划既已取消也好，

---

① 《中国新文学大系建设理论集》，上海文艺出版社，2003年，第347页。
②③④ 《闻一多全集》（3卷），三联书店，1982年，第308页、605页、610页、316－328页、618页。
⑤ 叶维廉《中国诗学》，三联书店，1996年，第213页。

前回寄上的稿子请暂为保留。那里我还没有谈到《女神》的优点，我本打算那是上篇，还有下篇专讲优点。我恐怕你已替我送到创造社，那样容易引起误会。如没有送去，候我的下篇成功后再一起送去罢。"闻一多在这里提及的上、下篇大概就指这两篇论《女神》的文章吧。这种推测正确的话，那么《〈女神〉之地方色彩》的写作应该早于《〈女神〉之时代精神》，这恰好和发表的前后秩序颠倒，这样的用意是明显的，即闻一多不愿获罪于郭沫若及创造社。但这种颠倒却模糊、混淆了闻一多早期诗歌评论写作的意向，直言之，闻写作《〈女神〉之地方色彩》的意向、风姿接近于《冬夜评论》，即"欲打出招牌，非挑衅不可"，其用意是"将国内文艺和批评一笔抹煞而代之以正当之观念与标准"①。因为把"抹煞"的锋芒指向同情、赞赏自己的创造社，闻一多可能担心同道的反目而于己不利，于是又写出了下篇作为弥补。总之，这两篇文章写作顺序与发表时间的故意颠倒，实现了既不伤同道感情而又达到自我目的的愿望，在没有立足之地的新诗坛创造容纳自己的空间。

写作《女神》评论的时候，闻一多抛却了《冬夜评论》式的人云亦云的浪漫主义诗学观念，切近了自己对《女神》的感受与对社会、时代的情感体验。《〈女神〉之时代精神》开篇便指出作者的精神与"旧诗词相去最远"，"最要紧的是他的精神完全是时代的精神——20世纪的时代的精神"。闻一多指出20世纪的精神特征是动的、反抗的、开放的、绝望的、消极的。闻一多以这种时代精神分析《女神》，虽说有些牵强、生硬，但闻一多对20世纪精神的理解与体验是深邃、准确的。抛开世界不论，单以中国20世纪的历史来看，政治激进主义演化的战争、革命、改革等历史事件，都证明闻一多对20世纪精神理解的切实。黑格尔说，只有实在才真正是人潜在的表现。《女神》的时代精神可说是作者意识的自我表达。

① 《闻一多全集》(3 卷)，三联书店，1982 年，第 308 页、605 页、610 页、316 - 328 页、618 页。

闻一多这种切近的感知有批评，大概得归因于他的赴美留学。他留学的第一站是芝加哥，这是座繁荣的现代工业城市，呈现着20世纪现代城市工业发达、物质繁荣及贫富悬殊。由东方古国来到这块陌生的土地，新鲜的经验与震惊的感受为闻一多批评《女神》提供新视角，也使他的诗歌评论顿然别开生面。

令人费解的是，这位"时代精神的肖子"在《〈女神〉之地方色彩》中，又做了一百八十度的大转变，批评《女神》的作者"既这样富于西方激动底精神，他对于东方的恬静底美当然不大能领略"。在这儿，闻一多像"艺术至上"的唯美论者、超越时代的文化保守主义者。我们知道，中国自清末就因西方的压迫而欲变革图强，用西方的文化精神来拯救民族的危亡。在这种救亡的激情情境内，闻一多留恋传统文化的恬静、优美的审美心理无疑是与时代相悖的。闻一多在这篇评论中流露的守旧心态，大概根源于他早年的艺术唯美追求、对传统文化的偏爱及留学时感受的民族屈辱、思乡念家的情绪，但是，也与闻一多批评的动机有一定的关系。闻一多与他的清华文学社诸友一心想立足诗坛，他们批评20年代的诗歌创作往往"一笔抹杀"，缺乏客观、真实的批评精神。鲁迅在《上海文艺之一瞥》中说："无论古今，凡是没有一定的理论，或主张的变化并无线索可寻，而随时拿了各种各派的理论作武器的人，都可以称之为流氓。"闻一多批评《女神》的时候仿佛如此。

闻一多一贯注重诗歌形式，《冬夜评论》大部分都是论述音节的。1921年12月，他在刚成立的清华文学社会议上作了《A study of Rhythm in poetry》的报告。在这个报告中，他把 Rhythm（节奏；韵律）理解为音节，但节奏和音节的语义所指并不是一回事。1922年，他在校订增广《律诗底研究》的时候，指出中国诗的音节由平仄、逗、韵等因素构成。1926年5月，他在《诗镌》上发表《诗的格律》，也完全是从诗的形式（Form）着眼。无怪当时有人视他为形式主义者，王瑶先生的《中国新文学史稿》也把《诗的格律》放在"形式的追求"题目下进行评述。

但是,闻一多《诗的格律》似乎误读了"形式"这个概念。他以下棋、游戏比拟形式规定的重要:"假如你拿起棋子乱摆布一气,完全不依据下棋的规矩进行,看你能不能得到什么趣味? 游戏的趣味是要在一种规定的格律之内出奇制胜。做诗的趣味也是一样。"在这里,他显然把诗歌的本体特征误读为外在的表现形式即"三美"。事实上,诗的本体特征不能等同于诗的外在表现形式;正如格律诗是诗,自由诗也是诗一样,格律体与自由体仅为外在形式的差异,但它们都有诗的本体规定性。如果像闻一多这样把诗的本体特征误读为外在表现形式,新诗的"格律化"必然会走向模式化、形式主义。事实上,在格律化倡导影响下,新诗也真的走向形式主义,徐志摩《诗刊放假》就坦诚地这样说:"已经发现了我们所标榜的'格律'的可怕的流弊! 谁都会运用白话,谁都会切豆腐似的切齐字句,谁都能似是而非的安排音节但是诗,它连影儿都没有和你见面。"在新诗试验取得初步成功并继续探索新诗诗性因素的历史转折关口,闻一多把新诗发展道路指向形式的格律追求,把新诗自由发展指向唯一的格律狭窄空间,无疑是不正确的。即使在格律方面,日尔蒙斯基也以俄国抒情诗的发展为例,指出音节、节奏的多样性,既有浪漫型的节奏也有古典型、口语型的形式。

注重本体形式是古典主义的艺术追求与美学理念。闻一多把新诗的本体特征误读为外在表现形式,说明他对新诗的发生、发展性质并不完全理解,甚至有些隔膜。这遮蔽了闻一多窥探新诗特性的视野,使他回归到传统诗歌创作中"吟安一个字,捻断数茎须"的"锤炼"膜拜,并让他把诗的内在本质误读为外在的"音节"形式。同时,闻一多重视格律也反映出他的性格倾向与审美心理,他喜欢稳定、厚实的古典风格,他认为整齐一体的诗句能给人"稳定感"。众所周知,这种整齐一体的形式并不适应自由、追新逐异的现代精神,20世纪中国新诗发展史也证明,"不拘格律"的自由体新诗最终成为现代新诗的主要诗体,格律体新诗并没有得到发达与繁荣,尽管它有着深厚而悠久的历史传统,在一些历史阶段也获得政治上的青睐与扶持。这表明闻一多"新格律"的倡导是充满了历史的盲目性，而且事实上也以失败而草草收场，留恋传统的古典主义追寻最后却被现代历史所遗弃。

像初期白话诗人将"自然化"误读为"口语化"一样，闻一多《诗的格律》也误读了白话诗革命期间"皈返自然"的主张。他在《诗的格律》里说："其实他们要知道自然界的格律，虽然有些像蛛丝马迹，但是依然可以找得出来，不过自然界的格律不圆满的时候多，所以必然艺术来补充它。"很明显，他把"自然"理解为自然界。我们知道，胡适等人在白话文运动时提倡"不拘平仄"的自由、有什么话说什么话的自然，但这种"自然"应该是比喻性质的，意思是"像自然般"那样质朴与自由，压根儿就不是指称自然界。误读的结果，导致闻一多热爱带有人工色彩的"格律诗"，而鄙薄他一度热衷的浪漫主义诗风，他批评浪漫主义者"没有注重到文艺的目的本身"，指出"他们的目的只在披露他们自己的原形"，认为这是他们"没有认识那将原料变成文艺所必须的工具"的结果。我们知道，追求自我表现与自然流露的浪漫主义者，并不意味着他们不注重艺术形式与表达技巧的锤炼，他们的"自然流露"仅是指诗自然得让读者看不出"创造"的人工痕迹。如果不是这样的话，浪漫主义美学能拥有自己的文学大师吗？浪漫主义文学能产生可同古典主义文学相媲美的伟大艺术品吗？

由沾满浪漫主义诗学风格的《冬夜评论》到注重表现形式的《诗的格律》，闻一多仿佛走了个大拐弯，这种批评发展道路实质上是由受他者影响而走向自我的历史过程。在这个短暂的历史行程（1921～1926）中，闻一多在现代文学批评上留下了稚嫩的足迹与求索的背影，遗憾的是，他的批评思想并没有达到成熟，《死水》诗集出版后他也转向了古典文学的学术研究，从此几乎在新诗坛上消隐了"张狂"的身影。正是因为这样，闻一多早年的诗歌评论及诗歌，在我们如今的反思视野中，便具有了难以言说的复杂意味。我们该如何阐释曾经苦苦探索诗艺而又骤然间舍弃诗神的闻一多呢？进而言之，闻一多早年诗歌评论的写作究竟是一种心灵真诚，还是一种外在的虚饰或是"一时之兴"？这种历史的究问虽然无关于他的诗歌及评论的真正价值，但实际上却成为我们判断其评论写作的一个逻辑及道德前提。

第三节　20 年代文化语境对革命诗歌的影响

　　20 年代是白话新诗产生、兴旺并走向危机的历史阶段。其间，以"胡适体"为发端的初期白话诗，被《女神》肇始的浪漫抒情诗风取代，并走向"大喊乱叫"的难堪境地；初期象征诗歌与新格律派的兴起，成为扭转、克服新诗危机的一线生机。20 年代白话新诗的这种历史情状，已为人们所熟知，这里也无必要赘述。但是，现在让我们感到不安的是，现代诗歌研究者在探究 20年代新诗发展进程的时候，似乎遗忘或有意忽略了 20 年代新诗的另一端流脉，即"革命"诗歌的萌生与发展。这个诗歌潮流虽然早被现代文学史所提及，①也曾被个别新诗研究者所注意，但至今没有得到认真、深入的研究。20 年代"革命"诗歌的产生及发展，它所呈现的主题与艺术特征，以及它与白话新诗潮流、20年代社会的关系等问题，现在仍然缺乏必要的论述。探讨革命诗歌的产生与 20 年代文化语境的影响关系，不仅可以引起人们对 20 年代革命诗歌的研究兴趣，而且能够弥补 20 年代新诗研究的不足与缺陷。

---

　　① 王瑶《中国新文学史稿》叙述二十年代新诗创作时，就论及瞿秋白、刘一声、蒋光慈等人创作的革命诗歌；郭志刚、孙中田主编的《中国现代文学史》（高等教育出版社，1989 年），在"初期革命文学倡导"一节中也论及《民国日报·觉悟》与之江大学学生社团"悟悟社"发表的革命诗歌。但钱理群等人的《中国现代文学三十年》及其"修订本"，则忽视这些"史实"而只论及蒋光慈的诗歌创作。

在20年代,《新青年》、《中国青年》、《民国日报》、《文学周报》等几个"革命"意识比较鲜明的刊物,都发表过不少表现"革命情绪"、呼唤革命的新诗作品,并涌现出瞿秋白、蒋光慈、刘一声、王秋心等革命诗人,形成与初期白话诗、《女神》诗风、湖畔诗社及小诗不同的诗歌潮流。

最先发表革命诗歌作品的杂志是《新青年》。1923年1月,瞿秋白从俄国归国后,开始《新青年》季刊的编辑工作,并进入革命文学创作的尝试和高潮期,先后在《新青年》、《时事新报·文学》和《中国青年》等刊物发表15篇作品。在1923年6月15日《新青年》季刊1期,瞿秋白发表了翻译的《国际歌》、创作的《赤潮曲》,表达了对"远东古国"革命的向往:"捶碎这帝国主义万恶丛/解放我殖民世界之劳工。"他还在《时事新报·文学》发表革命诗作《铁花》,表达了对民众革命热潮的敬仰:"我吹着铁炉里的劳工之怒/我幻想,幻想着大同/引吭高歌的……醉着了呀,群众!/锻炼着我的铁花,火涌"。瞿秋白的诗歌充满革命激情,节奏简劲而明快,但他没有专心从事创作而主要偏向革命理论宣传。由于瞿秋白的支持,《新青年》此后发表不少革命诗歌,蒋光慈即是其中的一位诗人。

《中国青年》是中国共产主义青年团的机关刊物,1923年10月22日在上海创刊,其宗旨是引导青年到"活动的路上"、"强健的路上"和"切实的路上",由恽代英、邓仲夏、萧楚女等共产党人编辑。因为他们都是青年运动和工人运动的领导人物,注重实际的社会问题和革命工作,而轻视对革命没有多少帮助的文学,但他们"决不反对文艺",而希望有"能激励国民的文艺作品"[1]。因此,呼唤富有刺激性和反抗性的革命文学,就成为《中国青年》及其编者的心愿。《中国青年》共发表刘一声、朱自清、绍吾、吴雨铭、日光等创作或翻译的诗歌19首。

---

① 《编者的话》,《中国青年》1923年10期。

在这些革命诗歌作者中间,刘一声是最主要、重要的一位,他的创作数量最多,还翻译不少外国的革命诗歌。但遗憾的是,我们目前还不十分了解这位诗人的情况,仅知道他原是复旦大学学生,思想趋向进步并喜欢文艺,①大革命期间在广州从事革命工作,国共合作破裂后叛党而去了国外。从 1926 年 4 月到 12 月,他仅在《中国青年》就发表 7 首革命诗歌,并翻译 5 篇外国革命诗歌。刘一声的诗风热烈、明快、雄健,完全摆脱了 20 年代诗坛"吟风颂月"的习气和低沉的格调。《奴隶们的誓言》、《革命进行曲》、《誓诗》、《我们的誓词》等诗作,都以短促、明快的节奏抒发为改变命运、世界而革命的坚决意志和激情,如《革命进行曲》开首一节:"为救我们自己/走上革命的路/为杀我们的敌人/执起钢刀在手/为未来世界的光明/啊,高举火焰般的红旗狂舞!"这些革命诗作有战鼓般的激扬,虽诗意浅显、直露并欠缺心灵深刻的感受与表现,但他较有自觉的诗歌艺术意识,喜爱并擅长运用排比、对比等修辞手段创造愤慨和热烈的抒情效果;此外,他还能自如运用不同节奏形式创作不同的诗歌格调,像《五卅周年纪念放歌》、《十月革命》等抒情的典雅篇章,都使用缓舒的诗歌节奏,写出集抒情和叙事于一体的"颂歌",显得非常真挚、深情。

从 1924 年下半年开始,《民国日报》的《觉悟》、《杭育》两个文学副刊积极倡导革命文学,刊发了不少革命诗歌作品,把革命诗歌创作推向了初步繁荣的阶段。

《杭育》副刊 1924 年 5 月 20 日发刊,原由茅盾主编,后由何味辛接编。1924 年 10 月 14 日,《杭育》开始发表壮侯的革命诗歌选集《血花》,18 日起又推出"红的花"栏目,选发、转载当时"报章杂

---

①　从他发表在《学生杂志》(1923 年 12 月 2 日)、《民国日报·觉悟》(1924 年 6 月 15 日)上的评论文章《读〈红的花〉》和《读"海的渴慕者"》中可以看出。1924 年 12 月,他在《学生杂志》的"青年文艺"栏上发表长诗《迷路的夜行者》,抒发了决意在暗夜中"摸索著行"的愿望。

志上"含有"革命精神的诗歌"。从1924年10月14日至1925年1月5日止,《杭育》选发的"革命诗歌"近30首。这些革命诗歌作品的主题内容主要有两类,一是呼唤工农阶级起来革命、解放自己,如《血花》、《红的花》、《火之洗礼》、《国际歌》等,二是鼓动青年要勇敢、坚决从事革命,如《自由颂》、《告青年》、《勉青年》和《青年的口号》等。不论前者还是后者,这些革命诗歌都有着浪漫主义诗歌的特征,诗风朴素、热烈和明朗。和《中国青年》上的革命诗歌相比,这些诗歌在艺术上显得不如前者,多带有"命题作文"的气息,如《红的花》、《努力》、《勉青年》、《杭育歌》等都有勉强的痕迹。为什么会出现这种现象呢? 笔者认为,这至少跟两个因素有关。首先是《杭育》"红的花"、"血花"栏目设置造成的,出现了按照编辑要求进行创作的弊端;另方面是实际的革命运动对革命诗歌创作产生的影响,从《杭育》刊发革命诗歌的时间可以看出,革命诗歌创作在1924年10月至1925年1月间为高潮期,而这期间正是上海社会革命情绪高涨的历史阶段。《杭育》上的革命诗歌多出自革命青年之手,其中上海大学的学生占将近一半,王秋心、孟超、霹雳、王一夫、汪吉信、陈德圻、曹笠公等都是上海大学学生,他们把自己在实际革命活动中的激昂、愤慨情绪化为诗歌,表达了勇敢、奋进的革命精神。总之,《杭育》副刊革命诗歌栏目的开设和革命斗争的日趋高涨,革命诗歌创作1925年前后进入一个短暂的高潮时期。

　　须提及的一个现象是,《杭育》"红的花"发表了几首悼念黄仁的诗作。黄仁是上海大学社会学系学生,1924年10月10日他和同学出席上海国民大会,被国民党右派雇佣的流氓打伤致死。黄仁牺牲后,上海大学四川同学会出版追悼黄仁的特刊,同乡、同学何秉彝写了《哭黄仁烈士》四首长诗,发表在党的机关报《向导》周报上;《民国日报》也出版"黄仁纪念号",发表革命诗人蒋光慈的诗歌《追悼死者》。《杭育》发表上海大学学生孟超、职员楼建南掉念烈士的作品,表达对帝国主义、军阀的强烈憎恨和继续革命的决心："黄仁同志啊！/死，死是光荣/赤光缭绕的火星，而今沉堕/把一切睡的虫儿警醒！"[1]这些悼念诗作充分表明，国共合作的革命运动已推动革命诗歌创作走向宽广的社会空间，使革命诗歌创作趋向表现实际的革命生活。

《杭育》副刊的诗歌作者多为上海大学学生，而在《觉悟》上发表诗作的主要是春雷社成员，尤其是以"革命诗人"自负的蒋光慈，他的创作受到沈泽民、瞿秋白等共产党领袖的推崇，也受到上海大学学生王秋心、孟超等的喜爱。蒋光慈在俄国留学的时候就开始诗歌创作，记录、表现自己在俄国学习期间的心灵感触，既有对革命及其未来理想的歌颂，也有对自己心灵感受的深情倾诉；归国之前，他把这些诗作结集交给上海书店出版，作为自己留俄的成绩和对过去生活的纪念。从这些诗作和他青春时期志向不断变化的情况来看，蒋光慈是一个性格豪爽但内心感受非常敏锐、丰富的人，这使他常为自我的漂泊、迷失而苦恼，又使他无法摆脱外界社会的刺激而痛苦。这位多情的诗人回到国内后，就表示要做东方革命的"歌手"，并被党组织安排到上海大学。在上海大学这所革命性质的学校里，他结识了沈泽民、王秋心、孟超等文学朋友，常和他们一起谈论文学事情。由于沈泽民的推荐，《觉悟》时常发表蒋光慈的诗作，并使他在新文坛上获得声誉。从1924年6月首次发表《怀拜伦》到1925年4月去北京，蒋光慈共在《觉悟》上发表了20首诗作。

这些诗歌从不同方面表现了诗人对革命的同情和赞颂，打破了当时革命诗歌仅止于表达鼓动革命情绪的狭窄局面，扩大了革命诗歌的想象空间。《怀拜伦》、《哭列宁》、《我的心灵》等表达了对伟大人物的景仰，隐喻诗人的人生抱负："我们同为被压迫者的朋友/我们同为爱公道正谊的人们/当年在尊严的贵族院中/你挺身保障捣毁机器的工人/今日在红色的劳农国里/我高歌全世界无

---

① 孟超《悼黄仁同志》，《民国日报·杭育》1924年11月20日。

产阶级的革命。"①《西来意》、《送玄庐归国》等诗作,以热情勉励同辈的革命意志,表现肩负"取经的使命"的光荣和历史自觉。《莫斯科吟》、《怀都娘》、《听鞑靼女儿唱歌》等作品,表现了诗人在俄求学时的生活和对革命、爱情的向往,为革命诗歌潮流送来了一股新异的清风。《哀中国》、《罢工》、《我们是些无产者》等诗歌,都是鼓动人们革命情绪的热烈作品。总之,蒋光慈的诗歌把作者自我心灵的感受表达出来,使革命诗歌由表达革命生活转向了革命者内在世界的抒情;但是,蒋光慈的这些诗歌表现形式却显得平凡,缺乏把情感化为鲜明诗歌意象的艺术技巧,致使诗歌主题浅露和结构散漫。蒋光慈有着一颗诗人的敏感心灵,但他缺少诗歌操纵的艺术才能,这许是他后来转向革命小说写作的一个原因。

总之,《新青年》、《中国青年》、《民国日报》、《时事新报》等的推动,革命诗歌在五卅前后掀起一股创作热潮,彻底改变了新诗坛"吟风弄月"的习气。但由于国内政治气候与革命形势的变化,由于《中国青年》、《民国日报》等刊物的停刊或变化,这股革命诗歌创作潮流在1927年以后就逐渐沉寂,被大革命失败后兴起的普罗小说创作潮流取代。

还须提及的是,20年代初期热情倡导革命诗歌创作的,还有一个革命文学社团"悟悟社"。"悟悟社"是现代文学史上最早出现的革命文学社团,1924年5月左右成立,由许金元、蒋铿等杭州之江大学学生发起。悟悟社1924年底创办了《悟悟月刊》,该期刊由共产党经营的上海书店出版,还征集、编辑了革命诗歌选集。但遗憾的是,我们目前还未发现、找到《悟悟月刊》及其编辑的《革命诗歌选》等刊物,无法了解它发表、编辑出版的革命诗歌情况,但敢肯定的是,悟悟社是率先呼应《中国青年》编者的"希望"并对革命诗歌创作产生了一定的推动作用。

在中国20世纪历史中,20年代是一个革命意识非常广泛、浓

---

① 《蒋光慈文集》(3卷),上海文艺出版社,1985年,第303页。

厚、激烈的年代。由五四运动与五卅运动掀起的反帝爱国的民族主义情绪空前高涨，由国共两党合作带来的打倒军阀、重建国家政治秩序的政治革命异常激烈，带来了 20 年代社会到处弥漫的革命意识与革命情绪。这场革命"所反映的历史主流是在中国建立其对外自主自立的、对内具备有效权力和权威体系的统一的现代民族国家"，它的"革命的社会动员程度与民众参政积极性"①都是空前的。为了推动革命发展，国共两党出版了大量的革命刊物与印刷品；②为了培养革命人才和干部，它们创办上海大学、黄埔军校并改组了广东大学，形成南有"黄埔"北有"上大"的革命人才"基地"。革命意识与革命情绪的不断高扬，打破了由五四新文化运动所创造的"启蒙文化"氛围，由此，20 年代的现代文化热潮从"个性解放"转向"革命学说"，文化中心相应由北京移转到广州、上海，去"上大读书"和去"黄埔参加革命"成为时代青年的历史选择与人生追求。

20 年代的"革命"热潮期间，和马列学说、三民主义"革命纲领"一块盛行的还有无政府主义。五四运动之后，无政府主义运动进入兴盛时期，先后出版过《进化》、《奋斗》、《劳动》、《民钟》、《自由》、《学汇》、《互助》等杂志，据统计，当时中国无政府主义的团体有 90 多个、刊物有 70 多种。③ 虽然五卅时期，无政府主义的影响力已减弱，但其主张的无尊卑、无贵贱、人人劳动、平等自由的"革命思想"仍然激动革命青年的心灵，成为青年向往革命并走向革命的一个精神导向、动力，瞿秋白、蒋光慈、王独清、钱杏邨等许多革命作家都曾是其信徒，而且其意识情绪中仍呈现着无政府主义的精神气质。总之，国共两党联合推动的大革命，无

---

① 许纪霖、陈达凯主编《中国现代化史》，三联书店，1996 年，第 402 页。
② 仅共产党的宣传刊物就有《新青年》、《中国青年》、《向导》、《前锋》、《中国工人》、《政治周报》等。
③ 参见汤庭芬《中国无政府主义研究》，法律出版社，1991 年。

政府主义者在青年中间鼓吹的革命思想,共同造就了20年代革命的社会文化氛围,成为革命诗歌产生并走向初步兴盛的历史温床。

在这种文化语境中,革命诗歌在20年代形成一股创作潮流,就不仅仅是革命家呼唤的结果,①而应是对时代潮流与革命意识、情绪的时代反映,同时是革命知识青年人生抒情的自我表现,正像《红的花》所歌唱的:"红的花开在何方?/红的花开在诗人的心房//红的花开在那里?/红的花开在诗人的胸前//红的花何时开放?/当那雷电交加,雨猛风狂"。由此可见,20年代白话新诗研究对革命诗歌潮流的忽略,就可能导致两个必然的结果,一是无视新诗发展与时代潮流间的影响关系,仅把新歌当作诗人自我抒情、外国诗歌影响的表现,二是肢解了20年代诗歌发展的真实历史轨迹,片面构织了白话新诗产生"危机"而走向格律、象征的叙事逻辑②。

如果说20年代的革命运动与文化热潮成为革命诗歌产生的历史土壤,那么,20年代盛行的浪漫主义诗风则赋予革命诗歌"浪漫主义"的抒情形式。20年代是白话新诗的产生期,但也是新诗浪漫主义诗风盛行的年代,从新潮社的康白情到创造社的郭沫若、王独清,从"湖畔诗人"到"小诗"派,从闻一多、徐志摩到"清华文学社"诗人群,"自然流露"的浪漫诗风都成为新诗人自觉或无意识的追求。革命诗歌诞生于这样的新诗语境与潮流中,也自然染上这种诗歌的"时代色彩"或特征。无论瞿秋白的《赤潮曲》、《铁花》,还是刘一声、蒋光慈、王秋心等诗人的作品,都具有浓厚的浪漫主义风格。这些诗作情调激昂、明快,节奏铿锵、有力,改变了

---

① 现代文学研究者在论述革命文学兴起的历史原因时,多认为是邓仲夏、沈泽民、萧楚女等共产党人对"新诗人的棒喝"的结果,而忽视了时代、革命运动等社会影响的考察与重视。

② 80年代以来出版的"新诗研究"专著,都没有把革命诗歌纳入20年代新诗历史语境中去考察。

20 年代前期新诗染有的浪漫"感伤"基调。

　　总之,在革命情绪与浪漫主义诗风盛行的 20 年代文化语境里,革命诗歌形成了自己鲜明的诗歌品格,即以新兴的时代潮流为对象并以表达热烈的革命情绪为己任,扭转了五四白话新诗日趋"浅薄无聊"的趋势,开启了现代诗歌表现时代、历史等"宏大"抒情对象的先河,并在诗歌风格上带有浓厚的浪漫主义色彩。这样,20 年代革命诗歌潮流的形成,就不仅是历史必然的产物,而且是20 年代白话新诗陷入危机时的一种拯救力量。

第四节　莎菲作为"Modern Girl" 形象的特征与意义

　　因为"越轨"的笔致与人物形象的"Modern Girl"姿态,丁玲的《莎菲女士的日记》成为一篇经久不衰的作品。在小说问世之初的 30 年代,人们对莎菲形象的理解与认识产生过分歧。新中国成立以后,莎菲被现代文学研究者与 80 年代以来的女性文学研究者视为现代女性"叛逆"精神与追求"灵肉一致"爱情的典型,她身上具有的现代"Modern Girl"气息及其隐喻的社会姿态、文化性质却被遮掩与忽视,"在相当长时间中几乎没人做进一步的阐述"。①将莎菲视为现代女性追求爱情与现代解放的思想视野与阐释方式,无法揭示丁玲这篇小说"炸弹般"震惊文坛的根源,无法呈现丁玲一举成名的现代文学史意义与价值。事实上,《莎菲女士的日记》对新文坛与现代文学史的独特贡献,可能是它揭示出来"这样一个隐蔽的事实",即"'摩登女郎'乃是'现代'所产生出来而

---

　　① ［日］江上幸子《现代中国的"新妇女"话语与作为"摩登女郎"代言人的丁玲》,《中国现代文学研究丛刊》2006 年 2 期。

又叛逆'现代'的,也就是叛逆于民族国家及其主流男性所需要的'现代小家庭'性别规范的女性"①。这里试图在现代文学"Modern Girl"形象塑造的历史背景上,分析"莎菲"这个人物形象的独特意义与文学价值,以揭示丁玲这篇"轰动文坛"的小说所独有的艺术价值。

30 年代的文学批评者,认为"莎菲"这个文学形象的出现具有划时代的意义,标志现代女作家的创作进入新的历史阶段。"女作家的笔下,在冰心女士同绿漪女士的时代,是母爱或夫妻的爱;在沅君女士的时代,是母亲的爱与情人的爱互相冲突的时代。到了丁玲女士的时代,则纯粹是'爱'了。爱被讲到丁玲的时代,非但是家常便饭似的大讲特讲,而且已经更进了一层,要求教为深刻的纯粹的爱情了。"②与此同时,批评者非常赞赏丁玲对莎菲心理大胆、越轨的描写。与少数人视"莎菲"为现代女性在性爱上"矛盾心理"的代表者不同,人们多认为莎菲象征着现代"Modern Girl"的鲜明姿态。③

那么,何谓"Modern Girl"呢？她的姿态是怎样性质的社会姿态？50 年代以来现代文学研究界并未就此展开系统与深入的探讨,而是在五四启蒙主义或无产阶级解放的话语系统中,将莎菲视为现代女性追求解放的叛逆精神的象征,或将其视为资产阶级享乐主义与道德颓废的化身。

30 年代文学批评者不仅敏锐地将"莎菲"跟现代都市中的"摩登女郎"联系起来,而且指出这类女子是近代都市资本主义的产物,"是用烫发、口红、香粉、高跟鞋、电影院、对方不明确的怀孕、

① ［日］江上幸子《现代中国的"新妇女"话语与作为"摩登女郎"代言人的丁玲》,《中国现代文学研究丛刊》2006 年 2 期。

② 毅真《丁玲女士》,《妇女杂志》1930 年 7 期。

③ 参见钱谦吾《丁玲》(1931 年 8 月《现代中国女作家》)、方英《丁玲论》(1931 年 8 月《文艺新闻》22 号)、何丹仁《关于新小说的诞生》(1932 年 1 月 20 日《北斗》2 卷 1 期)等论文。

玩弄男性等等象征性名词来描述的对象"①。钱谦吾认为,"Modern Girl"是典型的资产阶级"近代女子",现在各大都市正不断地出现与壮大。祝秀侠说,"Modern Girl"是现代都市文明的"时髦女子"与"享乐者",她们只"找寻着物质的享乐,找寻着官能上的满足",发狂迷沉在"奢侈放纵的生活中"。② 方英指出,"Modern Girl"是"资本主义化的",她们生活在富丽的服装、宴会与舞场的时髦娱乐中,生活在汽车、电话、钻石、化妆品以及香槟酒的奢侈消费中。30 年代文学批评者已历史性发现,日渐发达与繁荣的都市工商文明孕育出新的人类"族类"即摩登女子,她们在社会行为、性别心理与精神气质上与传统女性、现代新女性不同,她们无法进入建设型的职业生涯而无奈沦为资本主义消费性的社会存在,又以独立与自主的意识彻底背叛与颠覆男权的道德伦理规范与文化秩序,却因缺失挑战社会传统的力量与无法找到有效的解放途径而蜕变为精神的"苦闷"与"病态"、颓废。总之,莎菲象征与寓言的都市"时髦女子"社会姿态,就是"已经没有丝毫的封建意识存在"。③

　　不仅如此,30 年代文学批评者还指出"Modern Girl"的行为与精神特征。祝秀侠在他的一篇小说评论中指出,"Modern Girl"在美国原指"职业妇女",她们由于经济的充裕与生活的安适,由于男女社交的自由与娱乐场所的发达,逐渐养成寻找物质的享乐、官能的满足的生活风尚,奢侈放纵的生活造成这类"Modern Girl"鲜明的精神"特质",主要表现为五个方面:有不受任何束缚的性情、积极的享乐物质与娱乐、过着病态的精神生活、寻求官能上的纵欲与满足、不规则的玩弄人生的态度。美国职业女子的这种"Modern Girl"倾向后来波及到日本发达的城市,"东京横滨等地方,已

---

　　① ［日］江上幸子《现代中国的"新妇女"话语与作为"摩登女郎"代言人的丁玲》,《中国现代文学研究丛刊》2006 年 2 期。

　　② 祝秀侠《痴人之恋》,《文学周报》1928 年 7 期。

　　③ 钱谦吾《现代中国女作家》,北新书局,1931 年。

满布着这种新的都市社会的景象了"。① 钱谦吾认为,在这类女子的诸多倾向中,"专门寻欢求乐的倾向"要"算是第一了",它带着浓郁的"'世纪末'的病态"。他这样描绘"Modern Girl"的情绪特征:

> 从"世纪末"的颓废所生的变质者,第一,肉体上已有和常人不同的特征,自我观念很强,容易为一时的冲动所动摇。第二个特征,容易动情绪,对于毫不相干的事,笑着哭着。第三特征,依其人的周围状况,或为厌世悲观,或对宇宙人生的种种恐怖心,常常像困惫,倦怠,烦闷。第四的特征,活动上表现很忧郁的状态。第五的特征,作无止境的梦想,不能注意于一事,来判断追求统一思想的脑力,因此专耽于漠然,暧昧,无顺序,断片的妄想。第六是怀疑的倾向,对于种种问题,怀抱疑惑,诠索其根底,而不得解决烦闷者。最后一个特征是神秘狂,即Mystical delirium 的状态。(钱谦吾《丁玲》,1931 年《现代中国女作家》)

可见,30 年代文学批评者发现"Modern Girl"作为社会现象已经大量出现,发现她们的"姿态"具有浓厚的现代"享乐"意识与世纪末颓废倾向,感受到她们的社会姿态对道德伦理与文化秩序的潜在颠覆力量。"Modern Girl"从"'有闲阶级'波及到'中产阶级',引起了'娼妓的蔓延',产生了'什么舞女呀,按摩女呀,女招待呀,女店员呀'等变形娼妓",她带来的社会后果与历史影响也根本不是现代女性的解放,而是现代女子道德与社会地位的"益趋堕落"②。都市文明促生的这种史无前例的"Modern Girl"让批

---

① 祝秀侠《痴人之恋》,《文学周报》1928 年 7 期。
② [日]江上幸子《现代中国的"新妇女"话语与作为"摩登女郎"代言人的丁玲》,《中国现代文学研究丛刊》2006 年 2 期。

评者惊讶,让他们意识到人类文明已发展到新的阶段,或者说,让他们看到了人类文化与历史的坍塌与末日。这样,"Modern Girl"就不仅是现代都市发达、繁荣的一道亮丽风景线,而且像一篇深刻的历史启示录,既激动人心又让人惶恐不安。因此,"Modern Girl"女子在30年代中国的城市刚萌生就受到革命文化界的严厉批判。

在这种意义上,30年代文学批评者指出丁玲具有描写现代"Modern Girl"的天才,由此确立她在现代文坛上的独特地位,她"就是描写这一种姿态的作家"①,表现了五四女性作家所不曾有过的新的姿态。这是丁玲早期小说震惊当时文坛的真正原因,是《莎菲女士的日记》获得文学史意义与价值的历史因由,也是丁玲不满意她早期创作并诚恳接受左翼理论家批评的根本所在。② 冯雪峰多次批评丁玲早期创作,认为早期的丁玲是有着"坏的倾向的作家",莎菲们所追求的实质上是恋爱至上主义,"而她们所臆想的恋爱至上主义却已经是带着颓废和空虚性质的东西,这是她们从当时跟没落期的资本主义输入进来的资产阶级颓废期的文化上接受来的"。③ 然而,80年代以来,人们多认为莎菲是叛逆封建旧礼教、追求爱情的女性形象,遮蔽了这个形象真实的文学意义,削弱了它在现代文学史上"不可或缺、不能取代的典型意义"④。

丁玲的创作一开始就显示出新潮、时髦的现代都市生活倾向。在处女作《梦珂》中,学校美术课堂上的"女模特"与操场上"打网球"的体育活动,家庭生活中青年男女社交与看戏、看电影等等的娱乐活动,以及女主人公电影公司求职并迅速成为电影明星的经历等,构成一幅十分摩登的现代都市生活氛围与小说背景。更具

---

① 钱谦吾《现代中国女作家》,北新书局,1931年。

② 在《在黑暗中·跋》中,丁玲说她不愿让读者觉得自己只能写一些只有浅薄感伤主义者易于了解的感慨。在《我的创作经验》中,她说她过去的小说描写的是自己并不同情的"女人的弱点"。

③ 《雪峰文集》,人民文学出版社,1983年,第207页。

④ 袁良骏《褒贬毁誉之间——谈谈〈莎菲女士的日记〉》,《十月》1980年1期。

有摩登意味的是,"电影是梦珂从家乡进到上海后所品尝到的都市奇异的香味之一"①,当她朦胧的纯真初恋被都市色情生活玷污后,她就委曲求全地走进电影圈并成为任人吹捧的女明星。人们已认识到,在20年代中国最繁华的城市上海,电影、电影院是最时髦、流行的风尚,而女子加入这一新兴的文化产业——做电影明星,并非仅出于谋生和争取社会地位的迫使,它还被女子理解为"女性解放"的一种现代形式。但是,与这种城市摩登的小说背景不协调的是,主人公梦珂这个单纯而稚气的乡村少女,在都市世界的心灵感受则有些"守旧"或"传统",她与被资本主义熏染的都市"色相市场"显得格格不入,始终以不断逃亡的方式反抗都市将自己的爱欲色情化。丁玲的这篇处女作,呈现了一个由乡村进入城市并带有心理与文化冲突的叙事者视角。

《莎菲女士的日记》的小说背景仍然具有"Modern"的都市情调。男女自由而浪漫的大学生活,女主人公高雅的"肺病"与精致的护理,不仅象征都市逸乐的资产阶级日常生活,而且隐喻都市"Modern Girl"的社会存在状况,即她们无法进入社会又不愿成为家庭男权的奴仆,而只能苦闷地生存在社会边缘并病态地放纵自我的情欲。与《梦珂》不同的是,莎菲与其所处的都市生活的文化心理冲突减退了,她被刻画成一个具有都市"Modern Girl"气质的年轻女子。莎菲对都市里男女爱情的游戏与技巧再无梦珂淳朴似的反感与憎恶,反为都市泛滥的"色欲"所迷惑,那颗希翼获得理解的心扉无法被不懂爱的技巧的老实男子所感动,而被高贵的美型里安置着一个卑劣灵魂的骑士般男子的风度所煽动,造成"我是给我自己糟蹋了"②的堕落与反悔,最后决意离开使她疯狂与堕落的北京而南下。在这种意义上,完全被色欲操纵的莎菲已染有"Modern Girl"的气质,尽管在叙事结束时她已战胜自己而选择离

① 《二十世纪中国社会变革的多彩画卷》,湖南文艺出版社,2006年,第348页。
② 张炯《丁玲全集》(3卷),河北人民出版社,2003年,第78页。

开，但"我的生命只是我自己的玩品"的生命意识与人生观念并没有使她将这次堕落视为一个"重大的事件"。

作为"Modern Girl"女子形象，莎菲突出的特征是感受性非常强烈。她不仅对人事敏感而且对环境、天气等都烦躁，缺乏应有的意志与理性。这份不健全或病态的性情，叙事者和主人公认为是肺病与孤独造成的。日记开篇就写道："医生说顶好能多睡，多吃，莫想事，偏这就不能，夜晚总得到两三点才能睡着，天不亮又醒了。像这样刮风天，真不能不令人想到许多使人焦躁的事。"敏感给她带来心灵痛楚也给她带来心理苦闷，使她不能理解、认识自己，"有时为一朵被风吹散了的白云，会感到一种渺茫的，不可捉摸的难过；但看到一个二十多岁的男子把眼泪一颗一颗掉到我手背时，却像野人一样在得意的笑了"①。作者和研究者指出，它是现代女性必须克服的"女人的弱点"，但它实质上是"Modern Girl"女子独具的气质，也是现代人"颓废意识"的精神象征。19 世纪以来，现代人越来越对启蒙主义的理性、进步、科学等观念丧失信仰，产生了对感性、艺术等审美现代性的历史追求，现代颓废主义成为城市文明中的幽灵而四处弥散。因此，莎菲浓厚的感性气质不仅是生理意义的性别特征，而且是现代都市日渐滋生的"颓废意识"的文化符码，可以说，莎菲身上表现出来的敏感与伤感，跟郁达夫小说主人公的精神气质十分相近，都是现代人走向"沉沦"的心理表现。所以，莎菲作为"Modern Girl"女子形象跟五四文学中的"子君"们截然有别，子君们对自由爱情与独立人格的追求及对封建传统的无畏背叛，呈现着对理性的信仰与意志自我的自信，象征着一种建设性的生命意识，而陷入生命苦闷并只能在病院里怨天尤人的莎菲，她的敏感与孤独使她成为浪费生命的颓废者，隐喻一种消费性的生命意识，即渴望将生命从文化秩序与情欲的束缚中

①　张炯《丁玲全集》(3 卷)，河北人民出版社，2003 年，第 45 页、45 页、51 页、43 页、45 页。

解放出来以成为"自己的玩品"。

莎菲拥有的另一个"Modern Girl"特征是自我主义。她不仅"尽自己的残酷天性去折磨"真挚爱她的苇弟,主动诱发或操纵凌吉士的色欲想象与激情而最后又拒绝、逃离,而且对好友、同学也缺乏同情、信赖与良善:"剑如既为我病,我倒快活,我不会拒绝听别人为我而病的消息。"①自我主义使莎菲陷入渴望被理解的孤独深渊中,使她成为"狷傲"或"怪癖"的女子,也使她意识并反省自己的本质:"我了解我自己,不过是一个女性十足的女人,女人只把心思放到她要征服的男人们身上。我要占有他,我要他无条件的献上他的心,跪着求我赐给他的吻呢。"②然而,莎菲无法走出自我主义的迷途,她反感人们对她指责却不清楚她心底的真相与委屈,结果让她跟人们更加疏远了,"我真愿意这种时候会有人懂得我,便骂我,我也可以快乐而骄傲了"③。莎菲的这些任性表面看来是个人的性情和道德的缺陷所致,但这种自我中心的人格意识却有明显的"现代"特征。进入现代社会后,发达的物质文明与民主意识培育了现代人的个人观念,也造就了现代人强烈的自我主义意识。莎菲的撒谎与捉弄男性是现代文明的一种隐喻形式,是我们在传统文学世界里很少遇见的一个现代"尤物"。④ 如果说,在传统社会与文学中,女性多成为男权的依附者和维护者,那么,莎菲的"Modern"意味就在于自我意识与自我欲望的增强,她不仅摆脱男权的压迫而且成为操纵男性的跃跃欲试者,成为征服与玩弄男性的智慧与行为主体,正像她教训苇弟说的那样,"不要以为姊姊像别的女人一样脆弱得受不起一颗眼泪"⑤。莎菲的自我主义还蕴涵另一方面的意味,即现代消费主义与道德虚无主义的崛

---

①②③⑤　张炯《丁玲全集》(3 卷),河北人民出版社,2003 年,第 45 页、45 页、51页、43 页、45 页。

④　安·多尼认为尤物是一个发散无边际的、预示着认识论创伤的人物,她最令人震撼的特性也许是她永远不是她所表现的那个人。参见李欧梵《上海摩登》,北京大学出版社,2001 年。

起,她把生命视为"自己的玩品"和快乐的源泉而"糟蹋",无视生命伦理与人生道义的自然规定性。因此,莎菲作为首次出现的自我主义的现代女子形象,鲜明夺目得让社会与文坛惊讶,她既背叛了封建传统又超越了五四启蒙主义,成为现代都市"颓废文明"的文化象征。

作为"Modern Girl"形象,莎菲最鲜明的特征是拥有难以驱驾的情欲,这是小说"最初产生影响的原因"①。让人们惊讶的是,莎菲对异性的渴慕不是指向高尚或精神的爱情,而是指向男性外在色貌与风度,凌吉士"颀长的身躯,白嫩的面庞,薄薄的小嘴唇,柔软的头发"煽动并燃烧了她的情欲,"无论他的思想怎样坏,他使我如此癫狂的动情,是曾有过而无疑"②。即使在知道凌吉士有着怎样卑劣灵魂的时候,她还是难以抑制、泯灭这种渴求:"可是我又倾慕他,思念他,甚至于没有他,我就失掉一切生活意义了;并且我常常想,假使有那么一日,我和他的嘴唇合拢来,密密的,那我的身体就从这心的狂笑中瓦解去,也愿意。其实,单单能获得骑士般的那人儿的温柔的一抚摩,随便他的手尖触到我身上的任何部分,因此就牺牲一切,我也肯。"③对男性色欲无法控制的冲动与癫狂,成为这篇小说叙事与莎菲心灵苦闷的真实动因,也成为情节冲突与叙事结束的决定因素,当莎菲希望凌吉士"只限于肉感"、"用他的色"来摧残她的心的时候,她才意识到自己无法像别的女人那样承受而决定离开。在这种意义上,莎菲不同于五四时代的"叛逆之女",后者追求的是爱欲的权利与爱欲的高尚、纯洁,④而前者

① 袁良骏编《丁玲研究资料》,天津人民出版社,1982 年,第 556 页。

②③ 张炯《丁玲全集》(3 卷),河北人民出版社,2003 年,第 71 页、76 页。

④ 五四女性文学中女性所渴望的爱情,是超越自然性欲的精神同盟,是对性欲的拒绝与否定。80 年代以来,人们认为它呈现了女性解放观念的封建意识与历史局限性。这种批评实质是 80 年代启蒙话语的"当下意识",它忽略了五四女性文学的历史与社会语境,五四女性的这种爱情观念其实是对封建时代男性纵欲(蓄妾、嫖娼)的历史批判与否定。

却把情欲投向生理意义的男性"色貌",人生经验使她明白"爱"隐藏的生理欲望,使她怀疑和不敢接受人间的爱情。因此,莎菲无法抗拒"色欲"而招致的人格堕落,仿佛不是对都市色欲世界的谴责,而是对生命强烈色欲的经验与认同,昭示一种新的现代女性主体意识的诞生,即在女性解放和都市文明的历史合力中滋生的"颓"加"荡"的气息。

总之,莎菲作为一个成功的现代女性文学形象,其典型性意义不是她对封建意识与传统的叛逆,也不是她对"灵肉一致"爱情的追求,而是她身上所焕发出的前所未有的"Modern Girl"气息:感性、自我主义与色欲的感受,隐喻"因资本主义的发达而产生的'世纪末'的病态"①。而这些,在 20 年代的新文学中,除郁达夫的小说有过表现之外,其他作家少有或完全没有涉及。因此,丁玲的这篇小说成为"中国新文坛上极可骄傲的成绩"②。

1928 年以后,中国现代文学史上出现许多"Modern Girl"形象。慧女士(《幻灭》)、孙舞阳(《动摇》)、黑牡丹(《黑穆旦》)、信子(《MODERN GIRL》)、徐曼丽(《子夜》)等等,构成中国现代文学形象画廊中的一个系列。这类女性人物形象不同于追求现代性的"子君"们,不同于已成为现代性主体的"采苕"们,更不同于生活在传统男权社会里的"祥林嫂"们,她们是现代都市物质文明培育起来的"消费性"人物与颓废主义者,对"物"与"性"的享受与追逐是她们的生命表征,道德虚无主义与享乐主义是其精神本质。

在这种"Modern Girl"形象的历史谱系上,"莎菲"的审美独特性能够呈现出来。她象征着"Modern Girl"形象塑造的时代到来,隐喻现代启蒙意识形态向都市颓废文明转型带来的历史冲突与精神痛楚。

首先,莎菲是现代文学史上最早出现的"Modern Girl"形象,率

---

①② 袁良骏编《丁玲研究资料》,天津人民出版社,1982 年,第 227 页、225 页。

先表现了都市生活中的新现象。20 世纪 20 年代,随着上海走向繁荣,新的城市时尚、风气也逐渐唤起现代作家的注意,茅盾、新感觉派作家、革命文学作家等纷纷描写上海的都市生活现象,丁玲开始创作时也选择上海新鲜的时尚生活为题材。莎菲作为一个"Modern Girl"形象,其行为特征都接近新感觉派小说家笔下的都市女子,为情欲所激动的莎菲近似刘呐鸥小说中自由、大胆、无拘束的都市时髦女子,持有传统经验与记忆的男子在她们面前成为胆怯、守旧的"傻帽"并沦为被操纵与玩弄的对象;为孤独所苦的莎菲也似穆时英小说中的都市感伤者,那些流落都市的水手、舞女既无法承受孤独的重压也怀念美好的往昔,茫然寻觅一个温暖的心灵归宿却总是事与愿违。

可以说,丁玲塑造的莎菲形象不仅标志五四女作家的创作进入新阶段,而且标志新文学进入表现都市生活的新阶段,即由创造社作家对都市青年"经济苦闷"与"性苦闷"的表现转向对都市女子放浪行为的表现。莎菲的"Modern Girl"姿态,让新文坛初次发现了都市时髦女性社会行为与心理意识的特征,感到了新文学反映都市现实生活的新鲜气息。在这种意义上,《莎菲女士的日记》与莎菲女士的形象,让新文坛无比的震惊与激动,让人们发现丁玲作为现代女作家的天才与价值。

其次,莎菲像"孙舞阳"、"黑牡丹"等"Modern Girl"女子一样,有着现代都市颓废文明的特征。享乐主义与道德虚无主义共同造成她们的生命意识,使她们成为"胃的奴隶"与"色的奴隶",成为放纵自我欲望的生命颓废者与都市文明的热情追逐者。慧女士、孙舞阳等以女性魅力涣散男性的理智而获得心灵的愉快,黑牡丹、信子等以美丽的色貌换取金钱来维持奢侈的生存,莎菲则小心翼翼放纵自我的感性及情欲。莎菲与她们的差别在于,她的渴望与幻想发生在孤独的房间里,不像孙舞阳们的行为发生在大街、办公室等公共场所。因此,丁玲虽然"深触在'Modern Girl'的典型生活里面"并"抓住了这一种生活的核心",但她描绘的莎菲"还不是完全资本主义化的","在她的创作里面,是找不到最富丽的新装,看不见不断变幻着光色的跳舞场,也看不见金醉纸迷的大宴会;同时,也没有家备的 Mtoer car,自动的电话机,金刚钻,画眉笔,以及香槟酒"。① 不仅如此,她为情欲而发狂的同时,还鄙视凌吉士丑陋的灵魂与谴责自我的堕落。莎菲心理与行为的这种矛盾与混杂,使她及这篇小说饱历褒贬毁誉之争。这实质上表明莎菲是这样的一个文学形象,即她既拥有现代启蒙理性的精神气质又含有现代颓废文明的气息。这两种混杂的文明特征,使莎菲既渴望、追求情欲的满足又厌恶这种颓废,既心甘情愿的沉沦又谴责自己的堕落。总之,莎菲的"苦闷"并非仅是生命灵与肉、文明与自然的心理冲突,还隐喻启蒙主义与颓废主义的文明冲突,或者说,莎菲象征着启蒙主义遭到颓废文明侵袭与挑战的历史冲突与精神痛苦。因此,莎菲作为一个"Modern Girl"女子形象的文学审美意义,不是反抗封建传统的"五四"性质的现代女性形象,也不是新感觉派作家笔下完全摩登化的都市女子形象,而是一个启蒙文明向颓废文明衍变中的"历史中间物",既时髦又守旧的文化心理造就了她的"混杂"特征。

第五节　创造社转向期间的革命文学创作

创造社元老南下革命中心广州,促使了创造社的色彩逐渐发生了变化。它不仅表现为《洪水》和《创造月刊》越来越多刊发革命文学的创作,而且表现为创造社这期间不断吸收新的文学力量,王独清、蒋光慈、段可情、垄冰庐、华汉、黄药眠等一批革命文学青年先后加入进来,成为推动创造社色彩转换的一股新生力量。他

---

① 袁良骏编《丁玲研究资料》,天津人民出版社,1982 年,第 238 页。

们以创作实绩弥补了创造社元老革命文学创作的不足,壮大了创造社的文学力量,并成为后期创造社文学创作的中坚力量;如果没有他们的创作,后期创造社成员的无产阶级文学运动就会沦为理论喧嚣器,因为李初梨、冯乃超、彭康等人都很少创作。但是,现代文学及创造社的研究者,却很少论及他们在创造社文学转换中的地位和作用。这里仅探讨王独清、段可情、垄冰庐、华汉等四人的文学创作及发展。

王独清是创造社早期成员,20 年代中、后期成为较有影响的新诗人和革命文学家,与蒋光慈齐名。他在法国留学时期开始诗歌创作,崇尚的是法国象征主义诗歌,1926 年归国后,他积极转换自己的文学方向,逐渐成为一个有影响的革命文学作家。他虽然对革命文学理论缺乏认真探求,但他的创作却推动革命诗歌走向新的历史阶段,成为蒋光慈之外最有影响性的革命诗人。由于他跟创造社前、后期成员间的人事矛盾,以及后来跟托派之间的关系,几乎被现代文学史遗忘,而且几乎蒙上"反动诗人、颓废诗人"的外罩

王独清虽然自少年时代就开始为文,但真正"把身子浸在了创作里面"①,还是在法国流浪期间。他 1920 年 5 月受中华工业协会委托去欧洲组织旅欧分会,但因该组织内部矛盾而解散,他在法国陷入了漂泊流浪的困境中。在"生之不安与爱之痛苦"的生活中,他越来越远离了自己早先的"人生即文学,切实即艺术"②的文学信条,思想开始趋向颓废、悲观,喜欢上魏尔伦——这位法国象征主义诗人的诗歌,开始崇慕放浪的生活。在 1923 年 5 月写给友人的信中,他谈及了自己心灵的这些变化,说:"我所羡的就是那种生活! 哦,我已得到这种生活的兴味了! 我愿我常常流浪!"王独清这期间所写的诗歌,如《圣母像前》、《吊罗马》、《我从 café

---

① 徐沉洒编《王独清选集》,上海万象书屋,1936 年,第 2 页。
② 王独清《一双鲤鱼》,《创造季刊》1922 年 1 卷 2 期。

中出来》、《但丁墓旁》、《玫瑰花》等，多记录自己在欧洲的浪迹和感伤情绪。受魏尔伦"音乐先于一切"的诗歌观念影响，他的这些诗歌逐渐摆脱拜伦、雨果诗风的影响，尝试着追求诗歌的"色彩和律动"。

五卅运动爆发的消息传到欧洲后，王独清决定结束自己流浪而虚无的生活，离开已经习惯了的欧洲而归国。在《动身归国的时候》这首诗里，他描绘了决定归国时自己内心纷乱的情绪，"我归去，哪怕仅仅是去为哪儿人们中间作一种无意义的哭喊，哪怕仅仅是为去到那儿看护一个不重要的受伤的人，哪怕仅仅为去到那儿抱一抱从前认识或不认识的一架已朽的骨骸"。受这种怀乡病心绪的迫使，他1926年2月间茫然回到上海，3月16日同郭沫若、郁达夫一起去广州大学任教。

在广州期间，王独清一面以教学工作清洗从前的颓废意识，另方面逐渐走出纯艺术的梦想，[①]创作了一些有着革命情绪的作品。在戏剧《杨贵妃之死》中，他以杨贵妃享乐误国到为国自缢的思想变化，传达了为民族利益而自我牺牲的献身精神，杨贵妃实质上是王独清心理、思想变化的自我写照。1926年6月写的《我归来了，我的故国》，以刚健的情绪表达了对革命的向往，摆脱了从前诗作的感伤、悲哀情调。作于1927年1月27日的诗歌《留别》，也是促人奋进的热烈心声："努力，努力，努力，努力！"总之，王独清归国之后，思想和创作都发生较明显变化，他在《致法国友人摩南书》中说："我总觉得我是过于偏向个人的伤感方面去了，一年来我很想在我这个缺点上作一番补救工夫，近来的心境似乎比较变迁了许多。这固然由于中国环境的刺激，而其实你那句话也给我暗示不少。"

王独清广州期间的并没有彻底摆脱过去的阴影，感伤的气息

---

① 王独清1926年2月4日写给穆木天、郑伯奇的信《谈诗》，赞同穆木天提倡的象征主义"纯诗"的观念，并希望他们能够"多下工夫，努力于艺术的完成"。

和象征主义的诗风还时常袭击他，离开广州途经香港时所作的《香港之夜》，就以"黑夜已罩在了海上／一切都在暗中隐藏"和"俺，我不知道是漂泊还是逃亡"的诗句，表达着惘然的心绪和感伤的情调。1927 年 5 月回到上海后，他内心时常被"流浪"和"悲哀"缠绕，在写给成仿吾、何畏的信中，向朋友们倾吐心底的伤感，"到了上海，心中更觉得不能安定。达夫虽然有了 Amour 了，但是他的病却特别的厉害。伯奇也在上海，都很无聊。我自己的命运是定了的，除了流浪，怕也在得不到第二种生活了罢。唉唉，流浪也好，在现在的中国，你不流浪，还想作什么呢？——其实在现在的中国，还是快死的好，所以我在希望我心脏病的病力加速，使我的心脏早点麻痹！"王独清心间这些挥之难去的"感伤"情绪，除了自身性格和从前欧洲生活影响之外，还跟广州革命阵线的分裂及右派势力的抬头有关，它不仅摧毁了王独清刚刚稳定下来的生活，而且使他陷入对革命事业的怀疑之中。在这封信中，他这样写道："我回到中国一年多了，我总感觉到我在归国以前的思想都是做梦。"

回到上海之后，受创造社后期成员的无产阶级文学运动的影响，王独清坚决走出过去阴影，把文学转换到革命文学方向上来。在《威尼市·代序》，他表白了自己文学转变的决心："我已经决心再不作这些无聊的呓语，我要把我的生活一天一天地转移到大众方面，我要使我的生命一天一天地紧张下去。"在 1927 年 5 月 20 日写成的杂感《西施》中，他批评自己以及其他文学家仅陶醉在自我的虚幻中，"制造着 mirnage 和 utopia 的文艺"，表示"要把眼光移到现实上面来"和"要把脚站在社会的基础上"，并号召文学家"要赶快地转变方向"。接着，他在《平凡与反抗》和《街头与案头》中指出，现时期从事文学的青年要先认清现在的时代和所应持的态度和行为，前者希望文学青年"接近'平凡'与实行'反抗'"，后者要求文学家"养成'能由案头到街头''又能由街头到案头'的能力"。可见，王独清在这段时间中已接受了革命文学观念,积极清除个人主义的思想和文学根性,并真正转变了文学观念和创作方向,他为《创造月刊》1卷9期所作的编辑后记中,就这样写道:"我们的方向已经很明白的决定了。我们要承受新时代将展开以前的朝气,我们要参加催促新时代早临的战线,我们要尽我们的能力做些自觉的工程作欢迎新时代的礼物!"

转变后的王独清,积极主张"时代是文学的背景,文学是时代的先驱"①,号召文学家要"认清自己的时代"。在《知道你的时代》这篇文章中,他不仅简单描绘了"时代"面貌,而且指出了时代的意义,即它"规定了你应该干什么,应该从那里干起来"。他在《知道自己》这篇文章里,号召文学家应该和如何"干起来",要象"炭坑里和生死奋斗里的工人一样"生活,将自己的生活"由个人而转变为大众的,由安静的转变为斗争的"。随着无产阶级文学运动的展开,王独清的革命文学观念也发生了变化,即由"时代是文学的背景,文学是时代的先驱"转向了无产阶级文学观念。他在1928年7月8日的一次讲演中,宣传李初梨艺术是宣传、武器的观点,在《创造月刊》2卷1期的卷头语中,他指出创造社的革命文学运动要"有一个新的开场了",它就是把"艺术是武器"作为"今后艺术的制作的唯一信仰"。

从以上论述来看,王独清对革命文学理论知之甚少,缺乏新鲜而深刻的见解,仅是蒋光慈、郭沫若、李初梨等人文学观念的翻版。但是,由于成仿吾、郭沫若先后离国和郁达夫、张资平脱离创造社的影响,王独清几乎成了后期创造社革命文学运动的领袖,不断为新创刊的《流沙》、《我们》、《畸形》、《思想月刊》等撰文,勉励它们"一面极力克服自我,创造真正革命的文艺作品;一面予反动派以严格的批判和进攻"②。王独清也因此成为有较大影响的革命文

---

① 王独清《平凡与反抗》,《洪水》1927年3卷34期。
② 王独清《祝词》,《我们》1928年5月创刊号。

学家,直到 30 年代成为托派后才"与左翼的联系逐渐断绝"①。

王独清转向革命文学后,创作了《五卅呦》、《Fete national》、《滚开吧,白俄》、《上海的忧郁》、《Incipit vita nova》等许多诗歌,后结集为《11DEC》和《锻炼》出版。王独清的这些革命诗歌,主题内容比较丰富,有对现实社会压迫的描绘,有对自我心灵变化的热情抒发,也有对革命的激情鼓动。他的革命诗歌,以清雅的情调、轻缓的节奏和细致、丰盈的笔触,构成了淡雅、婉约的艺术风格,既不同于 20 年代初革命诗歌的热烈、刚健,也不同于蒋光慈诗歌的热烈、豪放。王独清的革命诗歌,还残留着拜伦诗歌的情调,还继续着象征主义诗歌"音"的技巧,从而使革命诗歌的创作由粗放、散漫转向了淡雅、紧凑,由不事修饰走向了注重艺术的锤炼。在他的诗作中,我们看到了革命诗歌摆脱了空洞的呐喊习气,走向了艺术制作的写作倾向。

在创造社中,龚冰庐是一位有着坚实工人生活经验的作家,也是一位以革命文学创作而著名的创造社作家。他自 1927 年开始创作以来,在短短的三四年,写出了大量"反映矿山工人生活和斗争题材的小说、诗歌、剧本和散文"②。这些作品多发表在创造社、太阳社和左联的《创造月刊》、《文化批评》、《太阳月刊》、《大众文艺》、《拓荒者》等刊物上,浓厚的矿工生活气息和较平实的描写,形成了他的革命文学创作风格,并赢得了创造社和革命文学界的重视。由于受创造社和太阳社的文学理论家的影响,他的创作越来越多了"浪漫谛克"成分,呈现出作者主观理念违背生活经验逻辑的弊端。龚冰庐以工人生活经验深厚和创作勤奋著称,但并没有获得创造社留日派成员的足够重视,也没有得到后来革命文学研究者的高度重视。他就像一颗耀眼的流星一闪而过,没有留在人们的记忆里,以致现在我们对他的个人情况知之甚少。

---

① 李建中《王独清生平考辩》,《新文学史料》1994 年 3 期。
② 黄淳浩《创造社:别求新声于异邦》,社会科学文献出版社,1995 年,第 286 页。

　　龚冰庐 1908 年出生于上海崇明，从工业学校退学后去了山东的一个煤矿工作，1927 年末到上海从事文学创作并加入创造社，30 年代加入左联，曾主持《大众文艺》的"少年文艺"专栏编辑工作，抗战胜利后终止了文学活动，1955 年去世。他的革命文学创作爆发期，正直后期创造社倡导无产阶级文学的高潮阶段，而当创造社被政府封闭后，他的创作量明显趋于下降，尤其是左联受到国民党政权摧残后，就基本上看不到了他的文学创作。

　　龚冰庐的革命小说，多以矿工贫困的生活和悲惨的命运为主题内容。《炭矿里的炸弹》是他在创造社刊物上首次发表的作品，叙述煤矿工人王福寿在清晨上工路上所见所感和在矿井遭遇爆破炸弹时惊魂失魄的情景，表达了矿工生命"四块石头夹着一块肉，今天脱了裤子不知明天穿不穿"的危险性。小说还运用插叙方式，叙述主人公家庭贫难情景和为饥饿所苦而病弱无力的妻子、幼儿。这篇作品文笔稚嫩、平实，景物描写却具有真切的生活气息，既有灰蒙、惨淡的自然景物的写意衬托，又有矿山身影简洁而鲜明的描摹；尤其称道的是，小说以主人公遭遇炸弹后惊慌奔命的情景煞尾，形成悬念和含蓄的审美效果。1927 年 11 月创作的《裁判》继续和发展《炭矿里的炸弹》的主题，表现矿工代代逃不脱矿难的悲惨命运，和遇难后得不到矿主救济的满腔愤懑。小说以陈老伯父子两代人遭遇矿难的不幸，表达了矿工生活和命运的困苦，小说这样叙述道："陈兆老伯足足有两年没有到过这个地方了，他对于这个地方起了一种深切的愤懑，和无涯的厌恶。他诅咒这地方，他叫这里为阴曹。他说：凡是这里来往的人人，都是些可怜的冤魂和无情的鬼判。"这篇小说不同前篇，它叙述了陈兆老伯对矿主、资本家不善待遇难工人的反抗，有了"鼓动"革命情绪的革命文学气息，这是龚冰庐到上海后接受革命文学思潮影响的结果。这篇小说的构思也颇具匠心，它以反讽性结构和主题表现工人和资本家间的对立和冲突，以缺乏良善心肠的资本家被裁判为公道、陈兆老伯为"流氓"的反讽形式，有力表达对有产阶级的愤恨。总之，这两篇小说表现了矿工悲惨的命运和心间的愤懑，为上海革命文坛带来新鲜的、有着浓厚生活气息的"矿工"小说。

1928 年 10 月、12 月完稿的《炭矿夫》和《矿山祭》，内容上并没有多少新的拓展，仍然重复以前小说的主题，但叙述艺术上却有不少进步。《炭矿夫》从内容容量和篇幅来看，都是一个中篇小说，它以祖孙三代的相似命运表现矿工难以改变生活、摆脱残酷命运的人生。小说以年迈的老矿工对尚在襁褓里的小外孙寄予着殷实的希望开始，以这个已为少年的外孙在父亲死去后又做了像他父辈一样的矿工结束。它可能是龚冰庐小说中最为出色的一篇，对矿工心理细腻和真实的描写，及他们贫困与粗糙生活的表现，极具生活气息和真实色彩，小说叙述语言也变得流畅、精练了许多。如果说《炭矿夫》着重表现矿工不幸的命运，那么《矿山祭》则侧重表现矿工生命被矿难摧毁、伤残的悲惨遭遇。小说以矿工阿茂因矿难而被炸掉一条腿的遭遇，揭示矿工们谁也无法逃脱这样命运的不幸处境："在矿坑里做工的，终结是死在矿坑里。谁敢说个不字！"表达了矿工对自我命运的凄凉感受和对资本家无视工人凄惨命运的愤懑情绪："死了以后呢？每年给压着你的那几块石头装个花，挂些旗。"这篇小说的凄惨情绪非常真挚感人，但结束时却多了一个矿工罢工的空洞尾巴，冲淡了小说真实的情调氛围。这种艺术上的败笔，揭示出龚冰庐小说创作中的心理矛盾，即真实生活经验与革命文学理论上的不协调，或者说，他还没有能力处理好二者的关系。1930 年 5 月发表的《废坑》，他就仅以矿井进水而被困工人逃命的片段，客观、真实地表现了矿工随时可能遭遇、面临的死亡灾难，表现了对矿工深挚的同情和怜悯，又恢复了写实性表现形式。龚冰庐创作中有一股执着的力量，它迫使他直面自我的真实经验和感受，不顾革命文学理论家要求表现"反抗"的叙事呼唤。

除了以矿工生活和命运为题材的小说之外，龚冰庐还尝试按照革命文学叙事规范来写作，创作出不少鼓动工人反抗压迫的

"斗争小说"。《悲剧的武士》叙述一个在夜晚街头值班警察的心理过程,在一个贫富悬殊巨大的生活境遇中,他逐渐醒悟到自己仅是为护卫资产阶级利益的"忠顺的狗儿",为了洗刷这种羞辱,他把枪射向了刚从咖啡店玩乐出来的顶头上司和那座供资产阶级逸乐的咖啡馆,由此死在街头。这篇小说完全是概念化的,小说叙述也显得草率和肤浅,小说结尾尤其如此。《黎明之前》是龚冰庐加入创造社后创作的第一篇力作,也是他首次在《创作月刊》上发表的作品,描写火车修理厂工人跟厂主家里的侍女恋爱而被解雇、辗转流浪的故事。这个中篇前半部分写得比较细致、平稳,对主人公倪洪德与情人兰妹约会时紧张、不安的心理,被解雇后消沉、愤懑和仇恨的满腔心绪,和决定投奔他乡的茫然、对情人命运的牵挂,都绘形绘色、有序地作了描写,环境描写也有生活气息;但是,小说进入对主人公流浪青岛、上海两地的叙述,却越来越显得匆忙和无力,既缺乏具体生活场景和经验的细腻描写,又缺乏有力、真实的故事情节的铺设,在人物忙乱无主的行为中,概念化的迹象愈加鲜明,尤其是洪德到上海做工后参加罢工的叙述更是模糊和粗糙。除了情节缺乏真实、有力的结构和叙述上匆忙、粗略外,小说人物形象也有欠完整性,主人公由一个粗愚无知的工人后来却像一个革命领袖。这篇小说在表达对资产阶级社会愤恨、不满的同时,却因工人罢工经验的欠缺而显得概念化。此后,《泄露》、《流转》、《有什么话好对人家说》、《春瘟》等几篇作品都存在类似缺点,相比之下,《标语》这篇有着闹剧、讽刺色彩的小说却别具匠心,它通过对军阀相互攻讦的标语的客观描摹,揭示了军阀争权夺地的丑恶行经,叙述虽显明快、轻薄但富有真实的色彩。

除了小说外,龚冰庐还尝试着散文、诗歌、戏剧的创作。《血笑》、《贼》、《进化》、《情绪》、《飞花楼》等散文,多写他在山东矿区工作期间的社会见闻和内心感受。《血笑》对在死亡阴影下劳作的矿工寄予深切的同情,《贼》描绘贫富两极的世界斗争带给"我"的心理感受,《进化》展现一个昔日繁荣的港湾小城被现代工业技术所挫败的萧条景象。这些质朴的小品文,表现了一个暗淡而痛楚的生活世界,暗示着贫苦人起来斗争的动人图景,但从技巧上讲,它们都显得十分稚气,仅仅是一些日常生活场景的简单编织,缺乏精致、灵巧的构思,语言也显出枯燥、呆板。龚冰庐的戏剧作品主要有《乳娘》、《莘庄镇》、《悬案》、《我们重新开始》、《换上新的》、《五月一日》等,内容多以表现革命题材为主。《乳娘》塑造一位有着朴素斗争意识的雇佣者王妈,她为关爱自己的儿子决定丢掉主人家的"乳娘"差使,剧情以她牵着儿子、目光向前、好似有"一个伟大的光荣的目标"而结束。《莘庄镇》以"济南事件"为背景,展示战祸焚毁农民的田园和安宁;全剧没有设置主要的人物角色,仅以避乱群众的杂言描绘日本兵步步进逼、国民军不断退让的剧情。和《乳娘》相比,这篇剧作显得比较平实,写实笔调较为浓厚,但剧情缺乏主要、激烈的矛盾冲突,故事性和戏剧性不突出。《悬案》、《我们重新开始》、《换上新的》、《五月一日》都是表现"革命斗争"的作品,描绘工人、知识青年参加罢工的活动,概念化的戏剧情节较少真实生活色彩,仅是宣传革命斗争情绪的"艺术的武器"。龚冰庐的戏剧创作缺乏艺术价值和感人的力量,既没有鲜明、生动的人物形象,又缺乏凝练、激烈而富有生活真实色彩的戏剧冲突,更没有个性化的人物语言,仅是一些人物话语的简单叙述,真正成为革命的"传单"。

　　总之,龚冰庐是一位有矿工生活经验的创造社作家,他的小说和散文创作多源于这种经验,文笔虽然幼稚但文风质朴而真挚,向革命文坛展现了一个真切而独特的世界,当时产生了较大影响。但是,由于受到后期创造社文学观念的影响,龚冰庐的创作逐渐远离了自我的生活经验,主观化、概念化倾向愈来愈明显,他的戏剧作品表现得尤其突出。可以说,龚冰庐没有戏剧创作的天分,但为了实践后期创造社开展的戏剧运动,他却创作了一些毫无艺术价值的剧作。龚冰庐的革命文学创作实践表明,他是一位愈来愈失却艺术力量的作家,他后来的创作完全落入"虚伪"的虚构中,致使作品减少艺术真实性和真挚性。

和有着工人生活经验的龚冰庐相比,段可情可能是文学素养最深厚的一位新作家。段可情原名段传章,1899 年生于四川达县一个有产者家庭,六岁时候因过继给无嗣的大伯母抚养,幼年时期遂被"寂寞和凄凉的氛围所包围"①,孤苦、寂寞中逐渐养成耽读文学书籍的嗜好,并在中学时代开始尝试文学创作。五四运动后,他去日本、欧洲等地留学,专门研究世界文学,五卅运动后又到苏联中山大学学习"最新式的文艺思潮和技巧"②。1927 年归国之后,③他抛弃了政治上活动的思想而专事文学创作,成为创造社革命文学创作的一员主将,也是创造社成员中唯一一位有着留苏背景的作家。

段可情的创作始于莫斯科的留学期间。那时,他开始关注创造社的文学活动,并和郭沫若、郁达夫取得私人联系。在 1926 年底写给郁达夫的一封信中,他表示自己可以为不能按期出版的《创造月刊》提供稿子,而且还要联合留苏学生中的文学爱好者支持创造社,以便"把创造社的红灯,更点燃一些,使它更加明亮起来,照耀着中华文坛,教那些妖魔小丑,永不能出现于光明灿烂的世界里"④。

段可情在苏联时和归国之初的文学创作,受欧洲文学和郁达夫的小说影响比较大。1926 年 12 月 24 日完稿的《旅行列宁格勒》,采用欧洲文学中史诗的格调,叙述他在圣彼得堡游历时所得的观感:昔日专制帝王的奢侈豪华和十月革命后的荒凉寂寞,全诗也带有欧洲史诗的感伤情调。《一封退回的信》则模仿郁达夫小

---

①② 郑振铎《我与文学》,上海书店,1984 年,第 169 页、173 页。

③ 1978 年,段可情回答上海方面的访问者时说,自己是 1926 年回国参加创造社的(参见《访问段可情同志》,《新文学史料》1978 年 1 期)。但据《洪水》3 卷 27 期上的《来信二则》的内容和篇末的写作日期推测,他却在苏联度过了 1926 年的除夕,故与1926 年归国的说法矛盾。因此,笔者认为,段可情的归国时间应在 1927 年。

④ 段可情《来信二则》,《洪水》1927 年 3 卷 27 期。

说的风格,以放荡无度的留学生公垂危之际写给宽厚妻子的一封家书的结构形式,描绘主人公心灵世界纷乱的思绪:离家在外放荡的无奈和焦虑,人生向上的醒悟与无望,对家中忠厚妻子的负义与忏悔等。这篇小说虽追寻郁达夫的小说作风,但表现的情感冲突强度和真挚程度却不及郁达夫,但从段可情的传记材料来看,它也可能有着作者"自叙传"的色彩。如果说《一封退回的信》表现的是性爱苦闷的主题,那么,作于 1927 年 11 月的《铁汁》则是表现"愁穷"的小说。它以在国外飘零十余年的主人公"白先生"回到上海为线索,通过他探寻旧友故交以帮助解决在上海存身、立业的失败遭遇,表达了对资本主义社会的厌恨和反抗。这篇带着愤激情绪和感伤色彩的小说,格调上和郁达夫的《春风沉醉的晚上》较相近。段可情的这两篇小说,都有着郁达夫小说的格调和作风,显示了他和郁达夫之间创作的相近。他曾向郁达夫倾诉过,说郁达夫的《一个人在途上》触痛了自己的身世之感,而自己"也是到寂寞中求慰安的一个人"①。因此,段可情的这些作品还不具有革命文学的性质,仅是个人心灵世界的"自我"表现。

1927 年 12 月写成的《查票员》,标志着段可情开始转向革命文学创作。这篇小说以上海工人罢工为题材,叙述一位公司职员对电车工人罢工的态度变化,由开初时的不满、厌恶逐渐变为同情、支持。它通过罢工期间自我利益遭受损失的公司小职员的视角和心理,展现工人罢工的斗争情景,既间接表现了工人为生存而斗争的英勇和罢工的艰难、困苦,又直接表现了公司职员对待工人斗争的感情变化和对革命的真切同情,避免了直接描写工人罢工的经验不足和易流于主观化的危险,取得较为真实的艺术效果。和《查票员》表现风格相似的,还有《一封英兵遗落的信》。这篇书信体小说,背离了 20 年代革命文学反帝国主义的表现倾向,通过一位刚来中国不久并富有一颗人类同情心的英国士兵写给母亲的

---

① 段可情《来信二则》,《洪水》1927 年 3 卷 27 期。

长信,展现了外国兵士在中国的飞扬跋扈,表现被压迫民族——中国人民的不幸和对她的真挚同情,控诉英国帝国主义者的罪恶和殖民政策。小说这样写道:"母亲,我再不愿多多叙述我们大英帝国的臣民的丑史了。言之实堪痛心。我们希望在下层阶级的人们,真真团结起来,去反对统治者的殖民政策。"这篇小说尽管情节结构简单,但主题却显得卓然不同,笔调也平实、真挚、细致。

从长诗《旅行列宁格勒》、小说《一封退回的信》和《铁汁》到革命小说《查票员》、《一封英兵遗落的信》,我们可以看出,段可情有着较深的文学素养,文笔明净而流畅,作风朴素而真切,情致淡雅而痛楚,即使是描写粗暴的革命斗争,他也能以平稳的态度化流血的粗暴为温和的描绘。在《查票员》中,当主人公得知暗杀工贼的邻居朱三被捕后,作者仅是这样叙述主人公的不安心情:"一想到若是朱三真判了什么徒刑罪,不知道他们那一家人将要如何生活法,他倚着床栏,不住地摇头叹气。"但遗憾的是,段可情的这种文学风格并没有保持多久。

从1928年创作《火山下的上海》开始,他越来越远离忠于真实的创作原则,愈加向革命文学"粗暴艺术"风格靠拢,用劳动者与有产阶级尖锐对立的想象方式塑造小说结构,陷入革命文学主观化、概念化的潮流中。《火山下的上海》是篇小品文,它用繁丽和热烈的笔调,以"畸形社会之上海"、"五分钟"、"跳舞"、"水门汀上的梦"、"雨中车"及"赛球"等场景、章节,描绘出一幅上海社会的生活剪影,突现劳动阶级和资产阶级贫、富生活情景的鲜明对比,表现阶级压迫、不平等和阶级斗争的革命主题。正如作者在该文序言中所说:"我不厌繁琐,把在黑暗世界,污浊社会中的形形色色的事物,一一描写出来,使掘发喷火口的工人们,更加努力,使它赶快地爆发,来毁灭这不平等,不自由,黑暗,污浊,腐败,奢侈的都市。"由于作者致力表现阶级不平等、贫富悬殊的内容,加之表现视角仅关注外在的生活情景,所以,《火山下的上海》显得非常肤浅、浮华,内容多为上层阶级奢侈生活的夸张描写,缺乏真挚、动人的情节、细节和艺术力量。这表明，段可情已完全接受革命文学的表现方式。尽管如此，《火山下的上海》显示着作者真切描绘上海"是一个繁华绮丽的都市，同时又是一个黑暗污浊的地狱"的雄心和企望，揭示出它是一座快要爆发的火山的历史面目，与新感觉派小说和茅盾的长篇小说《子夜》一起，构成 30 年代初描写都市上海的典型文本。

在段可情所有的革命文学作品中，《绑票匪的供状》可能是艺术上最差的一篇小说。这篇容量大、篇幅长的小说，通过军阀强夺巧取把农民逼上草匪道路的故事，表达对统治阶级残酷剥削农民行为的谴责。作者借被逼为绑票匪的主人公之口说，"到底社会的腐败，是什么原因。强盗之发生，是谁的罪恶。为什么用极刑去处死的强调，也不为不多了，然而还是继起有人，反觉日新月盛，这种种问题，都希望看了我这篇供状，而去研究出一个更善的改造社会的方法出来。"①这篇小说的拙劣之处，不是小说主题内容的陈旧和无味，而是故事情节的空疏和缺乏现实感、真挚的艺术力量。小说真正的故事情节，开始于一方军阀逼迫农民种植鸦片和企图掠夺农民的收成，他指使手下装扮成强盗抢夺农民剩余的鸦片，于是激起了军阀和乡民的一场血战。不论是对军阀行径的情节设计，还是对为争夺财产而发生冲突的战场描写，都显示着作者经验的匮乏和力不从心，情节因超越生活现实太远而显得不真实，战争场面的描写因缺乏真切的细节虽热烈、喧嚣但不动人。接下来，因战败而流落为匪的主人公，辗转乡野和城市做着杀人越货的勾当，惊险性逐渐成为小说叙事的焦点，故事情节虽曲折起伏但缺乏新鲜、别致的经验展现，失去了吸引人的魅力。总之，《绑票匪的供状》表现出追求故事化的叙事倾向，但故事缺乏新鲜感和独创性，反映了作者想象力和生活经验的贫乏，仅是概念化、主观化地空疏"杜撰"。

---

① 段可情《绑票匪的供状》，《创造月刊》1929 年 2 卷 6 期。

　　《婴儿的运命》和《观火》也流露着上述倾向。《婴儿的运命》以妓女为表现对象,通过老二、阿媛两位风尘女子皮肉生涯的遭遇,表现妓女人生的酸辛和对无辜女性沦落为奴的同情。但这篇小说也呈现着作者经验和想象的匮乏,只能用女色令人馋涎欲滴和花开花败的庸俗模式编织简单的小说故事情节。这与其说是表现妓女的不幸遭遇,毋宁说是隐喻叙事者对她们心灵世界的盲视和强烈的色情欲望。例如,在小说叙述到小阿媛脱落成人的时候,作者就不厌其烦地使用"肥嫩的天鹅肉"、"鲜花"、"鲜肉"、"一个刚才展瓣的花儿"等恶俗的词语,来渲染小阿媛的姿色诱人,而这种粗俗叙述语言却表现作者叙事想象的格调卑俗,致使这篇小说形如一篇粗俗不堪的通俗文艺。《观火》流露着鲜明抨击有产者道德的主观情绪。小说以贫穷的劳动者和富贵的有产阶级截然不同的对立结构,首先突现他们不同的生活情景:富有者的娇贵淫逸和劳动者的艰辛贫苦;然后,以一对有产者夫妻对岸观火式地注视贫民区发生的火灾,表现富人置穷人生死于不顾、丧失为人德性的行为。就小说主题的鲜明和激烈程度而论,这篇小说可能是段可情革命文学创作中最具批判力量的作品,但也是最主观和最不具有真实性的一篇小说,因为"看见人家受难,自己还在说风凉话"①的缺乏慈悲心肠的人,在人类的本性中就很难找到或者说根本就没有。② 因此,段可情的这两篇小说也是真正拙劣的向壁虚构,失却文学的感人力量和艺术价值。

　　从《查票员》到《观火》,段可情的革命小说创作显出不断退步的趋势,越来越背离平实、真挚的原有风格,而主观、空疏的情节与叙述愈来愈占主导地位。这种艺术的退步和创作风格的转变,主

---

　　①　段可情《观火》,《现代小说》1930 年 3 卷 4 期。
　　②　康德认为,人类处于"所有有理性的生物一律平等,而不问他们的品级如何"。笔者认为,富人和穷人在经验上是不同的,但在人性的道德上应该是一样的。参见康德《历史理性批判文集》,商务印书馆,1997 年,第 66 页。

要是他无法摆脱 20 年代革命文学整体创作风气造成的。但不知何故，段可情从 1929 年下半年起基本终止了创作，转向外国文学的翻译，他在两三年间翻译了不少德国、俄国的作品。然而，这些译作的主题内容却没有阶级革命的色彩，也发表在跟革命文学界没有多大关系的《小说月报》、《现代文学》、《现代文艺》及《现代文学评论》等刊物上。段可情的这种文学兴趣和方向的变化，可能表示着他跟创造社、革命文学潮流间的日趋疏远、决裂，虽然我们还没有这方面更确凿、直接的证据，但敢肯定的是，他在创造社被查封后失却了对革命文学的热情，和叶灵凤、文学研究会的关系逐渐密切起来。这样，段可情的革命文学创作在 1930 年离开上海后就结束了，他短暂的文学创作及蕴涵的诸多有待进一步研究的问题，留给人们许多思索的兴趣和空间。

如果说王独清、龚冰庐、段可情等三位作家，都是创造社在文学转向过程中吸收的新作家和中间力量，那么，华汉则是在大革命失败后才被党组织安排到创造社的，以加强党对创造社的领导力量。因此，华汉便"弃武从文"而"从此走上了革命文学的道路"。① 从 1928 年到 1932 年间，华汉创作了十几篇短篇小说、7 个中篇，成为一位具有鲜明风格的革命小说作家。他的革命小说表现内容比较广泛，既有表现女革命者坚贞不屈"风采"的小说，又有表现劳动者社会处境"不幸"的作品，还有表现革命者在革命失败后的"流亡小说"。他的小说叙事风格，始终在客观写实和和主观抒情间反复，成为 20 年代革命小说浪漫谛克风格的另一位开拓者。

革命失败后，华汉由组织安排从香港回到上海，因发疟疾去松江农村养病，并在那里开始了文学构思和创作。他首次发表的小说是《马林英》，描绘了一个不凡的女革命英雄令人赞叹的风采："敢于在穷人的前头对着中国的同志者高树一面叛旗，她是多么

---

① 《阳翰笙选集》(5 卷)，四川文艺出版社，1989 年，第 143 页。

的英勇,多么的崇高而又多么的伟大哟!"这位女英雄形象表达了华汉对大革命时期一些革命女性的敬佩,他曾这样说过:"她们中有的着男装,剪短发,和男同志一样,在险恶环境中进行地下斗争,有的冒着敌人的炮火冲锋陷阵,有的在敌人的刑场上英勇不屈,慷慨就义。她们都是一些无愧于那一伟大时代的杰出的革命女性。我写的《马林英》,就是力图塑造这样一些令人难忘的形象。"①受作者内心情感的影响,这篇小说叙述者的声音遮掩了小说人物的声音,或者说,它是一篇全能叙述者的肆意叙述,故事情节逻辑、人物的内心与行为却被抑制了。所以,《马林英》缺乏紧凑、有致的情节,仅由几个表现主人公非同寻常的片段构成,显得像一篇抒情散文。这篇小说仅是华汉小说创作的尝试,尽管拙劣却透露出华汉小说的创作风格,即以激昂、明快的叙述笔调和爱憎鲜明的态度表现革命者与反动者的行为。

1928 年 2 月 15 日写成的中篇《女囚》,立意和《马林英》一样,也是表现革命女性不凡的品质和风采,但它表现技巧却有不少进步。首先,小说以女囚赵琴绮致女友的一封长信为结构,以亲密口吻直接倾诉自己与爱人、革命姐妹被捕入狱后的遭遇:爱人遭受敌人残酷的严刑拷打、自己及被捕的女友遭到敌人侮辱,既展现了革命者坚贞不屈的崇高精神,又控诉了反动阶级"残杀其夫,强奸其妻"的兽行,取得了较为真切的艺术效果,小说故事情节连贯、紧凑,并富有现实色彩。其次,由于使用第一人称叙述方式,作者声音转化为主人公的声音,避免了作者主观叙述干扰、遮蔽小说故事的状况出现,主人公被捕入狱后遭遇的种种侮辱和内心的愤恨情绪清晰浮现出来,并得到直接、细致和热烈的描绘,达到作者和人物、主观和客观较好的交融。因此,小说像一首激越的抒情诗,成功地将作者的情感转化成小说人物的塑造,避免主观化的"浪漫谛克"倾向,尽管它的叙述还带着激昂的诗意笔调。此外,《女囚》

---

① 《阳翰笙选集》(1 卷),四川文艺出版社,1982 年,第 2 页。

还展现了华汉小说创作的另外两个特点，一是人物形象脸谱化，即将革命者和反动阶级分别美化、丑化，小说人物形象意识形态化了，削弱了人物形象的审美深度和厚度，这种"脸谱化"倾向在20年代革命小说中首次出现；二是小说叙事抒情化倾向，这不仅体现在作者激昂笔调的叙述上，而且体现在小说结尾的处理上，总以激情澎湃的想象描写结束故事，以便把小说的情绪推向高潮，使小说叙事转化成抒情。这在华汉多数小说结尾中都可以发现。华汉的这两种小说叙事倾向，形成相互冲突的艺术力量，前者削减小说的审美意味，后者创造着激动人心的感染力量，但它们都是作者主观世界的热烈投射，使小说呈现着"浪漫谛克"风采。

华汉喜欢在革命失败的情境中表现革命者的英勇精神，或像马林英那样慷慨就义，或像赵琴绮那样坚贞不屈。这种构思方式可能缘于作者对南昌起义失败的历史记忆，也可能隐喻作者无法摆脱经验的心理情结。《女囚》之后，他又写了《活力》和《逅船上的一夜》两篇小说，描写革命者在革命失败后的心理苦闷和流亡遭遇。《活力》像一场喜剧小品，以几个革命朋友在晚间聚会的饮酒聊天为内容，通过他们之间相互调侃取乐的粗俗行为，表现这种"纵欲破戒"的事情，仅是紧张生活之余难得的身心休整和尔后工作的"革命活力"。这个粗糙的短篇无论主题还是技巧都无价值可言，许是仅为应付刊物版面的草率之作，但它的叙述形式却显得较为出色，显示着华汉小说叙述技巧上的极大进步。首先，小说使用第三人称的限制视角，避免了《马林英》那种全能视角的缺陷，使作者的叙述和故事的情节逻辑达到基本吻合，小说故事和情节的面目客观、真切浮现出来。其次，作者的声音和情感在小说中基本消失，叙述的激昂和诗意的笔调变得平实、简洁，形成客观、冷静的叙述风格。总之，《活力》成为一篇真正意义的小说，虽然它的主题内容浅陋、缺乏意义。和《活力》的轻率相比，《逅船上的一夜》显得十分认真，表现一个革命者流亡中的遭遇和心理体验："饥寒，疲乏，虚颓，枯败"和"拼命的得和这些挣扎，抗拒，奋斗"。

作者认为,这篇小说如实描述了自己流亡时的"处境和心情","寒冷,饥饿,疲劳,病痛,焦躁,危险,伴随着自己"。① 由此,华汉开始尝试再现自我的革命经验和体验,而不像此前那样仅主观抒发对革命英雄的敬仰之情。如果华汉能继续表现自己革命生活中的经验和体验,那么,他的小说就有可能会为大革命时代留下许多真切的历史画卷,但遗憾的是他没有这样做,他诗人般的文学气质影响或者说毁坏了他的小说叙事。这篇小说结尾,他也借主人公走向囚船之际,描绘一幅激情的海湾夜景,展现外国帝国主义势力对中国人民的血腥奴役,及主人公目睹此情景的满腔义愤。

《暗夜》显示华汉难将革命经验转化为小说叙事的艺术局限。据作者自己叙述,《暗夜》是根据他在海陆丰地区了解到的农民斗争的情况而作的,力图以它来"反映和宣扬土地革命的斗争"②;但是,小说在描写农民受田主剥削和起来斗争时,不仅缺乏"浓郁的乡野气息"而且显得十分主观化。作者以病倒路旁、无家可归的母子和在街上被警察无端殴打的张老七的遭遇,展现农民被田主逼得难以为生的悲惨,故事显得非常缺乏平实的生活色彩。在描写罗老伯由被奴役而成为斗争英雄的故事中,轻快的压迫/反抗的情节将罗老伯心理的发展简单化,忽略了社会传统、性格等因素的制约和阻碍,致使这位主人公形象显得不真实。在描写汪森领导农民攻打田主和镇上警察局的斗争中,小说虽然设计暗里组织、侦察敌情、美人计、敌人顽强抵抗和英雄牺牲等曲折、复杂的情节,但却将敌方描绘得十分蠢陋,将一场残酷而艰难的战斗叙述成农民军轻易取得胜利。这样,《暗夜》把农民起来斗争和思想觉悟的历史过程,简单化为压迫——斗争——胜利的情节故事,成为作者革命意识的激情反映而非现实生活的再现,因此,它的叙事严重背离和扭曲了现实经验,成为主观化的浪漫谛克之作。

---

① 《阳翰笙选集》(5 卷),四川文艺出版社,1989 年,第 139 – 140 页。
② 《阳翰笙选集》(1 卷),四川文艺出版社,1982 年,第 3 页。

从 1929 年开始，华汉的革命小说开始发生转变，由表现革命失败后的革命遭遇和革命者英勇不屈的品质，转向表现都市工人的生活和斗争。《十姑的悲愁》是这种文学主题的开篇之作，它表现 E 港袜厂女工心中的压抑和"悲愁"：两年前如火如荼的罢工失败后，工人们又被逼迫返工、继续受资产阶级剥削，获得胜利的资产阶级统治的凶焰更加嚣张。这篇小说的情节非常精练、紧凑，以十姑厂里放工到回家后的行动为结构线索，将她受工头赵大狗羞辱的遭遇和两年来工人罢工斗争的曲折历程交融在一起，勾勒出一位女工运积极分子不甘屈服、向往斗争的形象品质。作者的感情和激越的叙述情调在小说中流露得较少，故事情节也朴实、有着现实生活气息，所以，它是一篇有着客观写实风格、情节结构凝练的优秀之作，不足的是，小说开头的情景描写有些罗嗦，十姑回家后丈夫对其无微不至地关爱有着富贵阶级的淫逸色彩。和《十姑的悲愁》不同，《奴隶》又走向主观抒情风格，它描写一群矿工在革命者鼓动和组织下起来斗争的"觉悟过程"。小说以一位在矿上干了整整六年的孙二为主人公，叙述他为养家糊口卖身到山里做工，由于矿主残酷剥削却身无分文，无法救济家中的妻儿老小，后在水生的启发和鼓动下，他由"牛马不如的奴隶"公然敢同"那吃人血的魔王"讨公道。这篇小说缺乏龚冰庐"矿工小说"的生活气息和情感体验，显示着强烈的主观叙事欲望，即以压迫/反抗的情节达到鼓动革命情绪的写作目的，使它和《马林英》等小说一样成为抒情性作品。这种缺乏真切生活经验和体验的热烈叙述，可以说，构成了华汉革命小说的典型风格。

《枯叶》有朝着写实方面努力的迹象。它以一位贫穷、卖文为生的作家去医院看病为线索，通过这位主人公的视角，描写一个贫穷工人家的幼女患上绝症——肺痨却无钱救治的不幸遭遇，表现穷苦的工人阶级生活的悲惨。这篇小说故事情节有着写实色彩，克服了《奴隶》的情节形式，但作者的叙述声音在小说里非常强烈，冲淡了小说的现实感和真实性，这在小说的开始和结尾尤为鲜明。在小说结束部分,作者用风中飞旋的枯叶象征患肺痨小女孩的不幸人生,由此引发主人公对自我命运的同情和沉思。如果说结尾部分的这些抒情还显得十分真挚、动人,那么,小说开始时作者的声音就因油滑而令人生厌,他把主人公下巴生毒疮的痛苦,比喻为人世间统治阶级与被压迫阶级的生活情景,其叙述行为不仅油滑、附会且败坏了小说真挚的格调。总之,《枯叶》跟《奴隶》一样,是作者文学主题转向后的又一次败笔。

华汉表现工人生活和斗争的还有《归来》、《马桶间》等小说,它们都以简洁的情节结构表现工人胸中压抑、存在的反抗怒火,叙述风格也趋向客观、平静和简练,标志华汉的革命小说艺术上趋向成熟和练达,但和同类的《十姑的悲愁》等作品相比,小说内容和主题都显得非常薄弱。《归来》以躲避追捕的阿苏与破船屋主人的邂逅为内容,通过他们亲密般的谈话展现破船屋主人——这位工人运动老将丰富、不懈的斗争历史。《马桶间》在小说艺术上显得比较完美,结构匀称、简洁,情节有张有弛,笔调冷静和练达,但故事和主题内容却干瘪、无味,仅描写一对纱厂女工不幸的人生遭遇,及在马桶间中反抗女工头的英勇行为。总之,这些小说表现了主题与艺术的失调,或者说,小说艺术的成熟和练达是建立在内容简单的基础上的,说明华汉还缺少表现丰厚内容的艺术能力。

《寒梅》、《两个女性》、《复兴》等小说,华汉转向表现革命知识分子在革命失败后的分化,"有的十分坚定勇敢,有的消极动摇,甚至颓唐,有的经过一度彷徨以后又回到革命阵营里来,也有极个别的人投向了发动阵营"①。1929 年 7 月写出的《寒梅》,展现主人公林怀秋革命失败后由幻灭、沉沦到重新振作的心灵变化。小知识分子林怀秋在 W 大学读书时原是进步青年,他在革命发生政变后却陷入幻灭境地,"在酒精这寻求刹那的陶醉,在肉色中追求刹那的快感",经昔日同学梦云的帮助和女革命家寒梅的启发、

---

① 《阳翰笙选集》(1 卷),四川文艺出版社,1982 年,第 3 页。

教育,他终于重新奋起、打入反动军队进行革命活动。如果说这篇小说的主题有着真实的时代色彩,和茅盾的《蚀》有着相似的历史体验,那么,它的故事情节却显得有些传奇色彩,既表现了革命失败的幻灭情绪又描绘了"革命复兴的微光"①。《两个女性》以玉青和丈夫丁君度为主人公,表现他们夫妻在革命失败后的思想分化和爱情的破裂。像林怀秋一样,丁君度在革命失败后脱离了实际的政治,不仅躲进安宁的书斋而且沉沦于酒色,"变成一个企求一刹那的快感的享乐主义者了";玉青不满、不愿成为他堕落后的色欲对象,在云生、金文等革命者的精神激励下,走出心理的苦闷、彷徨重新坚定革命意志,跟随云生一起走向英勇的革命生涯。这两篇小说流露着华汉对女革命英雄的崇拜心理,召唤林怀秋、玉青等再度走向革命生涯的都是寒梅、金文这样的"中国卢森堡"。但是,《两个女性》不同于《寒梅》的是,它还表现了一位革命堕落者的丑恶灵魂,丁君度不仅完全丧失革命意志、成为社会的"蛆虫",而且还想重新占有一个富有革命性的女子来报复妻子的"薄情"。由于作者对丁君度堕落的表现缺乏节制,不仅丑化了这个人物而且带有浓烈的嘲讽色彩,影响了它的审美效果。此外,这篇小说结构松弛,尤其是结构性人物林晓山及其喜剧性角色的设置,造成小说情节的散漫与拖沓。这也是华汉中篇小说惯有的毛病。

　　总之,华汉的革命小说主题内容比较广泛,主要表现了革命英雄、工人和小知识分子的革命热情。作为一位沐浴过革命斗争风雨的作家,他的小说以革命英雄的风采,表现自己对大革命时代革命者的敬仰;作为创造社中间一位少有的党员,他以激昂的抒情性叙事方式,表达自己的革命激情和信仰。从小说叙事风格看,他的革命小说始终在客观写实和主观抒情间徘徊、反复,写实色彩浓厚的小说多为表现工人斗争的作品,而表现革命斗争、内容含量大的《暗夜》、《奴隶》、《寒梅》、《复兴》等小说都有浪漫谛克之风。

①　《阳翰笙选集》(5 卷),四川文艺出版社,1989 年,第 41 页。

在这些小说中,善恶分明的人物形象,主观化的情节逻辑,褒贬分明、激越的叙述笔调,使小说缺乏现实色彩和复杂、深沉、细致的革命体验,被视为"浪漫谛克"的典型风格而受到左联人士批评。华汉小说浪漫叙事风格的形成,跟大革命失败后激进的革命左倾思潮、作者革命立场和诗性的文学素质等有关,并非仅为缺乏生活经验和艺术素质所致。

第一节　春柳派与近代
上海的脆弱情缘

在近代新旧文化交替之际，留日学生成立的春柳社在上海设立新剧同志会，预示着现代表演艺术开始登陆中国，一时间在戏剧界产生很大影响。然而，春柳派"旧化"或"西化"的艺术原则，与上海市民的欣赏口味犯冲而遭受冷遇。为曲迎观众以便拯救新剧，春柳派被迫借用"土派"做法，结果非但没有招徕新的观众，旧观众反因其改头换面而裹足不前。春柳派惨淡经营了三年后，终在1915年陆镜若死后而解散，它与近代上海的相遇形如一次脆弱的情缘。

所谓"春柳派"，学界对之并无明确界定，陈白尘、董健主编的《中国现代戏剧史稿》中虽有"春柳派"之说，但没有做出定性说明。"春柳"一词来源于春柳社，1907年2月，留日学生李叔同、曾孝谷在日本创办春柳社，欧阳予倩、吴我尊、谢抗白等人随后加入。春柳社受当时日本盛行的新派剧影响，新派剧是日本明治维新后受西方戏剧影响、从日本传统歌舞伎派生出来的一种戏剧形式，它在表演中坚持不歌唱、不舞蹈而只用说白，以区别于传统歌舞伎的表演形式。新派剧在内容上也不同于传统歌舞伎，它打破了幕府时代不许戏剧反映当代生活的戒律，使其成为宣传自由民主思想的阵地。因为新派剧配合政治变革，一度受到日本知识界欢迎。在20世纪初，新派剧还把一批"新闻小说"搬上舞台，改编欧洲浪漫剧在日本演出，赢得日本青年学生和市民阶层的喜爱。李叔同、曾孝谷等人在日本留学期间，日本的新派剧正处于全盛时期，他们受到新派剧的耳濡目染，在演剧中学习、模仿其做法应是十分自然的事。据欧阳予倩回忆，春柳社在排演《茶花女》过程中，得到日本新派演员藤泽浅二郎很多帮助。①

春柳社主张"以研究新派（戏剧）为主，以旧派为附属科"，并且规定"无论演新戏、旧戏，皆宗旨正大，以开通知识、鼓舞精神为主"。② 可见，春柳社非常注重戏剧的社会教育功能，显然学习了日本新派剧配合政治改革的做法。其时，中国资产阶级革命正蓬勃发展，鼓吹社会改良、民主意识成为一些进步刊物的主旨，如当时产生很大影响的刊物《二十一世纪大舞台》就为资产阶级民主革命作宣传。春柳社虽然远在日本，但是它的演剧表现了对中国社会变革的关怀。1907年，春柳社为淮河流域水灾募捐在东京演出《茶花女》，赢得观众好评，受此鼓舞，春柳社为配合当时中国民族独立运动，把林纾的翻译小说《黑奴吁天录》搬上舞台。该小说为美国女作家斯托夫人所作，名为《汤姆叔叔的小屋》，描绘黑奴汤姆被白种主人多次转卖的悲惨遭遇，揭露美国种族压迫的罪恶。从该剧演出广告及节目单中，我们可以感觉到该剧蕴涵的中华民族情绪，欧阳予倩说它正式公演"是适合当时的客观要求的"，这次演出收到很好效果，"观众为汤姆、为意里塞流着眼泪，对白人的奴隶贩子切齿痛恨"③。《热血》是春柳社在日本演出的第二个大戏，该剧根据日本新派剧作家田口菊町的同名剧改编而成，田口

---

① 参见《欧阳予倩戏剧论文集》，上海文艺出版社，1984年，第142页。
② 陈白尘、董健《中国现代戏剧史稿》，中国戏剧出版社，1989年，第48页。
③ 《欧阳予倩戏剧论文集》，上海文艺出版社，1984年，第143－150页、153页。

菊町是根据法国浪漫作家撒都的作品《杜司克》改编的。欧阳予倩谈到他们最初演这个剧原因时说:"青年留学生当中革命空气相当浓厚,这个戏适合于特殊情势。我们都不是革命党人,可是反对专制倾向的自由思想,不可能不影响我们,尽管在我们四个人当中每个人的感受有所不同,我们在排练的时候,不知不觉把一个浪漫派的悲剧排成宣传意味比较重的戏。"①演出博得中国留学生尤其是同盟会会员的很高评价,认为给革命青年很大鼓舞。之后,春柳社在演出几个小戏后就停顿了。

　　从春柳社在日本演出活动看,日本新派剧对春柳社产生很大影响,同时,留日学生民族情绪的高涨也是春柳社出现的另一重要因素。1912 年陆镜若从日本回国,在上海成立新剧同志会,欧阳予倩不久加入该会。新剧同志会虽然与春柳社生活在不同时空中,但在表演、剧本、做法方面一脉相承,与当时上海"进化团"等文明戏明显不同。新剧同志会组织者与重要成员曾是春柳社成员,他们在上海虽不沿用"春柳社"旧名,但"在演出的时候,仍然挂上春柳剧场这个招牌",②因此,欧阳予倩把在日本演出的春柳社称为"前期"春柳,回国以后的新剧同志会称为"后期"春柳。如果从戏剧流派角度看,"前期"春柳和"后期"春柳实际上应该是春柳派,而当时观众也承认新剧同志会与春柳社的承传关系,1914年 4 月 18 日《申报》上发表忏红的《"春柳剧场"开幕宣言》,记述1914 年 4 月 15 日新剧同志会在南京路外滩口"谋得利"剧场的开幕情况,提到新剧同志会演出是"名以春柳,从初志也"。所谓"初志"就是春柳社的演出宗旨,该文又对春柳社在日本出现的原因、组织者、宗旨以及演出剧目作了简要介绍,指出新剧同志会虽然在不同地方演出但仍保持春柳社风格,所以称它为"春柳派剧场"。通过以上的历史回溯与探寻,春柳派的发展脉络就比较清晰可见,

---

① 《欧阳予倩戏剧论文集》,上海文艺出版社,1984 年,第 143 – 150 页、153 页。
② 同上,第 160 页。

"春柳派"应该是中国近代留日学生组织的文明戏剧团体的总称，在做法上受到近代日本新派剧影响并自成一体，有别于当时上海流行的其他文明戏团。

春柳社元老陆镜若从日本回国后选择上海从事戏剧活动，这与近代上海都市的发展以及都市文化所散发的魅力有密切关系。上海社会经济的高速发展吸引移民从四面八方蜂拥而至，据有关上海人口增长统计数字，在1852－1890年之间，上海人口从54.4万增至82.5万，38年间人口总增长52%，平均每年的递增率是11%，而当时全国人口平均增长率为0.6%，世界人口为5.5%，可见，上海人口增长率大大高于全国和世界平均水平①。而在1890－1927年间，上海人口从82.5万人增长到264.1万，年均增长率为32%。尤其在1910年至1927年间，年均增长率竟达到43%，这种速度在世界上也属罕见。② 近代上海移民大致可划分为求学、谋生、享乐、避难、经商等几种类型，他们趋向上海要么为了获取新知识、追求理想，要么为了摆脱贫穷的生活、过上好日子，要么为了享受上海的摩登、繁华，要么为了获取商业利润而投资上海。各色移民大量荟萃上海刺激了上海经济的发展与繁荣。

上海社会经济的发展与繁荣，也刺激了上海都市文化的发展和繁荣。据胡祥翰《上海小志》记载，上海在近代书报业已很具规模，以《申报》为例，其内容十分丰富，"除地方琐事及宫廷案牍、官场之辕门抄、京报中之邸抄及奏折外，兼刊诗古文词，且首篇必为论说，长至千有余字，皆重视之"，因而"购阅之人日众"③。与报刊传媒密切相关的大众娱乐文化尤其是梨园戏曲，更呈现一派日渐昌盛的景况，真可谓戏园林立、诸腔竞争、名角荟萃、新戏涌现。上海梨园盛况可从《申报》戏剧广告、剧谈及《申报》戏曲文章目录索

---

① 参见张开敏《上海人口迁移研究》(上海社会科学出版社,1989年)。
② 参见忻平《从上海发现历史》(上海人民出版社,1989年)。
③ 胡祥翰《上海小志》,上海古籍出版社,1989年,第17页。

引中略见一斑。在 20 世纪初一二十年间,上海已经成为中国文化艺术中心,而且成为中国新文化、新艺术的一个中心。陆镜若回国后钟情于上海、选择上海发展戏剧事业,这与上海在近代中国的文化中心位置分不开。

在上海新文化逐步取代旧文化之初,春柳派同人满怀戏剧理想与热忱,意气风发择上海开创事业,应该说这是合时宜之举,它确实对中国传统剧种改革产生了进步影响。但在近代上海,春柳派却并不被一般观众青睐,最后只好无奈地解散。究竟哪些因素致使春柳派难以在上海立足而最终解体呢? 其中,春柳派的"洋味"与一般上海市民欣赏口味的冲突,可能是决定这个戏团命运与遭遇的主要原因。

新剧同志会重要成员在日本时多参加过春柳社,并曾发挥过举足轻重的作用,他们最初把在日本演出的做法搬到上海,以区别于当时上海的其它文明戏团。欧阳予倩把当时上海文明戏分为两个派别,"一个就是任天知所领导的进化团;一个就是陆镜若所领导的新剧同志会,也就是春柳剧场"。①有人根据演出风格,分别把二者称作"土派"、"洋派"②。"洋派"做法虽然严肃整齐,无论剧本内容还是表现形式都趋于规范和高雅,但一般上海市民却感到别扭隔膜;"土派"则以新鲜活泼、热闹的场面,赢得上海众多观众的喜爱,无论读书的、经商的、避乱的、跑码头的、抑或是过小日子的市民,他们熟悉"土派"并对"土派"做法感到亲切。"洋派"与"土派"被上海市民接受的不同程度,可通过《申报》报道和评论得到反映。以 1914 年《申报》为例,《申报》对新剧报道与评介文章数字,"新民社"20 篇、"民鸣社"10 篇、"民兴社"9 篇,有关"春柳"的则是 9 篇。春柳剧场成立于 1912 年,1914 年是其盛年,但上海

---

① 《欧阳予倩戏剧论文集》,上海文艺出版社,1984 年,第 182 页、170 页、169 页、191 页、171 页、56 – 57 页。

② 胡星亮《论二十世纪初中西戏剧的初次遇合》,《文艺研究》1999 年 5 期。

报章的报道或评论却大大少于比它晚成立的"新民社"。在这些"土派"剧团中,"进化团"虽然社会影响巨大,"新民社"、"民鸣社"等文明戏团都对它马首是瞻,但在1914年《申报》中却很难见到它的相关报道,欧阳予倩在《回忆春柳》中说,"进化团"活动时期是在1910年冬到1912年秋,因而《申报》中不见报道是很自然的事。而春柳派受上海观众冷落的原因,则是由两个原因造成的。

首先在剧本方面,新剧同志会的演出剧本多是改编的外国戏剧或小说,如《不如归》、《热血》、《社会钟》、《猛回头》等。这些改编剧宣扬婚姻自由、赞美爱国志士、暴露社会腐败和黑暗等等,虽然表现了当时知识分子的进步倾向,但它的卖座却远不如"土派"。春柳派对戏剧有自己的宗旨与认识,但缺乏对中国社会各阶层的了解,没有走出艺术理念藩篱而深入社会生活,对"小市民阶层的各种人物形象的创造"就"远不如当时的其他文明剧团",甚至表演还"往往不知不觉在节奏和格调方面或多或少流露出日本新派演员的味道"。① 另外,春柳派在处理剧情方面虽然以细致见长,但因此"感觉细腻熨贴有余、生动活泼不够"②,而一般上海市民还达不到精细的欣赏程度,他们喜欢观看场面热闹、语言活泼、动作夸张的表演。再之,春柳派演出的剧目悲剧多于喜剧,欧阳予倩回忆中说:"在二十八个悲剧中,以自杀解决问题的有十七个,从这十七个戏看,多半是一个人杀死他或她所恨的人之后自杀。"这种处理剧情结局的方式俨然有点日本武士道的做法,"不大合乎中国的风俗人情,跟一般的观众有距离"。③况且,一般市民看戏多半为着消遣,悲剧的严肃氛围及"净化"效果显然不合适。

其次,春柳派在表演语言上一律讲普通话,而当时上海市民多是苏杭一带移民,听惯吴侬软语的他们对普通话不感亲切。相反,文明戏如"进化团"、"新民社"等则使用漂亮的苏白,很能博得观

---

①②③ 《欧阳予倩戏剧论文集》,上海文艺出版社,1984年,第182页、170页、169页、191页、171页、56–57页。

众的注意与好感。后来,春柳派为了争取上海观众,被迫曲迎观众的口味而向"土派"做法靠拢,将市民熟悉的弹词、唱本等改编成剧本,但出人意外的是,演出还是不叫座,因为春柳派对"弹词小说没有研究,对其中的人物很少理解",所以"不可能有精彩表演"。① 春柳派的这些"降格"没能招徕观众,反而因其"非驴非马"又将原来一批观众失去了,对此,欧阳予倩无奈地说:"到了罗掘技穷,便只好步人家后尘,去请教通俗的弹词小说,以为家喻户晓的东西可以投人嗜好,于是《天雨花》、《凤双飞》都如此这般弄上去。结果从前的观众裹足不前,而普通的观众没有新的认识也不肯光顾。到后来恢复庄严的面孔万来不及,而胡闹又不能彻底,内部遂不期而呈解体的现象。"②

春柳派以新剧形式出现在近代上海,给上海戏剧界带来现代概念,如主张演戏有完整剧本,有"准纲准词"等等。一些中国传统剧种受其影响,进行去旧取新的改革,如 20 年代初以梅兰芳为代表的京剧改良,以至 40 年代初以袁雪芬为首的越剧革新,可说是主要受到春柳派影响而进行的改革。但春柳派在上海演出却遭到冷遇、难以立足,为了维系团体进行演出,新剧同志会"只好上海吃不开了往别处去,去跑外码头;外码头遭遇了困难,又回到上海"③。新剧同志会在上海这样出出进进,艰难维持了三年,最后陆镜若因过度劳累而死,新剧同志会也随后解散,从此在上海戏剧舞台上消失。

新剧同志会给近代上海戏剧送来一股清新的芬芳,然而,它没有大财团的经济实力支持,仅由几个满怀理想热忱的"毛头小伙子"支撑,连个固定的剧场都没有,就像汪洋中的一叶小舟漂荡。欧阳予倩谈到春柳剧场的惨淡经营时说:"同志会在上海成立起

①② 《欧阳予倩戏剧论文集》,上海文艺出版社,1984 年,第 182 页、170 页、169 页、191 页、171 页、56–57 页。

③ 同上,第 182 页

来的时候,任何条件都是很差的,最初镜若借了一点钱,租了一所两楼两底的房子,大家胡乱住下来,就借地方演戏。"新剧同志会也曾租过南京路东面外滩的谋得利剧场,但那时上海的娱乐场所都集中在福州路、福建路、汉口路一带,谋得利剧场很偏僻,所以很难引起观众注意。这种冷清可从 1914 年 4 月 18 日《申报》中《"春柳剧场"开幕宣言》一文得到印证,文章开篇就指出因路远有数名人员未到。相比之下,当时的"春阳社"里面有绅士、买办、商人、青年学生,组织与阵容都非常强大。新剧同志会既无财团、绅士捧场,又与普通市民口味犯冲,业务每况愈下自然无法避免。尽管如此,春柳派并没有被上海市民的冷遇所挫败,从欧阳予倩《回忆春柳》、《谈文明戏》及《自我演戏以来》等文章看,以陆镜若为首的主要春柳成员都不计个人得失,把演戏视为神圣的现代文明追求。糟糕的与不幸的仅在于,近代上海就像一块香甜又怪异的诱饵,让春柳派成员寻梦而来又让他们失意而去,它与近代上海的遭遇就像一场不可思议的脆弱情缘。

第二节　初期革命文学萌生时期的历史遭遇

初期革命文学萌生于 20 世纪 20 年代初的社会改造及国民革命的热潮中。这时期的革命文学属于"混沌"性质的革命文学,它的"混沌性"不仅表现为倡导者的庞杂,而且表现为关于"革命"意识形态想象的多元。在初期革命文学研究中,人们多探究中国革命文学兴起的历史原因,它在萌生时期遭遇的各种阻碍,诸如部分早期共产党人的反对、"国共合作"破裂的冲击、旧文艺与旧地域文化的阻碍等现象,却很少引起现代文学研究者的重视。探讨它们才能够全面呈现中国革命文学萌生之初的历史原貌,可以将初期革命文学研究进一步推向深入。

　　五四运动以后,随着社会改造与国民革命运动的高涨,一些新文学家与革命青年开始倡导革命文学,他们认为文学是感情的结晶、容易感人,用它宣传革命精神既有助于革命又能收到事半功倍的效果。部分早期共产党人却认为文学不如革命急要、重要,反对青年专门从事文学。部分早期共产党人反对文学的言行,在《中国青年》编者与莫斯科劳动大学"旅莫支部"中存在,也在国民革命高潮阶段的"武汉时期"存在,让人一提及文艺就感到"稍微有点危险的,虽然上面戴着'革命'两字的帽子"①。

　　《中国青年》是中国共产主义青年团的机关刊物,1923 年 10 月在上海创刊,宗旨是引导青年到"活动的路上"、"强健的路上"和"切实的路上"。② 编者恽代英、邓仲夏等人,原是少年中国学会会员,少年中国学会的宗旨与信条陶冶了他们"务实"的品格。他们号召青年学生研究正经学问与注意社会问题,希望青年学生像俄国青年那样到"民间去"做革命的宣传与组织工作。他们反对青年专门从事文学运动,认为文学没有实际运动急要、重要。秋士在《告研究文学的青年》中说,目前存在两个问题需要解决,即"文学运动与实际运动哪一种急要、文学运动对于社会问题的解决会有效力么?"他认为"印度有了一个甘地,胜过了一百个文学家的泰戈尔",中国的新文家无益于"社会问题的解决",因为他们从事文学多为赶时髦或避尘嚣。肖楚女在《〈中国青年〉与文学》中指出,现在需要的是"怎样去改造中国的实际'动作'",本刊的使命"是要对于一般青年为普遍的革命宣传",对于纯粹供人欣赏的文艺"不宜提倡"。恽代英在上海大学讲演时说,文学与"改造社会"无关,劝勉青年学生"不要做小说诗歌"③。《中国青年》编者反对文学的另一个理由是,新文学家不研究正经学问、不注意社会问题

---

① 博东华《什么是革命文艺》,《中央日报·中央副刊》1927 年 3 月 23 日。
② 《发刊辞》,《中国青年》1923 年 1 期。
③ 王秋心《文学与革命》,《中国青年》1924 年 31 期。

而专门"做文学"。他们从"唯物论"出发,认为文学家受社会物质环境支配,文艺应是社会生活的表现,真正的文学家应该从事实际活动,而新文学家却漠视自身所处的时代与环境,作品不是"怡性陶情的快乐主义"就是"怨天尤人的颓废主义",多半是"懒惰和浮夸两个病症的表现"。[①] 恽代英指出,这样的新文学家即使写出"奋斗"、"革命"等所谓的革命文学,也不过是鹦鹉学舌、其间"并不包含任何意思",[②]这无怪他要藐视及"抹煞"文学甚至革命文学了。总之,《中国青年》编者认为新文学家"寡学无能",只会产生"文字上的'空嚷'"[③],只能阻碍青年认识自己真正的人生使命。

莫斯科东方劳动者共产主义大学的"旅莫支部"也反对青年从事文学。"旅莫支部"是中国留俄青年内部派别斗争的产物,书记是罗亦农,组织是卜士奇,宣传是彭述之。他们都不爱好文学并制造了反对文学的空气,即"并不明白地反对文学,却鄙视文学青年,以为这些人不能成为好同志"。[④] 他们认为,中国青年来莫斯科学习,是为了革命而不是为了学问或文学,归国后要成为革命家而不是做学院派。他们对喜爱文学的青年采取孤立、歧视等打击行为,冷落当时决意做革命文学家的蒋光慈与无政府主义者抱扑,大家"见面时也不过招呼一下"而"从不同他们往来"。[⑤]受此空气的影响,1923 年从欧洲转到劳动大学学习的萧三、王若飞、郑超麟等爱好文学的青年,都觉得支部领导者"说得有道理"而从此"绝口不谈文学"。[⑥]1924 年夏初,"旅莫支部"等留俄青年先后归国并担任了革命领导工作,他们也把反对文学的空气带回到国内。这在蒋光慈归国后的遭遇与《新青年季刊》编辑方针的转变上表现

① 中夏《新诗人的棒喝》,《中国青年》1923 年 7 期。

② 王秋心《文学与革命》,《中国青年》1924 年 31 期。

③ 邓中夏《革命主力的三个群众——工人、农民、兵士》,《中国青年》1923 年 8 期。

④⑤⑥ 《郑超麟回忆录》(下),东方出版社,2004 年,第 339 页、339 页、339 页、341 页。

出来。蒋光慈归国后没有像其他留俄同学那样被派到党内、团内工作，党员、党组织对他从事的革命文学不感兴趣，仅靠瞿秋白的介绍才到上海大学任教，后被党组织调到张家口作苏联顾问翻译，导致他"党性与文学的矛盾就发展到了极点"①，党组织以后再未安排他任何工作。1923 年上半年，党中央为了扩大宣传工作，决定《新青年》改为季刊重新出版，由瞿秋白担任主编。瞿秋白在出版"新宣言"中提出，要"收集革命的文学作品"以给"中国麻木不仁的社会以悲壮庄严的兴感"，②然而，随着彭述之归国后担任中央宣传部长并"夺取"了季刊的编辑权，季刊 2 期以后再未发表任何文学作品。

20 世纪 20 年代，"国共合作"的冲突及决裂也影响了中国革命文学的发展，上海《民国日报》革命文学倡导的突然中止，武汉《中央日报》革命文艺建设的半途而废，都跟它有着直接关系。

上海《民国日报》由陈其美、叶楚伧、邵力子等三人创办，宗旨是宣传孙中山领导的革命活动。国共合作开始后，副刊主笔邵力子邀请张太雷、向警予、施存统、茅盾、沈泽民等共产党人加入，使《民国日报》染上鲜明的左派色彩。如果说《中国青年》编者鄙视文学，那么，沈泽民、茅盾、何味辛等共产党人却利用《民国日报》倡导革命文学，沈泽民、茅盾兄弟两人是文学研究会成员，当时都从事文学与政治的双重活动。受国民革命运动的影响，《觉悟》1924 年后不断刊发蒋光慈、刘一声等人的革命诗歌，宣传悟悟社、春雷社等革命文学社团的活动。1924 年 8 月，何味辛接编《杭育》副刊③后，把《民国日报》的《社会写真》、《平民之友》两个副刊合并，使之成为革命色彩十分鲜明的文艺副刊，既连载壮侯的革命诗

---

① 《郑超麟回忆录》（下），东方出版社，2004 年，第 339 页、339 页、339 页、341 页。

② 瞿秋白《新青年之新宣言》，《新青年季刊》1923 年 1 期。

③ 《杭育》1924 年 5 月 20 日创刊，茅盾主编，1924 年 8 月由何味辛接编，1925 年 2 月被迫停刊。

集《血花》,又设置"红花集"专栏,转载当时"报章杂志上"含有"革命精神的诗歌"①。《民国日报》副刊涌现的革命文学作者,多为上海大学、苏浙两地的青年学生,他们主要受到共产党开展的工人运动影响,用文学把革命精神与意志表达出来。国共合作后,共产党在上海进行的工人运动取得新成就,②先后创办了工人夜校与沪西工友俱乐部,发动了日商内外棉第八厂工人罢工,成功领导了著名的五卅运动。它们推动了国民革命情绪的高涨,促使革命文学率先在上海兴旺起来。

共产党的工人运动引起国民党右派的仇视,结果导致《民国日报》停止革命文学的倡导。国民党右派既反对国共合作,又阻挠工人运动,"这种阻挠往往直接采取卷入劳工事务的方式——通常是通过支持保守工会表现出来"③,他们操纵的上海工团联合会就成为共产党人的巨大障碍。④ 中国共产党四大通过的职工运动决议案曾指出,国民党右派阴谋集中反动派于自己手中,而共产党人以阶级斗争的方式必然能够打倒他们。共产党与国民党右派的冲突也波及到《民国日报》社内部,主编叶楚伧、邵力子分别属于右、左两派,并各受本派势力左右而相互斗争,左、右两派的编辑人员也针锋相对。1924 年秋,国民党右派殴打了邵力子,在后天宫"双十节"纪念会上制造了"黄仁惨案","黄仁惨案"后,共产党人赶走了《民国日报》主编叶楚伧、上海大学英文系主任何世桢。然而,上海是国民党右派势力最深厚的地区之一(另一个是广

---

① 味辛《红花集》,《民国日报·杭育》1924 年 10 月 18 日。

② 共产党人借用"结拜盟誓"等封建性习俗,成功打入上海帮会内部,从而利用帮会势力发动罢工并取得胜利,完全改变了"二七罢工"失败后无法在上海从事工人运动的消沉局面。参见裴宜理著、刘平译《上海罢工》,江苏人民出版社,2001 年,第 99 - 117 页。

③ 裴宜理著、刘平译《上海罢工》,江苏人民出版社,2001 年,第 110 页。

④ 该会 1923 年 8 月成立,将上海 32 个工会团体聚合在国民党右派周围。在 1925 年 2 月的上海纺织工人罢工中,该会的一位领袖就将罢工消息事前告诉了日本方面。参见裴宜理著、刘平译《上海罢工》,江苏人民出版社,2001 年,第 110 - 111 页。

州),共产党在这场斗争中并未取得完全胜利,邵力子1925年4月离开《民国日报》之后,叶楚伧便将施存统、沈泽民等共产党人辞退,取消了共产党人主持的《杭育》等副刊,使《民国日报》变成国民党右派的喉舌与"叶家报"①。《民国日报》1925年2月后停止革命文学的倡导,固然跟上海租界当局的"干涉"②有关,但也跟国民党右派反对国共合作、仇视共产党人的工人运动有关。

上海《民国日报》的革命文学倡导,武汉的"革命文艺"建设,则因国民党左派的"清党"而夭折。1927年国民党迁都武汉后,武汉成为"革命中心"与国共合作的"蜜月期",邓演达为首的国民党激进派和恽代英代表的共产党人密切配合,迅速掀起工农运动、妇女解放与反帝斗争的高潮,两党文艺青年建设革命文艺的呼声高涨。他们认为,革命文艺是唤醒武汉青年、学生、知识分子及市民革命意识的利器,是武汉定为"首都"后号令全国的革命要求,是社会革命取得真正成功的历史象征。共产党人主持的汉口《民国日报》与国民党中宣部的《中央日报·中央副刊》,成为武汉革命文艺建设的推动者。

汉口《民国日报》的《国民之友》副刊,1927年以后停止发表旧诗词,从2月7日起连载钟凄《论革命文艺》的"专著",率先在国民革命走向高潮的时候提倡革命文学。钟凄说几年前虽有人提倡革命文学,但因倡导者不是文坛健将等原因,反响寥寥,真正的革命文学作品"不上百篇"。他认为现在正处于革命文学倡导的有利时机,因为武汉正值工农革命的高潮时刻,城乡"新进的和下层的阶级"正在"进攻那腐旧的和高等的阶级",这决定着革命文学会"当然"地产生与繁荣,因为文学受到环境的支配,有什么样

---

① 参见平导《上海民国日报之黑幕》,《广州民国日报》1925年12月19日。

② 1924年12月,上海会审公廨令警务处搜查上海大学,并传审校长邵力子,指控他在租界有碍治安,1925年2月13日判罚他交保一千元,担保以后上海大学不得有"共产计划及宣传共产学说"。参见黄美真等编《上海大学史料》,复旦大学出版社,1984年,第132页。

的环境就会产生什么样的文学。他希望今后要有大量的、真正的革命文艺出现,希望爱好文艺的青年要注意革命文学家的"养成",要走到新进的、下层的阶级里"观察他们的、被剥削和被冤屈的实际状况,以及所以如此的原因和必然的结果"。他还指出,革命文学的"本体"应由"外形"和"情绪"构成,"外形"是"惨无人道的被剥削的和被冤屈的写真","情绪"是"向上的、进取的、反抗的、乐观的"积极情绪。此后,《国民之友》成为革命文学创作的园地,既刊发革命青年的文学创作,又发表关于革命的论述或战场上的革命见闻。

国民党宣传部的《中央日报·中央副刊》更充满革命文艺建设的热情,北伐政治部主任邓演达希望它成为"新艺术"①的园地。邓演达的革命思想是关注农民问题与土地问题,他说:"今后的艺术不是贵族和一切压迫者剥削者的泻欲场。"②创造新时代的劳动大众即是新艺术的创造者。因此,《中央副刊》热衷提倡平民文艺、民众文艺或无产阶级文艺。孤愤说,现在中国革命要铲除资产阶级专政而代之无产阶级专政,文学也要铲除贵族文学而代之"平民文学",并要使它由"潜在"变为"公布"。③ 曾仲鸣认为,为民众谋幸福并非仅指"人人饱食暖衣"、"肉体的舒适",还应使民众获得"精神的安慰",使他们离开宗教的安慰途径而入于艺术的安慰大道,现在的责任应是"将艺术做成民众的艺术,将民众做成艺术的民众",这样既能够纠正民众的恶劣习惯,又有助于完成"世界革命的目的"。④ 黄其起、腾波、采真等文学青年,则要求建设无产阶级文艺。他们认为革命首都武汉实质上仍是一个资产阶级环境,所谓的革命文学家"还是穿西装吃大菜的,对于平民生活

---

① 邓演达在《新艺术的诞生——致中央日报副刊》(1927年4月5日)一文中说,新艺术是新时代生活的一切创作,新社会的一切表现,现在的火焰、未来的光明。

② 邓演达《新艺术的诞生》(下),《中央日报·中央副刊》1927年5月12日。

③ 孤愤《中国平民文学的潜在》,《中央日报·中央副刊》1927年4月14日。

④ 曾仲鸣《艺术与民众》,《中央日报·中央副刊》1927年5月19日。

并不明白的"，只有建设无产阶级文艺，才能够将"工农兵士生活以及他们被压迫的情形"①描写出来，才会使作品真正有血有泪，才可以感动阶级动摇分子同情或参加无产阶级革命。

正当革命文艺建设的讨论进入热烈阶段，武汉却发生了国民党"清党"及"宁汉合流"的政变，武汉沦为国民党"剿共"的恐怖之都，共产党人及邓演达、宋庆龄等革命激进派先后撤离，汉口《民国日报》被迫改组并转向国民党纲领宣传及"三民主义"文学建设，《中央副刊》的革命文艺讨论因邓演达革命路线的失败而被取缔。1927 年国共合作的最终决裂，宣告了武汉革命文学建设的流产，象征着中国初期革命文学的历史终结，此后，共产党文学青年在上海发起无产阶级文学运动，国民党文艺青年转向了三民主义文学建设。

中国初期革命文学不断受到国共合作破裂的冲击，国民党不断制造排斥共产党的事件，共产党的革命宣传不时成为非法的和禁止的对象，致使初期革命文学既遭国民党右派的仇视，又最终被国民党左派所摈弃。

中国革命文学萌生时期还遭遇落后的旧文艺、旧地域文化的阻碍。上海是新文化、新文学运动的一个中心，革命文学在此兴起之时，并未发生与旧文艺的历史碰撞及冲突，而在国民革命策源地的广州与革命中心的武汉，污秽的旧文艺与旧地域文化却非常繁荣，它们成为革命文学"清除"的落后对象，成为革命文学培育社会读者的巨大障碍，迫使革命文艺需用它们的"旧形式"来争取读者。

广州由于西南军阀的长期盘踞，不仅社会污浊而且文化非常落后。革命势力进入后，它顿时成为一座奇异的城市，一方面是色彩缤纷的"革命标语"挂满大街小巷，另一方面却是烟馆、赌场、妓院林立与黄色文艺盛行。在这种环境中诞生的广州《民国

---

① 黄其起《无产阶级文艺的建设》，《中央日报·中央副刊》1927 年 6 月 20 日。

日报》，①虽拥护孙中山的国民革命主张，但其《消夏》、《明珠半周刊》等副刊却属于旧文艺性质，红薇感旧记、顾斋漫钞、游记、拈花微笑、诗文、明星列传等栏目多具消闲、游戏气味，尤其热衷于武侠、哀情、写真、怪诞等"蝴蝶派"通俗小说。它们多为迎合社会堕落心理的"满纸胡言"，是与"淫词艳曲不相上下的龌龊作品"。②1924 年 7 月国民党广州市特别党部接管该报后，立即创办《学汇》、《创作与批评》等副刊，进行革命学说与革命精神的宣传，以扫除广州泛滥的黄色文艺。它们既发表革命的学说与论述，也扶植广州新文学青年的创作，因此，被进步青年誉为污泥中的"孤莲"和美丽的"天使"。《学汇》还转载上海《民国日报》副刊上的革命文学文章，③希望以他山之石启蒙广州的文艺家。不久，国民党青年甄陶、柏生、甘乃光等人，就提倡革命文学以宣传革命主义。他们认为今日的文学已不是浪漫的场所，文学要在革命主义旗帜下才会有永久的、活泼的生命；他们批评文学不能成为宣传工具的观念，④主张文学应该宣传"革命主义"，而革命主义即指"青天白日革命旗"。

由于广州人很少通晓国语，加之旧地域文化传统浓厚，《学汇》等副刊未能驱除广州的"乌烟瘴气"，旧派通俗小说与各类趣闻、滑稽、逸事等消闲文艺反倒愈演愈烈。在《学汇》创刊之际，广州《民国日报》便推出以"大家快乐为宗旨"⑤的《快活世界》副刊，它不久发展为"小说世界"与"余趣"两个专刊，连篇累牍刊载通俗

---

① 由国民党员吴荣新等集股自办，1923 年 6 月创刊，社长兼编辑主任孙仲瑛，1924 年 7 月由国民党广州特别市党部收管，10 月被国民党中央宣传部收管。

② 梁人杰《小说家与良心》，《广州民国日报》1926 年 3 月 27 日。

③ 它们是许金元的《革命文学运动》与沈泽民的《文学与革命的文学》，分别发表于 1924 年 6 月 2 日、1924 年 11 月 6 日上海《民国日报·觉悟》。

④ 郑振铎在 1925 年 3 月 1 日《小说月报》16 卷 3 期的"卷头语"中说，我们不能以文艺为消遣的东西，也难能以文艺为宣传主义的工具。

⑤ 《本栏欢迎投稿》，《广州民国日报·快乐世界》1924 年 8 月 1 日。

小说与各类趣闻、笑料,使追求纯正学术与理论的《学汇》显得"高深"及乏味,迫使它减缩版面并改变编辑方针。《学汇》编者在改版"小言"中说,从前的《学汇》偏重于学理方面,贡献给读者的多是专门而非普通的知识,今后要以"灌输常识"为使命。随着革命势力的壮大及对广州地方渗透的成功,1925年广州《民国日报》废止污秽的《小说世界》、《余趣》副刊,设置《小广州》、《碎趣》两个注重生活常识的副刊,旨在传播科学知识、促进革命文化与广州地域文化的融合,但它们仍然留恋《消夏》、《快活世界》的"娱乐"传统,①不久又流于污秽,醉于伶界的"玉照"及《妓室铭》、《烟室铭》、《女招待铭》等描摹妓院赌窟的"戏拟文学",乐于讨论"屎落塘中摇动满天星斗,尿淋壁上画出万里江山"②之类的"厕所文章",留恋于武侠、言情、家庭写真等"鸳鸯派"通俗小说。广州《民国日报》决意扫除广州的黄色文艺,但却始终无力遏止后者的死灰复燃,让进步青年愤慨广州作家为了迎合读者而"不惜污其笔尖"③。

与广州黄色文艺的盛行相比,武汉则以污秽的娱乐业、楚剧而著称。武汉开埠以后,由于周边乡村破产的小商贩、手工业者、农民大量涌入,加之民国以来直系军阀的荼毒,武汉成为经济落后与娱乐业繁荣的城市,街上不仅乞丐多而且藏污纳垢的茶馆、旅店、雅室林立。④ 武汉最著名的游乐场是"汉口新市场",内设剧场、书场、杂技厅、大舞台、小舞台、弹子房、溜冰场、中西餐厅、小商场、哈哈镜等,成为武汉三镇最吸引人的地方。

① 它们都宣扬娱乐是生活自然之要求、生理法则之支配,参见宋介《娱乐》(1923年8月1日《广州民国日报·消夏》)、凤蔚《快乐世界序》(1924年8月1日《广州民国日报·快乐世界》)。
② 逐臭夫《乡村厕所文章》,《广州民国日报·小广州》1926年3月23日。
③ 冬青《敬告小说家》,《广州民国日报·小说号》1925年10月12日。
④ 武汉茶馆分为"清水"、"浑水"两种,前者以卖茶为主,后者既卖茶又有唱戏、卖曲、赌博等活动,而旅馆可会友、赌博、招妓,雅室则是吸鸦片场所的别名。

此外,汉口租界各茶馆还流行"楚剧",它原是黄(陂)孝(感)花鼓戏,内容偏于男女情欲与淫秽,一直遭官府禁止而只许在租界上演。受此影响,武汉报纸十分关注"容易引发人的兴趣和猎奇心的文化娱乐业"①,官僚、知识者、太太小姐也乐读这类作品,对各种新文学读物则十分冷漠,《星野》、《孤莺》、《艺林》等新文艺刊物都因缺乏读者而停刊,据说每期印数为 20 份的《妇人》杂志竟然卖不出一份。

革命势力进入武汉后,先后创办了《汉口民国日报》、《中央日报》、《血花世界》、《革命军日报》等刊物,一方面为了指导革命工作,另方面也为了改变武汉的文化落后状态,唤醒武汉市民、青年学生及知识分子的革命意识。《中央日报·中央副刊》不断批评武汉的社会与报刊,盼望脱离中大的鲁迅"快快到武汉来做铲除旧势力的工作"②。武汉革命文化界还改造旧文艺及其市场,企图使之成为革命宣传的阵地,他们认为民众喜爱的旧娱乐形式极为通俗,在革命宣传与社会教育上具有很大作用。1926 年 12 月,李之龙接收了"汉口新市场",对它的内部设置进行了更新,"墙头廊柱,漆制马克思、恩格斯、列宁等革命倡导者格言标语。楼房陈列室展览自然界动物、植物、矿物标本、人体生理卫生模型,以及工业生产样品等"③,使它改为人民政治活动和艺术生活的场所。④ 李之龙还改革了"有伤风化"的楚剧,使它由被禁的"淫戏"而变成宣传革命、娱乐民众的正当戏曲。《中央

---

① 傅才武《近代化进程中的汉口文化娱乐业》,湖北教育出版社,2005 年,第 93 页。

② 伏园《鲁迅先生脱离广东中大》,《中央日报·中央副刊》1927 年 5 月 11 日。

③ 傅才武《近代化进程中的汉口文化娱乐业》,湖北教育出版社,2005 年,第 201 –202 页。

④ 汉口新市场改为中央人民俱乐部、血花世界后,李之龙接受党的指示,确定以下三个工作方针:一是密切配合党的政治运动,二是用戏曲技艺宣传革命,三是租赁的商店禁售帝国主义倾销商品及不正当娱乐品。参见李之骥《血花世界与新海军社》,湖北文史资料(5),1982 年。

副刊》也不断讨论民众艺术,认为莲花落、讲传、花鼓等流氓者的
"文学"与各地的民歌都是当行出色的革命文学,应该使它"由'潜
在'而变为'公布',得到经济优越地位"①。武汉革命文化界改
造、利用旧娱乐形式,实质上是无奈之举,因为民众深爱污秽的旧
文艺与旧地域文化,不愿接受外来的、进步的革命文化。汉口新市
场改为"血花世界"后就顾客锐减,不久因亏本而暂停营业,李之
龙只得邀请以"淫戏"著称的楚剧进场演出,结果场场爆满而且不
到两个月就扭亏为盈。

初期革命文学在革命地区遭遇的这种"文化冲突",主要是由
国民革命带来的。这场革命以职业革命家"自上而下"动员民众
的形式进行,不是以民众"自下而上"的"揭竿而起"形式发生,它
使革命宣传成为超越的、外来的文化,与民众身处其中并熟悉的传
统文化、地域文化构成冲突。这种冲突在语言层面上表现为国语
与方言的差异,在形式层面上表现新与旧的矛盾,在空间层面上表
现为外来与本土的隔离,在性质层面上表现为进步与落后的斗争。
不幸的是,后者的繁荣与坚韧使广州与武汉的革命文学难以发达,
必需使用"旧瓶装新酒"的方法才能深入民众。旧文艺与旧地域
文化对革命文艺的阻碍,在 40 年代解放区同样存在,使共产党最
终确立了"工农兵"的文艺方向。

中国革命文学萌生时期遭遇的这些阻力,具有普遍意义也具
有隐喻意义,它们在左翼文学、解放区文学与新中国文学中同样存
在,蕴涵着革命文学与革命工作、政治权力、传统文化与地域文化
的矛盾关系。简言之,在中国民族革命与社会主义革命的历程中,
革命文学究竟能够发挥多大的革命作用? 文学与政治究竟建立如
何的革命关系? 革命文学作为超越、进步的外来文化与传统文艺、
地域文化究竟存在怎样的权力关系? 这些问题形成了 20 世纪中
国革命文学的两种话语形态,一是以"革命家"为主体的话语形

---

① 孤愤《中国平民文学的潜在》,《中央日报·中央副刊》1927 年 4 月 14 日。

式,它强调革命文学家首先成为革命者,希望革命文学成为服务政治的"螺丝钉"。另一种是以"文学家"为主体的话语形式,它认为文学与革命同样重要、文学家甚至重于革命家,主张文学家不必参加实际工作而只需修养自己的革命情绪,希望作家不断探寻表现形式以提高革命文学的审美价值。

第三节　20 年代末革命文学思潮中的 "戏仿"现象

民初鸳鸯蝴蝶派文学推动中国文学进入商业化的现代历史时期。让人不可思议的是,以启蒙、救亡为己任的新文学,也落入这种文学的社会生产方式而难以自拔。新文学商业化的历史趋势,自 20 年代革命文学思潮开始愈加鲜明、强烈。这种文学现代性生产方式给现代文学带来哪些深刻影响,目前学界还很少进行深入探究。

太阳社和创作社开创的革命文学潮流,在 20 年代末"执了中国文坛的牛耳"①,众多的文学刊物争相转换色彩,不同倾向的新文学作家群起效仿,涌现了穆时英这样的戏仿"鬼才"。他模仿革命文学而创作的《南北极》、《黑旋风》等小说,其逼真程度震惊了当时的文坛,连革命文学批评家都认为"无论在内容和形式上,都是相当成功的"②。穆时英的这些模仿之作,艺术上虽取得了成就,但反映出来的意识却是无产流氓者的思想,跟革命文学的叙事规范存在很大差距。穆时英等人对革命文学的戏仿,给革命文学发展造成不容忽视的影响,既推动它走向繁荣又暗自消解它的规

---

① 郁达夫《光慈的晚年》,《现代》1935 年 3 卷 1 期。
② 《阳翰生文集》(四卷),四川人民出版社,1989 年,第 51 页。

范,使其由阶级的"武器的艺术"蜕变为流行性的文学时尚。

当太阳社和创造社开创的革命文学逐渐成为新兴潮流后,创造社的张资平与叶灵凤、新感觉派作家、丁玲与胡也频等新文坛元老和新秀,都开始转变方向、写作革命文学作品。他们不像蒋光慈为代表的新兴革命作家那样,既是党的实际工作者又是马克思主义作家,热情追求文学对革命及时代的道德责任,他们仅是现代都市生活中的文学作家,或以写作为生或钻进艺术之塔,在新鲜而刺激的都市崇拜中寻觅文学的商业、唯美价值。因此,他们创作的革命文学作品,既非内在心灵世界的真诚抒写,也非社会生活的真实再现,而是对革命文学审美趣味和商业价值的双重撷取。在这种意义上,他们成为革命文学的"戏仿"者。

张资平是创造社的元老之一,自创造时代至武昌大学时期,他写的多是恋爱小说和身边小说。1928年,他来到上海后表示要转变方向,翻译《无产阶级文艺论》、《矿坑姑娘》等日本普罗文艺作品,创作《最后的幸福》、《青春》、《长途》等带着"革命标签"的小说。张资平的革命小说,主人公多是"沉迷于物质的迷梦中的女子"①,性爱生活成为叙述的重心,她们走向革命仅是希望从迷途、绝望的性爱中把自我拯救出来。由于欠缺超越自我的高尚品质作背景,主人公由痛苦的性爱迈向革命的叙事逻辑转换中,这些小说叙事的虚假性显露出来。人们不仅批评张资平在恋爱故事上加点流行的"革命"名词,而且指出他根本没有把握到"革命文学的真意义"②。事实上,张资平文学转向并非是对革命文学真正皈依,而是对革命文学潮流商业价值的猎取,可以说,为金钱而写作是张资平仿制革命文学的真实意图。

革命文学兴起后,叶灵凤由"浪漫抒情走向革命文学"③。在

---

① 张资平《黑恋》,宁夏人民出版社,1993年,第90页。
② 王哲甫《中国新文学运动史》,北平杰成印书局,1933年,第326页。
③ 陈子善《叶灵凤小说全编》(上),学林出版社,1997年,第2页、2页。

1928 年至 1930 年间,他先后写作了《左道》、《红的天使》、《神迹》等带着革命色彩的小说。《左道》魔幻般的情节,叙述死了二十年的"疯子"从坟墓里出来,向群众宣传另一国度里打倒资本家、建立平等社会的革命故事,鼓动群众起来斗争以创造"一个光明的鲜红的新的天国"①。这篇小说的主题,跟革命小说家的压迫/反抗小说完全相同,差别仅在于它的叙述方式,即以非写实的虚幻情节表现革命主题,显示出作者对新奇、怪异情节的嗜好。叶灵凤的审美爱好,在《神迹》、《红的天使》等小说中表现得更充分。《神迹》通过女革命青年坐在表哥驾驶的敌机上散发传单的情节,把革命斗争的艰难和残酷浪漫化为轻巧、奇异的革命故事。《红的天使》对革命青年与两姐妹间的爱情心理曲折的极力渲染,完全遮掩了对主人公革命活动的叙述,表现了作者对爱情畸形心态的热心探寻。叶灵凤的这些革命小说,抛弃革命冲突和情感冲突的叙述,用浪漫化的情节编织主人公的革命故事,以轻松、奇异的情调淡化革命叙事的现实色彩和真实感,使革命文学完全沦为个人审美情趣的抒发,成为唯美、流行文学的个人实践。

施蛰存、杜衡、穆时英等新感觉派作家,在他们文学创作的探索期都仿作过革命文学。刘呐鸥 1928 年从日本重回上海,不仅带回日本文坛流行的五光十色的文艺新流派,而且把这些"新兴文学"、"尖端文学"介绍给施蛰存、杜衡、戴望舒等好友,伙同他们开书店、办刊物,从事新兴文学的创作与出版。冯雪峰 1928 年由北京南来松江避难,与施蛰存、杜衡、戴望舒三位文学青年组成"文学工厂",积极引导他们从事革命文学创作,此时,冯雪峰"已坚定地站在无产阶级革命文学的旗帜下"②。受上述因素影响,杜衡写出《机器沉默的时候》和《黑寡妇街》两篇革命小说。前者叙述工人罢工失败而复工的无奈,心里仍默默记着领导罢工的领袖;后者

---

① 陈子善《叶灵凤小说全编》(上),学林出版社,1997 年,第 2 页、2 页。
② 施蛰存《往事随想》,四川人民出版社,2000 年,第 174 页。

描写工人不甘做牛马奴隶，奋起罢工但遭到军警镇压和残杀。杜衡的戏仿充满爱憎鲜明的情感色彩，但因生活、环境和思想的变换，后来就再没有"创作过一个字"。[①] 从 1929 年开始，施蛰存模仿苏联小说创作了《追》，后又写出《凤阳女》、《阿秀》等描写劳动人民的小说。它们以写实性风格叙述劳动阶级子女的不幸命运，或心灵的纯真梦想被摧折，或过正常人家的生命愿望难以实现，或如浪迹四方的"凤阳女"卖艺谋生。施蛰存不擅长用"力的形式"暴露有产者的罪恶，偏爱细致、沉稳的心理情感的描绘，展现主人公对自我命运和不公平社会的怨恕。然而，这些"革命小说"在风格和主题上跟五四启蒙文学十分相近，作者感觉到它们是失败的，并意识到一个小资产阶级知识分子思想上倾向马克思主义，但还不能够作为他创作无产阶级文艺的基础。无论是杜衡由激进转向"沉默"，还是施蛰存发现政治倾向与文学创作之间的隔阂，他们都在短暂的戏仿后自觉疏远了革命文学潮流。

如果说，受经验、思想、审美等因素的局限，张资平、叶灵凤、施蛰存、杜衡等作家的戏仿不同程度失败了，那么，穆时英的出现则改变了这种状况，创造了革命文学戏仿的奇迹。穆时英 10 岁随父亲来上海求学，17 岁入光华大学读书，十里洋场为他提供了"人生观察窗口"。[②] 他仿制的《咱们的世界》、《黑旋风》、《南北极》等革命小说，娴熟运用城市下层无产阶级粗俗、猥亵的话语，叙述他们愤恨、不满的贫困生活，描绘出贫富两层绝对悬殊的南北极的生活图景，展现出他们粗野、残忍的流氓习性。这些小说在《新文艺》、《小说月报》等刊物发表后，震惊了当时的文坛，"几乎被推为无产阶级文学的优秀之作"[③]。这些戏仿之作内容纯属虚构，跟穆时英本人生活和社会现实毫无关系，穆时英仅是借它们锻炼自己的文

---

① 杜衡《怀乡病》，现代书局，1933 年，第 1 页。
② 许道明《海派文学论》，复旦大学出版社，1999 年，第 218 页。
③ 施蛰存《我们经营过三个书店》，《新文学史料》1985 年 1 期。

学表现技巧,展现自己随心所欲操纵文学语言的才能。在《南北极》修订版序言中,他直言不讳地说,他关心的不是"写什么"而是"怎样写"的问题。穆时英对革命文学语言风格的戏仿,表明他根本不关怀大革命时代现实,不承担革命文学对时代所负的责任。

总之,在20年代革命文学潮流中,不仅存在以蒋光慈为代表的革命文学作家,而且出现形形色色的戏仿者,其中既有创作社的成员、新感觉派作家,又有许钦文等文学研究会作家,还有丁玲、胡也频、沈从文这样的文学青年。他们对革命文学的热情戏仿,助长革命文学繁荣的同时却消解革命文学的叙事规范,把革命文学蕴涵的道义性、现实性异化为单纯的文学风格追求,使其由真诚变为虚伪、由庄严沦为轻佻,从而使革命文学丧失感召他人的道义力量。

面对形形色色的戏仿者,革命文学倡导者显得有些激动和自负,认为它是"一种好现象",反映着革命文学已成为"一个重要的倾向了",①表示没有必要去深究这种现象背后的个人动因。在不满或反对革命文学的人那里,它成为人们诟病革命文学的口实,认为这些多如过江之鲫的戏仿者仅是赶时髦、投机,"不管内容是破铜烂铁都是革命文学;不管他是在逍遥浪荡,都说是我们在干革命文学"②。为了克服它,一些革命文学家和革命文学反对者都大声疾呼,革命文学家只有与其实践统一起来,其创作才是真正的革命文学。20年代的革命文学批评者,尽管发现革命文学的戏仿并指出克服它的途径,但他们并没有深入分析产生这种现象的真实原因,更未认真思考它跟革命文学规范存在的潜在冲突,仅被赶时髦、投机等道义愤慨所遮掩,或为乐观的自负所蒙蔽。因此,认真探究戏仿产生的历史原因及影响,应是革命文学研究不容回避的历史问题。

---

① 蒋光慈《关于革命文学》,《太阳月刊》1928年2号。
② 香谷《革命的文学家! 到民间去!》,《泰东月刊》1928年1卷5期。

在 90 年代,不少研究者毫不避讳地指出,20 年代的革命文学已形如商品生产,或者说,为生活、为金钱而写作已成为革命文学迅速繁荣的动力之一。这是戏仿产生的一个主要社会原因。20 年代末,随着文化市场逐渐拓展和众多无业知识青年寄寓都市,上海的书刊业和文人开始激烈的商业竞卖,《大众文艺》、《现代小说》、《新文艺》、《乐群》等文学杂志,在市场巨大的压力下,都于1929 年左右纷纷改换方向,以发表新兴革命文学作品来招徕读者。受此影响,许多文学作者不得不转变笔调写作革命文学,这样才能照常靠卖文生活下去。张资平为金钱而写作已是人所共知的典型,但追求革命文学的商业价值,在每个戏仿者身上不同程度存在。许钦文这样描绘过自己仿制革命文学的心曲:"书局要我写些反映'白色'恐怖的东西,我觉得义不容辞……以便日后失业了重新以卖文为生,就和书局维持关系,又接连一篇篇地写短文,结果结集了《幻象的残象》、《若有其事》和《仿佛如此》这三种。"①施蛰存认为自己转向革命文学是为市场环境所迫,"形势要求我们有所改变,于是第二卷第一期起,《新文艺》面目一变,以左翼刊物的姿态出现","为了实践文艺思想的'转向',我发表了《凤阳女》、《阿秀》、《花》,这几篇描写劳动人民的小说"②。叶灵凤问心无愧地说:"如果没有人将文学视作商品来向我购买,我那时的生活是怎样呢? 我真不敢预想。"③总之,利用革命文学作为新兴潮流、文学刊物乐于出版的好时机,以文为生的作家迅速改变写作套路,造成革命文学戏仿的文学热潮。

把革命文学视为新兴的现代性文学潮流来追逐,是戏仿现象产生的另一个重要原因。在 20 年代末,创作社和太阳社宣扬革命文学鼓动时代情绪、创造时代的价值,但戏仿者无视这种高喊,认

---

① 许钦文《钦文自传》,人民文学出版社,1986 年,第 108 页。
② 施蛰存《我们经营过三个书店》,《新文学史料》1985 年 1 期。
③ 叶灵凤《文学与生活》,《现代文艺》1931 年 1 卷 1 期。

为文学"一有使命，便是假的"①，害怕"使命"造成文学情感的虚伪及事实的架空。他们多把革命文学视为一种新兴现代性文学潮流，以模仿来展现自己对文学新潮的追求。新感觉派的几位作家表现得尤为明显。施蛰存在"文学工厂"和"新文艺"阶段，既模仿日本田山花袋写出《绢子姑娘》这种风格的小说，又模仿新俄小说创作《追》等革命小说，也模仿美国作家爱伦·坡的小说创作《妮侬》。施蛰存多种文学风格的模仿，仅为磨练自己的文学能力和摸索自己的文学发展方向，在意识到没有向革命文学发展的可能性后，随即中止革命文学的模仿。穆时英也是如此，他抱着实验及锻炼自己技巧的目的从事写作，根本不关心所写的内容，因此，他初登文坛之后同时采取两条写作路线，既"假造朴实生动的"革命文学，又"轻易地写出刘呐鸥式的都市文化"②作品。把革命文学视为现代性文学潮流来追逐，在刘呐鸥、叶灵凤等的戏仿中表现得更鲜明。刘呐鸥是富商子弟，1928年重来上海后，对文学和电影产生浓厚兴趣，他出资开书店、办刊物，宣扬日本正在流行的"尖端文学"和"普罗文学"，既爱谈"历史唯物主义文艺理论"，又高论"弗洛依德的性心理文艺分析"，看电影时也谈"德美苏三国电影导演的新手法"③。在刘呐鸥眼里，这些新鲜物同为都市文化时尚。因此，他既写别具一格的新感觉派作品，又写作普罗风味的小说，《流》就从侧面表现劳资矛盾并"暗示了新兴阶级的远大前程"④。如果说，刘呐鸥从日本文坛嗅出现代文学新趋向，并影响了穆时英、施蛰存、杜衡等文学青年，那么，叶灵凤的革命文学追逐则显得略为迟钝。叶灵凤有着浓厚的"为艺术"倾向，写小说很注重技巧结构和题材选择，在革命文学走向繁荣之际，他开始仿作革

① 甘人《中国新文艺的将来与其自己的认识》，《北新》1927年2卷1期。
② 李欧梵《现代性的追寻》，三联书店，2000年，第184页。
③ 施蛰存《我们经营过三个书店》，《新文学史料》1985年1期。
④ 严家炎《新感觉派小说选》，人民文学出版社，1985年，第8页。

命文学作品,写出《红的天使》、《神迹》等有着浪漫风格的革命小说。他不像刘呐鸥、穆时英那样流露强烈的猎异倾向,而以自己的审美情趣制造革命的浪漫故事。从新感觉派作家到创作社的叶灵凤,都把革命文学当成一种新兴的现代性文学潮流,以热情的戏仿展现对现代性文学的迷恋。

在 20 年代末的文学语境里,革命文学的商业化和现代性,成为戏仿现象产生的两个主要历史原因。它们吸引众多文学作家转向革命文学,为生存也为文学艺术,造就革命文学的繁荣,也使它落入商品化和现代性的歧途,把革命文学的"武器的艺术"异化为昙花一现的都市文化时尚。戏仿带来革命文学的繁荣又造成革命文学的混杂,使革命文学陷入真伪难辩的尴尬境地,不仅引起人们对革命文学的非议,而且消解革命文学的本质及规范。

首先,它使革命文学陷入混杂的境地,使革命文学招致人们的非议和鄙视。客观地讲,革命文学在大革命时代的兴起,有多方面的现实原因。20 年代中国社会日趋高涨的反帝、反军阀的革命情绪,五四新文学越来越庸俗、趣味化,国际无产阶级革命及其文学运动的影响,形成革命文学产生的历史合力。因此,蒋光慈、郭沫若、成仿吾、李初梨等革命文学倡导者,既将它视为完成"文学革命"的拯救力量和历史阶段,又把它视为推动革命潮流发展的另一种武器。革命文学应大革命时代和新文学发展的历史要求而生,获得许多人的同情和首肯:"我们今日所需要的文艺,便是本着人类社会活动的'不断的反抗'的精神,本着适合现代的思想,而产生的具有革命性的文艺。"[1]但随着革命文学 1929 年左右走向兴盛、戏仿风起云涌之后,人们对革命文学的不满越来越强烈。有人认为,戏仿者态度转变太快,"昨天还在自我表现,今天就写第四阶级的文学"[2];有人指责它是投机、学时髦,就如"五六十岁

---

[1] 芳孤《革命的人生观与文艺》,《泰东月刊》1927 年 1 卷 1 期。
[2] 甘人《中国新文艺的将来与其自己的认识》,《北新》1927 年 2 卷 1 期。

的老头子,赶快买本三民主义熟读,好预备去考教员一样"①;有人批评这些穿洋装、住租界的戏仿者完全是"抄袭",看他们的文章还不如看传单起劲。这些不满和批评虽指向戏仿者,但客观上导致人们对革命文学的鄙弃,削弱它对社会和读者的影响作用。因而,革命文学变得令人厌倦,失却感召他人的道义力量。

其次,它颠覆了革命文学的作者观念。创作社和太阳社的革命文学倡导者认为,小资产阶级分子要成为无产阶级作家,不仅要掌握唯物辩证法、获得无产阶级意识,而且应将理论与他的实践统一起来,才能拥有"革命情绪的素养"和"对于革命之深切的同情"。② 这种革命文学作者观念有其现实针对性,即革命文学家多出身于小知识分子群体,也有明显的政治色彩,即要求革命文学作家要从事于实际的革命活动、应是一个革命者。戏仿颠覆了这种文学的作者规范。这实质上揭示出革命文学创作中的一个现象,即革命文学写作存在"互本文"性质,它并不指涉现实革命浪潮,而是对革命文学本文风格的模仿。此外,它消解了革命文学家应是道德主义者的信念,他们仅热情追求革命文学的风格,不负反映时代、指导时代的社会责任。

最后,它颠覆了革命文学的作品观念。太阳社和创造社的革命文学倡导者,高呼革命文学作品不仅是时代的记录,而且要反映社会历史真实、暗示大众通向解放的道路。换句话说,革命文学所倡导的是无产阶级现实主义作品观。但是,戏仿割裂了文本和现实之间的现实主义关系,使作品沦为个人纯粹的文学虚构空间,是一幅"写书的人伏在书台上冥想穷人饿人破人败人"③的笔墨游戏。如果说这种笔墨游戏在张资平、叶灵凤、刘呐鸥等人那里,显得毫无革命文学的真实性和意义,那么,杜衡、施蛰存、穆时英等人

---

① 香谷《革命的文学家! 到民间去!》,《泰东月刊》1928 年 1 卷 5 期。
② 《革命文学论争资料选编》(上),人民出版社,1981 年,第 168 页。
③ 转引自《郭沫若全集》(16 卷),人民文学出版社,1989 年,第 73 页。

的革命想象叙事,却有着无产阶级写实主义的风格特征,即是说,后者的虚构达到现实逼真的程度,尽管他们没有"以真挚的热诚描写在战场所闻见的,农工大众的激烈的悲愤,英勇的行为与胜利的欢喜"①。戏仿的虚构性及其艺术的真实性,揭示革命文学写作的另一途径,即不需要模拟革命现实而靠出色的想象和艺术技巧,这样,"关在玻璃窗内做文章"②的文学虚构,颠覆了革命文学写实主义的文学规范。因此,戏仿受到有着写实主义信仰的作家的批评,也为革命文学倡导者所不齿,他们都要求革命作家应跟"实际的社会斗争接触"③。这种要求给30年代的革命文学带来致命的历史灾难,造成许多革命作家被捕或牺牲。

20年代革命文学思潮中的戏仿潮流,推动革命文学走向混杂的历史阶段,消解革命文学的观念与规范,使革命文学失却纯真的道义性与感召力。这种消极影响反而强化了革命文学的现实主义意识,革命文学倡导者和反对者强烈要求革命文学家要跟革命实际接触。

第四节　丁玲早期小说的悲剧意识及误读

丁玲早期小说因偏重于心理、情绪的描述,加之欧式句法表意难以贴切,致使她早期小说意蕴清晰与模糊共生、单纯与庞杂混融,难以形成正确、合理的解读。丁玲早年就不满众多读者、批评家对她的批评,她说:"《在黑暗中》刚刚出版的时候,颇有一些人提到,可是大多都是一些不负责的轻描淡写,什么天才什么大胆什么细致……这没有抓着中心,没有给读者一种正确的认识和给作

① 成仿吾《从文学革命到革命文学》,《创造月刊》1928年1卷9期。
②③ 鲁迅《对于左翼作家联盟的意见》,《萌芽月刊》1930年1卷4期。

者有益的帮助。"①1984 年,她看完《莎菲女士的日记》电视剧本后,仍然强调"《莎菲女士的日记》不是一个浪漫的爱情故事。莎菲追求的,最根本上说,是生活的意义"②。文学作品的诞生是以作者的"死亡"为前提,我们虽不能把作者创作时的预设主题同等于文学文本的意义所指,但合理的文学解读应该建立在作者、文本、读者之间的共鸣基础上。

如果说"小说家所做的全部事情,就是写一个主题(第一部小说的)及其变奏"③,那么,丁玲早期小说创作乃至终生的创作,都始终关注由传统迈向现代的女性意识的变异及痛楚。丁玲早期小说的这种主题所指,不少研究者已从社会、爱情、文化等角度作了广泛探讨,这里,我们想从性心理角度探究丁玲早期小说的叙事主题,企图发现它们所蕴涵的不同的所指。当然,这种阅读视角的转换会改变丁玲早期小说的结构所指,但这种视角选择也是基于丁玲早期小说固有的叙事结构,即是说,性心理意识实际上成为丁玲早期小说的一种叙事意向。丁玲早期小说的爱情叙事与五四时代的爱情小说相比,已不再隐喻传统与现代的婚姻观念的冲突,而是把叙事焦点投射于现代女性欲望及心理意识的碰撞上。换句话说,"莎菲们"或浓或淡地用性心理体验着她们的自身存在与男性世界,也大胆、毫不掩饰地体验、反思性欲对自我心理的冲击,使她们认识到自我无法驱驾它们的柔弱以及不得不"糟蹋"自己的悲剧情怀。

丁玲以《莎菲女士的日记》登上现代文坛后,在短短的两三年间,就出版了《在黑暗中》、《自杀日记》、《一个女人》等三部短篇小说集。在这十余篇现代女性为叙事对象的小说中,《暑假中》、《岁暮》、《自杀日记》等作品以女性的"情谊"为叙述对象,实质隐

---

① 袁良骏编《丁玲研究资料》,天津人民出版社,1982 年,第 95 页。
② 宗诚《风雨人生·丁玲传》,中国文联出版公司,1988 年,第 61 页。
③ [捷克]米兰·昆德拉《小说的艺术》,作家出扳社,1992 年,第 140 页。

喻女性青春期的同性恋、自恋心理。女性青春期自恋与同性恋趋向，是男权象征秩序压抑女性存在的文化产物。在男性文化象征秩序里，女性成为男性表现自我的意义对象或"自然本质"，这种客体存在方式导致女性性心理的矛盾状态。一方面，她们如男性一样意识到自我身体的欲望，并渴望把它投射到异性身上，但另一方面，她们必须作为男性欲望的自然本质而获得存在意义，这是现代女性所不愿承受、不能承受的"命运之轻"。女性解决自我欲望的理想途径就是把它投射到同性身上，这样既满足了自我又能够逃脱掉男性主体欲望的侵犯，"几乎所有的少女皆有同性恋之倾向，而这倾向又几乎无异于自恋性之孤芳自赏"①。

　　《暑假中》的承淑表现着这种倾向。承淑喜欢嘉瑛、不愿意嘉瑛与自己不同，放暑假后，便哭闹着让嘉瑛留下来陪伴自己。当嘉瑛感到同性间的无聊而疏远承淑后，承淑就把自恋移转到志清身上。在这种自恋倾向中，承淑发现了女性身体的姣好与欲望，"一个十八九岁的令人一见便感到满意的姑娘"，"你真美透了，在她们中，你是一个不凡的仙子，我听你唱着'……良辰美景奈何天……'再看你那眉目的表情，我真以为你便是杜丽娘了，也许那曲中人还远不及你好看呢？"当游艺会与德珍的婚礼结束后，承淑失去与嘉瑛的友谊及自恋对象，不得不通过隐性的男子来表达自己的欲望。随着自恋意识的逐步被剥夺，承淑跌入了失落的痛苦中，"她只能想到过去的一些甜蜜，和失掉嘉瑛以后的可怕生涯。及至恍恍惚惚看见自己孤零的，无所依恋的命运，便什么也使她灰心，心想到不如死了好，至少可以留一个深的纪念在嘉瑛的身上"。自恋失落的苦恼中，承淑只能靠回忆过去的甜蜜来掩饰这种痛苦。她自恋中的自我意识被侵蚀，主要是嘉瑛被外界的男性吸引所导致。《岁暮》重复同样的主题。佩芳、魂影这一对密友寓居城市、同室共处，亲密得连称呼彼此的父母都用"我们的"，她们

---

　　① ［法］西蒙·波娃《第二性：女人》，湖南文艺出版社，1986 年，第 105 页。

不分彼此的友谊象征着女性的自恋、同性恋。在这种心理意识中，魂影成为佩芳的自我映像与欲望对象，当佩芳发现魂影背着自己写情书、恋爱男性的时候，尤其是岁暮之际留下她一人在孤清房间的时候，佩芳强烈感到自我的失落与痛苦，她懊悔自己没有返回家里，懊悔轻信朋友言表不一的情谊。实际上，佩芳从好友言行不一的行为中，感受到的是自我意识被瓦解、被粉碎的过程，她也努力维护这种自我感不被消解，决心制定下一年的计划与行动。佩芳整理魂影的东西时，意外看到一个男性照片，这象征佩芳自我意识的瓦解仍然是男性侵入导致的。

总之，丁玲早期小说的一个重要叙事所指，就是展现现代年轻女性心理中存在的同性恋倾向与恐惧：男性及其象征的侵犯力量不仅在大街上公然窥视她们、追逐她们，使她们只能像《暑假中》的几个女教师那般闷在破庙中，不敢在有男性存在的场合活动。另外，她们的失落痛苦表现为男性侵犯力量的强大，使她们难以抗拒并最终失去自我，嘉瑛、魂影跟男性发生感情交往，承淑、佩芳等从自恋对象身上也感受到这种"异性"力量的强大。她们的心理苦闷在于，她们不愿女性自我的失去，希望维护女性自我世界的存在，对男性及其欲望充满了恐惧与怨恨。

在丁玲早期小说中，异性恋题材的小说数量多、比重大，其审美意义也格外受到关注。丁玲在这类小说里. 仍然表达女性对自我世界的意识与心理痛苦。《梦珂》、《莎菲女士的日记》、《阿毛姑娘》、《庆云里中的一个房间》、《一个女人与一个男人》、《他走后》、《野草》等小说，存在一个相同的叙述模式：一个女性在两类男性间区分、选择性爱对象。女性对男性的爱慕，表明丁玲小说中的女性人物走出了自恋心理阶段。莎菲、野草等女性不仅接受、正视自己的身体欲望，而且毫无掩饰地把它投射在男性身上。《莎菲女士的日记》写道："我忍不住嘲笑他们了，这禁欲主义者！为什么会不需要拥抱那爱人的裸露的身体？为什么要压制住这爱的表现？"《他走后》这样描写，"在炉边的一个掩垫，更形灿烂，红红绿绿的花朵,闪着晶莹的光,用金线编成的一个裸体美女,整个身体,都染成透亮的样子。"莎菲、阿毛、野草、丽娜等女性都炫示自己的身体,高兴男性为它们着迷、失魄。她们不喜爱没有男性魅力的苇弟、教员、陈老三等男人,对渴求女性而没有勇气拥占的鸥外鸥、南侠等男性,她们也感到失望、乏味,"至于薇底得到了什么.连她自己也不知道。只知道当她坐上车,望他最后一眼时,在心上,她冷然地想起前几夜她曾反复说着的:'他怕我! 他怕我!'"①令莎菲们激动的是凌吉士型男性,他们仪容漂亮、举止文雅,而且拥有男性气质(理性、坚决、节制)及侵犯力量。凌吉士追逐莎菲时的冷静、老练,冬秀从欲火中拔身而走的坚决,都煽动着莎菲们心底的欲望。莎菲们舍弃没有异性特质的苇弟型男性,告别没有勇气的鸥外鸥型男性,热狂而急迫地投进温情又冷酷、理智又冲动的凌吉士型男性怀中。

尽管如此,莎菲们心理也充满矛盾与痛苦。她们渴望被拥抱、亲吻甚至有越轨事情发生,但当凌吉士型男性果真侵占她们时,莎菲们又感到自我主体的被侵犯,反感自我主体意识被男性摧毁与征服,在自我情欲即将实现的时候,她们坚决拒绝、逃脱。这表明,莎菲们无法走出自我与男性冲突的困境中,始终徘徊在幻想与现实、自我与他者之间,"她想得到一个男人,却不要他像对待祭品似地占有她。而在每项恐惧后面,皆隐伏着一欲望:她害怕被侵犯;却渴望着被动。于是.她注定变为诚意,满口遁辞"②。与凌吉士型男性交往时,他们得意、自傲,维护了自我而没有被侵占,又懊悔内心真实欲望的落空,"然而当他走后,我却懊悔了。那不是明明安放着许多机会吗? 我只要在他按住我手的当儿,另做出一种眼色,让他懂得他是不会遭拒绝,那他一定可以做出一些比较大胆的事。这种两性间的大胆,我想只要不厌烦那人,会像把肉体融化

①　袁良骏编《丁玲文集》(7 卷),湖南人民出版社,1983 年,第 219 页。
②　[法]西蒙·波娃《第二性:女人》,湖南文艺出版社,1986 年,第 116 页。

了的感到快乐无疑。但我为什么要给人一些严厉，一些端庄呢"①。在这些小说里，我们看到莎菲们维护自我的努力与懊悔，也看到她们失去自我的痛苦与恐惧，在叙事结束时，她们或出走到无人相知的地方，或自杀结束自己年轻的生命。

丁玲早期小说中女性自我与男性主体之间的这种悲剧性处境，一些研究者已从不同角度作过阐释，多认为是社会庸俗或男性卑劣灵魂造成的，但无论自恋的承淑们还是他恋的莎菲们，都程度不同地意识到自我的悲剧根源。"总之，我是给我自己糟踏的，凡一个人的仇敌就是自己，我的天，这有什么法子去报复而偿还一切的损失？"②她们一边热烈地走向悲剧情境，一边又反省自身遭遇的过程。丁玲早期小说人物的悲剧意识，首先表现为她们认识到自己是"牺牲品"，无论自恋倾向还是异性恋，在这场身体欲望的搏斗中，她们体验到自己是被糟踏了。承淑、佩芳爱恋自己，结果仍有一种无形的力量（隐形的男性）把这种美好的梦境击碎；莎菲们渴望获得异性爱情，以主体性姿态追逐自己喜欢的男性，但她们仍然感到自己是失败者，不能控制对男性无时无刻的朝思梦想。她们的悲剧根源在于失掉自我并沦为男性的欲望对象。另外，丁玲早期小说人物的悲剧意识，表现为她们意识到自己的敌人就是"自己"。莎菲们虽然感到男性的可厌、灵魂丑陋，承认自己的不幸有来自凌吉士们、苇弟们、鸥外鸥们等男性，但她们更为强烈地意识到，她们的悲剧是由自己亲手酿造的。梦珂忍受不了圆月剧社的侮辱，为什么还要签约、继续呆在那地方？莎菲明知凌吉士是追逐女性的浅薄之徒，为什么还是千方百计想得到他？总之，丁玲在她们身上体验到女性的"弱点"，"她们不是铁打的，她们抵抗不了社会一切的诱惑，和无声的压迫，她们每人都有一部血泪史。"③

---

① 袁良骏编《丁玲文集》(2卷)，湖南人民出版社，1983年，第59页。
② 同上，第85页。
③ 袁良骏编《丁玲文集》(4卷)，湖南人民出版社，1983年，第390页。

莎菲们的自责、懊悔以及丁玲对女性缺点的这些体知,并不是女性自然的先天本质,它实质是男权象征秩序塑造女性意识的结果。在男权社会中,男性是天然的话语主体,而女性则成为感性、柔弱等男性本质的表现客体。莎菲们虽然意识到自己糟踏了自己,他们没有进一步体验到"糟蹋"背后的男性话语本质。

然而,丁玲早期小说所呈现的女性"情欲"主题,以及由此导致的女性自我的苦恼意识与悲剧意识,在丁玲研究中却遭受各种话语不同程度的误读。虽然解构主义者认为一切阅读都是误读,但是,"'所有的阅读都是误读'这个句子,并不是'简单'否定真理的概念。真理被保存谬误概念之发育不全的形式中。这不是说遥在天边有一种永不可达的真正阅读,所有其他阅读均要受它检验,均被发现是有欠完整。相反它寓示,某种阅读因此自认为'正确'的理由,系由它自身的利害、盲目、意欲和疲惫所促生和驳回。"①。借用解构主义的"误读"概念,指称上世纪 30 年代以来对丁玲早期小说的各种批评话语,我们希望揭示的是,批评者运用"怎样"的话语形式指涉丁玲早期小说的叙事结构,以及这些误读形式合理化、合法化的历史过程。

在回顾与展望新时期丁玲研究的历史状况后,有人不无感叹地写道:"今天,当我们沿着十五年丁玲研究的回顾再往上追寻丁玲研究的发展史时,我们会一目了然地感到六十多年来,在丁玲研究者中间感受影响最深的是雪峰茅盾对丁玲的评论。"②冯雪峰是丁玲信赖不疑的朋友,作为知己朋友与"无产阶级文学批评家"的双重身份,他对丁玲各个历史阶段的创作始终热情关注着,对丁玲各个时期创作的具有里程碑意义的作品都及时发表评论文章。对丁玲早期小说的写作风格,冯雪峰持批判的否定态度,认为她的早期小说写作错误表现为两个方面,一是她所塑造的女性主人公都

① [美]库勒《论结构》,天马图书有限公司,1993 年,第 157 页。
② 陆文采《新时期丁玲研究的回顾与展望》,《柳州师专学报》,1994 年 4 期。

是爱情至上主义者,二是她们的爱情形式都是资产阶级的个人主义的颓废形式。在《从〈梦坷〉到〈夜〉》这篇论文中,他说:

> 这所谓恋爱自由、热情、以至恋爱至上主义,又是什么呢?它只能是资产阶级的东西;同时也应该有新的资产阶级的东西去填满他们的要求。但在我们的时代,它却只是一个空虚。因为这恋爱的自由、热情、至上主义等等,在资产阶级最初革命期,即所谓"人"的觉醒期所产生,由资产阶级的革命的社会力所充实,赋予了强烈的生命和光辉的,例如莎士比亚剧本中那种强烈的热情所表示;但在资产阶级没落期,所谓恋爱至上主义却只是资产阶级和小资产阶级中某些所谓厌倦于生活者的"逃避"所了,这些"厌世"者在这里寻求所谓刺激、麻醉、自杀,或玩世、颓废——一句话,以资产阶级的社会的空虚和堕落逃到所谓醇酒妇人的空虚和堕落。……所以,由"五四"运动所叫醒的青年们的恋爱的自由与热情,就只有被当时开始大发展的人民大众的革命的社会力所充实,才能具有强烈的生命。否则,就只有空虚而不得不绝望;或者满足于庸俗和自私,不得不无声无色地立即枯萎下去。

冯雪峰认为丁玲描写的"自由爱情"实质上是资产阶级的一个话语能指,它虽在资产阶级革命期间有着历史进步的重要意义,但在20世纪初中国兴起的无产阶级革命语境中,资产阶级的阶级欲望及其话语也随之失去价值。

冯雪峰误读的局限性表现为,他以无产阶级革命的历史需要指出,丁玲不应该再继续写作《莎菲女士的日记》这样的小说,而应该"和青年的革命力量去接近,并从而追求真正的时代前进的热情和力量"。冯雪峰的批评话语,忽视了作家写作的自由性与作家立场的自由性,更忽视了丁玲在她小说中所表达的女性体验与悲剧意识。因此,他的批评起初引起丁玲的不满甚至反感:"何丹仁先生对于这时期的所给的严厉的批判,在我刚刚看到还有点不服,几次反省之后也就承认了。"①

《莎菲女士的日记》使丁玲一鸣惊人。"这个作品最初产生影响的原因是因为对性欲和失意的毫不隐讳的描写达到了强烈的刺激效果。"②丁玲本人的生活以及她早期以现代女性为题材的小说,在 30 年代都市里成为各种话语追逐、乐道的话题,"大家都不免为她的天才所震惊了","这些率真的女性的心理的描写,真是中国新文坛上极可骄傲的成绩。"③30 年代读者对丁玲早期对女性内在隐秘体验的"大胆"、"细致"、"率真"等风格的阅读,很可能说明丁玲早期女性小说为二三十年代现代都市语境中的读者提供了一种窥探女性内在世界的窗口,它与都市读者阅读女明星影照、各类广告形象的欲望相仿佛,即把女性及女性叙事物化为再生产男性窥视、想象女性的文化商品,这样,丁玲早期小说向资本语境中的读者呈现的再不是女性反抗男权象征秩序的"孤独"处境,而是现代女性内心隐秘经验的公开袒露。现代都市读者的这种阅读方式具有暗示力量,它会不觉中诱惑现代女性作家以及丁玲继续写作这类女性小说,以便为资本语境内的男性读者提供窥探女性隐秘心理的文化商品。丁玲在 30 年代就反感人们对她的小说批评,表示不愿意按照人们的愿望而继续写作《莎菲女士的日记》这样的作品,她说"可是我立即怀疑了,我不相信他们从我作品中所得的是些好的影响,而他们所给我的暗示,仿佛也并不是更可以领

---

① 丁玲《我的创作生活》,《丁玲研究资料》,天津人民出版社,1982 年,113 页。

② [美]梅仪慈《不断变化的文艺与生活的关系》,《丁玲研究资料》,天津人民出版社,1982 年,566 页。

③ 毅真《丁玲女士》,《丁玲研究资料》,天津人民出版社,1982 年,223 页。

导我到一些更正确的途路,所以我弃置了这些好意。"①三四十年代的资本话语,对于我们来说仅能靠对历史的想象来重建,但90年代的资本语境我们正置身其内,亲切感受到资本逻辑对象征领域的强力渗透。现代女性作家的叙事文本,尤其是女性作家写作的性爱、个人化等叙事文本,被不同程度地包装成各类文化商品。不能否认,这些读物有些确实带有严肃的态度与思考,但女性叙事成了都市语境中的阅读热点不能不令人反思它背后的阅读意向与潜意识心理,不能不反思编辑、出版背后的商品性操作机制。有学者指出:"在至少九十年代的文化现实中,一个十分引人瞩目的危险在于,女性大胆的自传性写作,同时被强有力的商品运作所包装、改写。……于是,一个男性窥视者的视野便覆盖了女性写作的天空与前景。商业包装和男性为满足自己性心理、文化心理所作的对女性写作的规范与界定,便成为一种有效的暗示,仍至明示,传递给女作家。"②丁玲的早期小说在90年代以后的资本语境内,同样受到都市资本话语的渗透与操纵,被商业包装为具有性诱惑力的文化商品,参与再生产与满足都市男性窥视欲望的象征物,成为现代文化商业机制任意涂改、替换的牺牲品。如果说,文学的生命力取决于它能够不断被阐释的接受能力,那么,丁玲的早期小说文本在90年代资本语境中就失去了再生产女性欲望话语的实践能力,反而被误读为生产男性奴役、规范女性的男权话语。现代女性创造了自己的欲望话语,但却被男性挪用而失去了社会再生产能力,女性反抗男权、实现自我意欲的冲动再次成为西绪弗斯式的徒劳或神话。

与以上两种误读方式相比,影响更为深远的还是茅盾的启蒙话语的误读。现代启蒙话语形成于五四时代,它以现代/传统、自

---

① 丁玲《〈一个人的诞生〉序》,《丁玲研究资料》,天津人民出版社,1982年,96页。

② 戴锦华《女性文学与个人化写作》,《大家》1996年1期。

由/专制、科学/愚昧等二元对立方式构成启蒙性质的意识形态。
虽然这种话语形式在20世纪20年代中后期的国民革命、共产主
义革命语境中受到了威胁甚至批判,但茅盾在30年代的社会语境
中所写的《女作家丁玲》一文中,还是把丁玲早期创作跟五四启蒙
文化联系起来,认为"在《莎菲女士的日记》中所显示的作家丁玲
女士是满带着'五四'以来时代的烙印的"。在五四启蒙意识形态
的想象中,"莎菲"被叙述成为封建"旧礼教的叛逆者","是'五
四'以后解放的青年女子在性爱上的矛盾心理的代表者!"茅盾虽
然认识到了丁玲的早期写作跟五四女作家截然有别,指出她描写
的已不再是对自然或母爱的赞颂,而是解放的青年女子在"性爱"
上的矛盾心理,但茅盾的误读表现为他把莎菲与封建礼教对立起
来,认为莎菲是"心灵上负着时代苦闷的创伤的青年女性的叛逆
的绝叫者"。事实上,莎菲却是现代都市文明的历史产物。① 在写
这篇评论之前,茅盾在1933年5月15日《申报月刊》上发表《都
市文学》,他说上海现在是发展了,"但发展的不是工业的生产的
上海,而是百货商店的跳舞场电影院咖啡馆的娱乐的消费的上
海",而"消费和享乐"便是"都市文学的主要色调"。很显然,茅盾
写作《女作家丁玲》之初,既没有从自我的"当下"现实意识出发,
又没有遵循前人的批评观念②,其中的因由很值得进一步深思。

尽管如此,茅盾的误读却被20世纪80年代"新启蒙"话语接
受与发展了。在"新时期"语境中形成的新启蒙话语,"文明与愚
昧"的对立冲突成为它的意识形态想象。在这种语境中,丁玲早

---

① 参见王烨《莎菲作为"Modern Girl"形象的意义与价值》(《丁玲百年诞辰国际
学术研讨会论文集》,湖南文艺出版社,2006年)、[日]江上幸子《现代中国的"新妇女"
话语有作为"摩登女郎"代言人的丁玲》(《中国现代文学研究丛刊》,2006年2期)、王
烨《莎菲作为"Modern Girl"形象的特征与价值》(《南开学报》2007年6期)。
② 毅真《丁玲女士》(《妇女杂志》1930年7月1日)、钱谦吾《丁玲》(《现代中国
女作家》1931年8月)、方英《丁玲论》(《文艺新闻》1931年8月10日)等文,都认为丁
玲是描写摩登女子的"天才"作家。

期写作被视为不满社会、追求真理的人生"求索"历程,她的作品"贯穿着一个共同的主题,那就是爱——对人民的爱,尤其是对我们不幸的女性的爱"①,莎菲不仅被视为封建礼教的叛逆者,而且被视为庸俗社会的对抗者、孤傲者,"一定程度上反映了大革命失败后,小资产阶级知识分子对社会现实的不满,以及寻求出路的苦闷与绝望"②。这样,丁玲早期创作被误读成"五四"后新女性卑屈生活的反映,"作家针砭了那个罪恶、庸俗、无聊的社会和环境,批判了这个不合理的社会所带给这些无辜青年的精神的戕害和心灵的创伤!"③如果说,这些80年代初的批评还带有"拨乱反正"的性质,那么,后来的批评还是认为莎菲的"一切乖张、变态的行为都是针对周围的环境而发的","都是她想寻找光明但又看不到一个真正理想的东西,一个真正理想的人而感到苦闷的结果"④。总之,在80年代新启蒙的历史语境中,丁玲的早期写作被想象为对封建礼教传统与资产阶级社会生活的双重背叛,她塑造的莎菲形象也被视为一个理想爱情的追求者。可见,80年代的新启蒙话语是无产阶级意识形态与道德理想主义的混合产物。

无论在阶级主义、资本主义还是在启蒙主义语境内,丁玲的早期小说都受到不同程度的误读,丁玲借助写作所欲完成的对女性自我的分析落入真正意义的独白与孤独里。这表明女性欲望真正"浮出历史地表"是何等艰难,但20世纪中国文学为女性话语提供了一席空间,现代女性终有了自我言说——独白的权利与自由,这该是现代女性走向自我、颠覆男权象征秩序的历史前提及希望。

---

① 冯夏熊《丁玲和她的作品》,《十月》1980年1期。

② 蔡传桂《丁玲的处在道路》,《安徽师大学报》1980年2期。

③ 袁良骏《论丁玲的早期创作》,《芙蓉》1980年4期。

④ 张永泉《在黑暗中寻求光明女性》,《中国现代文学研究丛刊》1983年1期。

初期革命文学资料编目
（1921—1927）

1921 年

西谛《文学与革命》　　　《文学旬刊》7 月 30 日 9 期
费觉天《从文学革命与社会革命上所见的革命的文学》　　　《评论之评论》12 月 25 日 1 卷 4 期
菊农《文学与革命的讨论》
宪《感情的生活与革命的文学》
胡适、周长宪、郑振铎等《革命的诗》
西谛《文学与革命》
费觉天《答吾友郑西谛先生》
胡南湖《无产阶级与文学》　　　《今日》1 卷 3 号

1922 年

雁汀《感黄庞二烈士的死》　　　《先驱》2 月 15 日
季陶《阿们》　　　《先驱》3 月 15 日
邓仲夏《游工人之窟》
　　　《少年中国》4 月 15 日 2 卷 10 期
之常《支配社会的文学论》
　　　《文学旬刊》4 月 21 日 35 期
无名《劳动歌》　　　《先驱》5 月 1 日
祁伯文《日本文坛最近之争论——阶级文学问题》
　　　《晨报》5 月 19 日
沈泽民《五月》　　《少年中国》6 月 15 日 2 卷 12 期

沈泽民《新俄艺术的趋势》　　　　　　　　《小说月报》8 月 10 日 13 卷 8 期
沈雁冰《俄国文学与革命》　　　　　　　　《时事新报·文学》11 月 12 日 96 期

1923 年

瞿秋白《赤潮曲》　　　　　　　　　　　　《新青年》季刊 6 月 15 日
郁达夫《艺术与国家》　　　　　　　　　　《创造周报》6 月 23 日 7 期
瞿秋白《琐漫的狱中日记》　　　　　　　　《时事新报·文学》8 月 20 日
瞿秋白《新的宇宙》　　　　　　　　　　　《时事新报·文学》8 月 27 日
瞿秋白《劳农俄国的新文学家》　　　　　　《小说月报》9 月 10 日 14 卷 9 期
瞿秋白《铁花》　　　　　　　　　　　　　《时事新报·文学》10 月 15 日
瞿秋白译、高尔基著《劳动的汗》
茅盾译、高尔基著《巨敌》　　　　　　　　《中国青年》11 月 10 日 4 期
沈雁冰《俄国文学与革命》　　　　　　　　《时事新报·文学》11 月 12 日
秋士《告研究文学的青年》　　　　　　　　《中国青年》11 月 17 日 5 期
秋白《猪八戒》
济川《今日中国的文学家界》
瞿秋白《弟弟的信》　　　　　　　　　　　《时事新报·文学》11 月 19 日
秋白《那个城》　　　　　　　　　　　　　《中国青年》11 月 24 日 6 期
中夏《新诗人的棒喝》　　　　　　　　　　《中国青年》12 月 1 日 7 期
泽民《青年与文艺运动》　　　　　　　　　《中国青年》12 月 15 日 9 期
中夏《贡献于新诗人之前》　　　　　　　　《中国青年》12 月 22 日 10 期
泽民译《诗人》
《编辑者的话》
楚女《诗的生活和方程式的生活》　　　　　《中国青年》12 月 29 日 11 期
泽民译《一知半解》
茅盾《杂感——读代英的〈八股〉》　　　　《时事新报·文学》12 月 17 日
雁冰《"大转变时期"何时来呢?》　　　　　《时事新报·文学》12 月 31 日

1924 年

济川《一个猴子的故事》　　　　　　　　　《中国青年》1 月 5 日 12 期

济川译《魔鬼的恶作剧》　　　　　　　　《中国青年》1 月 19 日 14 期

远定《诗人与诗》　　　　　　　　　　　《中国青年》2 月 9 日 17 期

但一译《蠹鱼的智慧》　　　　　　　　　《中国青年》3 月 8 日 21 期

《我们的广告》　　　　　　　　　　　　《中国青年》4 月 5 日 25 期

自清《赠友》　　　　　　　　　　　　　《中国青年》4 月 26 日 28 期

仲夏《悼列宁》　　　　　　广州《民国日报·民国思潮》4 月 6 日

沈泽民《我们需要怎样的文学》　　　　　《民国日报·觉悟》4 月 28 日

许金元《风流才子式的文学者还不醒悟吗》　　　　　《教育世界》4 月

张闻天《长途》　　　　　　《小说月报》5 月 10 日 15 卷 5－12 期

恽代英《文学与革命》　　　　　　　　　《中国青年》5 月 17 日 31 期

何味辛〈田鼠的牺牲〉　　　　　　　　《时事新报·文学》5 月 26 日

许金元《革命文学运动》　　　　　　　　《民国日报·觉悟》6 月 2 日

《悟悟社的宣言书》

俞太回《为杭州学生界介绍一个革命文学社》　　　　《新浙江报》6 月 5 日

蒋铿《读知识阶级提倡革命文学》　　　　《民国日报·觉悟》6 月 18 日

蒋光慈《怀拜仑》　　　　　　　　　　　《民国日报·觉悟》6 月 21 日

悚祥、楚女《中国青年与文学》　　　　　《中国青年》6 月 21 日 36 期

《遗诗》

凤雏《唉！枪犯》　　　　　广州《民国日报·文艺丛刊》6 月 22 日

许金元《为悟悟社征求同志》　　　　　　《民国日报·觉悟》7 月 1 日

钟德谟《催租》　　　　　　　　　　　《民国日报·觉悟》7 月 4－5 日

楚女《艺术与生活》　　　　　　　　　　《中国青年》7 月 5 日 38 期

华秉承《革命文学》　　　　　　　《时事新报·文学》7 月 7 日 129 期

许金元《为革命文学再说几句话》　　　　《民国日报·觉悟》7 月 12 日

精卫《庚子狱中杂诗》　　　　　　　　　《中国青年》7 月 12 日 39 期

玄珠《苏维埃俄罗斯的革命诗人》　　《时事新报·文学》7 月 14 日 130 期

幼炯《革命文学的建设》　　　　　　　　《民国日报·觉悟》7 月 15 日

瘦鹤《白骨》　　　　　　　　　　　　　《中国青年》7 月 19 日 40 期

绍吾《我站在喜马拉雅山的山巅》　　　　《中国青年》7 月 19 日 41 期

王家荷《文艺作家的责任》　　　　　　　《民国日报·觉悟》7 月 27 日

蒋铿《革命文学的商榷》　　　　　　　　《民国日报·觉悟》7 月 30 日

蒋光慈《一封公开的信》　　　　　　　　《民国日报·觉悟》8 月 28 日

蒋光慈《余痛》	《民国日报·觉悟》9 月 7 日
义钟《少年日》	《中国青年》9 月 27 日 46 期
蒋光慈《在战争中》	《文学周报》9 月 29 日 141 期
金枝《非战文学的原理与革命》	广州《民国日报·学汇》10 月 4 日
蒋光慈《罢工》	《民国日报·觉悟》10 月 9 日
壮侯《血花》	《民国日报·杭育》10 月 14 日
味辛《农人之泪》	《民国日报·杭育》10 月 16 日
建南《红花集》	《民国日报·杭育》10 月 18 日
味辛《红花集》	《民国日报·杭育》10 月 19 日
朱公垂《火之洗礼》	《民国日报·杭育》10 月 20 日
建南《恋爱和革命》	《民国日报·杭育》10 月 25 日
建南《悼我们的死者》	《民国日报·杭育》10 月 26 日
蒋光慈《追悼死者》	《民国日报·觉悟》10 月 26 日
一止《中国青年与恋爱问题》	《中国青年》11 月 1 日 51 期
心力《自由颂》	《民国日报·杭育》11 月 3 日
沈泽民《文学与革命的文学》	《民国日报·觉悟》11 月 6 日
《红花集》	《民国日报·杭育》11 月 6 日
蒋光慈《莫斯科》	《民国日报·觉悟》11 月 8 日
蒋光慈《太平洋上的恶梦》	《民国日报·觉悟》11 月 9 日
《梦中的疑境》	
《听鞑靼女儿唱歌》	
蒋光慈《红布》	《民国日报·觉悟》11 月 10 日
佚名《红花集》	《民国日报·杭育》11 月 11 日
孟超《悼黄仁同志》	《民国日报·杭育》11 月 12 日
《春雷文学社小启》	《民国日报·觉悟》11 月 15 日
日光《阶级战争》	《中国青年》11 月 15 日 46 期
蒋光慈《我是一个无产者》	《民国日报·春雷文学专号》11 月 16 日
《现代中国文学界》	
蒋光慈《西来意》	《民国日报·觉悟》11 月 21 日
《译那特孙诗》	
蒋光慈《哀中国》	《民国日报·春雷文学专号》11 月 23 日
王秋心《红花集》	《民国日报·杭育》11 月 23 日

曹潜《告青年》	《民国日报·杭育》11 月 24 日
蒋光慈《我的心灵》	《民国日报·觉悟》11 月 24 日
曹静渊《勉青年》	《民国日报·杭育》11 月 25 日
王秋心《赤俄》	《民国日报·杭育》11 月 26 日
岱《朋友,请立刻动手》	《民国日报·杭育》11 月 28 日
霹雳《红花集》	
肖仲《别怕》	《民国日报·杭育》11 月 30 日
蒋光慈《春雷停刊小启》	《民国日报·觉悟》12 月 2 日
张天一《杭育歌》	《民国日报·杭育》12 月 5 日
一夫《自由和面包》	《民国日报·杭育》12 月 8 日
王吉信《红花集》	《民国日报·杭育》12 月 12 日
小立《恋爱问题》	《中国青年》12 月 13 日
陈德圻《快醒歌》	《民国日报·杭育》12 月 14 日
刘一梦《我甥之哭》	《民国日报·杭育》12 月 16 日
蒋光慈《一个从红军退伍归农的兵士》	《民国日报·觉悟》12 月 19 日
李翔梧《血的花选录》	《民国日报·杭育》12 月 23 日
蒋光慈《送玄庐归国》	《民国日报·觉悟》12 月 24 日
《昨夜里梦入天国》	
蒋光慈《我们穷人不能再要你了》	《民国日报·觉悟》12 月 25 日
悟悟社创刊号出版介绍	《民国日报·杭育》12 月 30 日

1925 年

蒋光慈《现代中国社会与革命文学》	《民国日报·觉悟》1 月 1 日
赵邦锣《青年的口号》	《民国日报·杭育》1 月 4 日
朱公英《赠革命新军人》	《民国日报·杭育》1 月 5 日
曹笠公《〈读了李维汉出狱〉之后》	《民国日报·觉悟》1 月 6 日
徐良〈悼崔豪同志〉	《民国日报·觉悟》1 月 10 日
吴雨铭《烈火集》	《中国青年》1 月 17 日 62 期
蒋光慈《新梦》	上海书店,1 月
吴雨铭《烈火集》(续)	《中国青年》2 月 7 日 65 期

赤虎《狱》　　　　　　　　　　　　　　　　《民国日报·觉悟》2 月 5 日

蒋光慈《哭列宁》　　　　　　　　　　　　　《民国日报·觉悟》2 月 8 日

熊熊《介绍共产主义者的恋爱观》　　　　　　《中国青年》2 月 14 日 66 期

许金元《征求革命新诗歌启事》　　　　　　　《民国日报·杭育》2 月 17 日

王青正《穷途之泪》　　　　　　　　　　　　《民国日报·觉悟》2 月 19 日

谢文熙《雪朝》

编者《本刊露布》　　　　　　　　　　　　　　　《中国军人》2 月 20 日

《革命军歌》

《国民革命歌》

秋白译、高尔基著《时代的牺牲》　　　　　　《中国青年》2 月 21 日 67 期

唐剑玉《游宋渔夫墓》　　　　　　　　　　　《民国日报·觉悟》2 月 23 日

一止《谈恋爱之先者》　　　　　　　　　　　《中国青年》2 月 28 日 68 期

邵元冲《北京民国日报发刊辞》　　　　　　　《民国日报·觉悟》3 月 10 日

唐剑玉《车夫》

谭国华《一个无职业的青年》　　　　　　　　《民国日报·觉悟》3 月 12 日

Tennie Tomaszuski《常常预备着》　　　　　《中国青年》3 月 14 日 70 期

张耘《悼导师中山先生》　　　　　　　　　　《民国日报·觉悟》3 月 14 日

新颖女士《哭孙先生》　　　　　　　　　　　《民国日报·觉悟》3 月 16 日

孟超《悼国民革命导师孙中山先生》

徐文碧《吊中山先生》　　　　　　　　　　　《民国日报·觉悟》3 月 17 日

裘柱常《太阳的西沉》

马缉熙《孙先生永不会死去的》　　　　　　　《民国日报·觉悟》3 月 20 日

李伯昌《是这般昏濛的黑夜》

李锦蓉女士《哀中山先生》　　　　　　　　　《民国日报·觉悟》3 月 21 日

正厂《孙中山先生弃世以后》

海魂《哭孙中山先生》　　　　　　　　　　　　《民国日报·觉悟》4 月 2 日

郭沫若《哀感》

张晓柳《悼中山先生》　　　　　　　　　　　《民国日报·觉悟》4 月 3 日

萧湘飞《夜感》　　　　　　　　　　　　　　《民国日报·觉悟》4 月 4 日

王卓如《哭祭孙先生》　　　　　　　　　　　《民国日报·觉悟》4 月 6 日

吴雨铭《哭孙中山先生》　　　　　　　　　　《民国日报·觉悟》4 月 8 日

人《悼中山先生》　　　　　　　　　　　　　《民国日报·觉悟》4 月 9 日

亚珍《北雁传哀音》　　　　　　　　　　《民国日报·觉悟》4 月 16 日

周毓英《哀兵士》

王白天《病中吊伟人》　　　　　　　　　《民国日报·觉悟》4 月 21 日

凤白《胜利》

紫亮《哭孙中山先生》　　　　　　　　　《民国日报·觉悟》4 月 24 日

逸群《呜呼广东大学!》　　　　　　　　《中国军人》4 月 30 日 5 期

《赠关麟征同志》

雁冰《论无产阶级艺术》　　　　　　　　《时事新报·文学》5 月 2 日

曲秋《文学家你走 na 一条路》　　　　　　　《晨报副刊》5 月 2 日

柏生《致甄陶论无生命的文学》　　广州《民国日报·文学周刊》5 月 4 日

周仿溪《问青年》　　　　　　　　　　　《民国日报·觉悟》5 月 5 日

研仁《由汕失败自励并励同志歌》　　　　《民国日报·觉悟》5 月 7 日

张闻天《从梅雨时期到暴风雨时期》　　　《少年中国》5 月 4 卷 12 期

广东大学平民周刊社　　　　广州《民国日报·平民周刊》5 月 9 日

王明来译、武者小路实笃《阶级与文学》　　　　《晨报副刊》5 月 13 日

刘君襄《成功的祈祷》　　　　　　　　　《民国日报·觉悟》5 月 15 日

刘君襄《黑暗之复现》　　　　　　　　　《民国日报·觉悟》5 月 16 日

《进社文艺研究会宣言》

裘柱常《苏醒》　　　　　　　　　　　　《民国日报·觉悟》5 月 21 日

徐碧晖《湖畔孤鸿》

汪宝瑄译《海滨上》　　　　　　　　　　《民国日报·觉悟》5 月 23 日

郭肇唐《艺术与革命》　　　　　　　　　《民国日报·觉悟》5 月 26 日

王治安《悲歌》　　　　　　　　　　　　《民国日报·觉悟》5 月 27 日

周敬毅《艺术与革命》　　　　　　　　　《民国日报·觉悟》6 月 3 日

白天《鹃血》

云江《晨雨》

吾《血泪语》　　　　　　　　　　　　　《民国日报·觉悟》6 月 10 日

饶荣春《赠关麟征同志》　　　　　　　　《民国日报·觉悟》6 月 11 日

莎亚《我们在血海之中浮沉》　　　　　　《民国日报·觉悟》6 月 13 日

岂凡《悼五卅诸烈士之歌》　　　　　　　《民国日报·觉悟》6 月 15 日

次炯《游黄花冈》　　　　　　　　　　　《民国日报·觉悟》6 月 16 日

王漱芳《复仇－雪耻》　　　　　　　　　《民国日报·觉悟》6 月 20 日

胡叔瑾《胜利的赠品》	《民国日报·觉悟》6 月 23 日
王漱芳《吊五卅以来殉难诸烈士》	《民国日报·觉悟》6 月 24 日
彭震寰《祈战死》	《民国日报·觉悟》6 月 26 日
楼锦芳《致语被残杀的同胞》	《民国日报·觉悟》6 月 27 日
胡叔瑾《血》	《民国日报·觉悟》7 月 3 日
闻一多《七子之歌》	《民国日报·觉悟》7 月 11 日
女婴氏《敲锣颂》	《民国日报·觉悟》7 月 23 日
徐恒耀《哭王宗培烈士》	《民国日报·觉悟》7 月 28 日
女婴氏《二月已去之歌》	《民国日报·觉悟》8 月 3 日
张娴译《给有志女学的女青年》	《民国日报·觉悟》8 月 9 日
李之龙《陆军军官学校招收女生问题》	《中国军人》8 月 17 日 6 期
杨鼎鸿《伤痕》	《民国日报·觉悟》8 月 18 日
运开《象牙塔里的霹雳声》	《民国日报·觉悟》8 月 21 日
张春波《哭廖仲恺先生》	《民国日报·觉悟》8 月 26 日
雁冰《文学者的新使命》	《时事新报·文学》9 月 13 日
佚名《掉战士》	《中国青年》9 月 14 日 96 期
胡叔瑾《天国革命》	《民国日报·觉悟》9 月 17 日
曹钧石《〈洪水〉复活感言》	《民国日报·觉悟》9 月 20 日
女婴氏《携手歌》	《民国日报·觉悟》9 月 21 日
左干臣《赠某君》	《民国日报·觉悟》9 月 23 日
钧石《最后的解放》	《民国日报·觉悟》9 月 25 日
张召水《悲歌——为沙基惨案而作》	广州《民国日报·碎声》9 月 29 日
翰歌《给 WD》	《民国日报·觉悟》10 月 5 日
陈爕丞《酣歌于昆仑之巅》	《民国日报·觉悟》10 月 8 日
启煦《荣归》	《民国日报·觉悟》10 月 10 日
陈爕丞《我们的园地》	《民国日报·觉悟》10 月 15 日
茅盾译、罗皮纳〈关于"列夫"的通信〉	《文学周报》10 月 18 日 195 期
马缉熙译《仆人》	《民国日报·觉悟》10 月 19 日
松圃译《街树》	《民国日报·觉悟》10 月 23 日
《高城书社缘起》	《民国日报·觉悟》10 月 30 日
闻畏《青年》	
痛心《"拉夫"谈》	《民国日报·觉悟》11 月 10 日

胡振欧《愁海》　　　　　　　　　　　　　《民国日报·觉悟》11 月 13 日

李旭昭《影儿与灯焰》　　　　　　　　　　《民国日报·觉悟》11 月 16 日

季赞育《她的英魂》　　　　　　　　　　　《民国日报·觉悟》11 月 18 日

铁血余生《惠洲战役日记》　　　　　　　　《中国军人》11 月 20 日 8 期

乃谦《随感》　　　　　　　　　　　　　　《民国日报·觉悟》11 月 25 日

瑾瑜《送友赴黄埔军校》　　　　　　　　　《民国日报·觉悟》11 月 27 日

郭沫若《文艺论集》序　　　　　　　　　　《洪水》12 月 16 日 1 卷 7 期

王独清《动身归国的时候》　　　　　　　　《圣母像前》1925 年 12 月作

萧亚珍《恐怖之夜》　　　　　　　　　　　《民国日报·觉悟》12 月 3 日

国英《少年起来吧》　　　　广州《民国日报·批评与创作》12 月 4 日

曹雪松《送别》　　　　　　　　　　　　　《民国日报·觉悟》12 月 5 日

杨耀威《工人的家庭》　　　广州《民国日报·批评与创作》12 月 21 日

1926 年

蒋光慈《少年漂泊者》　　　　　　　　　　　　　亚东图书馆,1 月

《武昌微尘文学研究社宣言》　　　　　　　《民国日报·觉悟》1 月 1 日

洪为法《木兰歌、革命文学及其他》　　　　《洪水》1 月 1 日 1 卷 8 期

詹〇《送友赴黄埔军官学校》　　　　　　　《民国日报·觉悟》1 月 11 日

珠含《唤我的世界!》　　　　　　　　　　《民国日报·觉悟》1 月 14 日

殷李涛《前程》　　　　　　　　　　　　　《民国日报·觉悟》1 月 15 日

谢痴泯《飘流》　　　　　　　　　　　　　《民国日报·觉悟》1 月 22 日

不容《哭周刚直先生》　　　　　　　　　　《民国日报·觉悟》1 月 23 日

可可《我的诗歌》　　　　　　　　　　　　《民国日报·觉悟》1 月 26 日

林君劭《今年的五月九日》　　　　　　　　《民国日报·觉悟》1 月 29 日

宋士英《祖国之秋》

唐佩《饥民》

何维新《努力革命》　　　　广州《民国日报·批评与创作》2 月 5 日

何维新《血潮》　　　　　　广州《民国日报·批评与创作》2 月 18 日

刘森《何君约新的新诗》　　广州《民国日报·批评与创作》2 月 26 日

学时《祝雷属革命胜利》　　广州《民国日报·批评与创作》3 月 1 日

汪精卫《为〈左向〉作序》	广州《民国日报·批评与创作》3 月 4 日
鸿干《牺牲者》	《中国青年》3 月～4 月 116–118 期
仲云译、脱洛斯基《论无产阶级的文化与艺术》	《文学周报》3 月 14 日 26 期
李永依《一个车夫》	广州《民国日报·批评与创作》3 月 17 日
怡普《感作》	广州《民国日报·批评与创作》3 月 19 日
陈淘《诗》	广州《民国日报·批评与创作》3 月 20 日
梁杰人《观〈革命军来了〉后》	广州《民国日报·小广州》3 月 27 日
李菊休《研究文学与改造社会》	《民国日报·觉悟》3 月 28 日
水藻《吊首都的牺牲者》	《民国日报·觉悟》3 月 29 日
郭俊英《杀前去》	广州《民国日报·批评与创作》4 月 1 日
毓刚《三月十八日的北京》	
黄剑芬《艺术家的责任与主义》	广州《民国日报·批评与创作》4 月 14 日
璧人《小诗》	《民国日报·觉悟》4 月 14 日
蒋光慈《鸭绿江上》	《创造月刊》4 月 16 日 1 卷 2 期
郭沫若《孤鸿》	
蒋光慈《在黑夜里——致刘华同志之灵》	《洪水》4 月 16 日 2 卷 15 期。
黄剑芬《枯骨——衰草》	广州《民国日报·批评与创作》4 月 17 日
张岁《恋爱与革命》	广州《民国日报·批评与创作》4 月 21 日
任之《雨前》	
费少狭《杂作》	广州《民国日报·新时代》4 月 22 日
中一《戏剧的派别》	
M.S《读了〈恋爱与革命〉以后》	广州《民国日报·新时代》4 月 1 日
曙风《桦西里变了,我的朋友》	
刘一声《革命进行曲》	《中国青年》4 月 24 日 119 期
《奴隶们的誓言》	
张威《再论恋爱与革命》	广州《民国日报·新时代》4 月 27 日
郭沫若《文艺家的觉悟》	《洪水》5 月 1 日 2 卷 16 期
郭沫若《革命与文学》	《创造月刊》5 月 5 日 1 卷 3 期
蒋光慈《十月革命与文学》	
铭彝《悼三一八诸烈士》	《民国日报·觉悟》5 月 4 日
铭彝《悼邵飘萍》	
《恋爱与革命问题》	广州《民国日报·新时代》5 月 7 日

拯众《近感》　　　　　　　　　　　《民国日报·觉悟》5 月 8 日

《革命与恋爱专号》　　　　　　广州《民国日报·新时代》5 月 12 日

汤增扬《光明的大道》　　　　　　　《民国日报·觉悟》5 月 13 日

高孤雁《大招》　　　　　　　　广州《民国日报·新时代》5 月 13 日

《读了〈桃色的云〉以后》

《哭泪》

《送春》

《杂诗四首》

《革命与恋爱专号》　　　　　　广州《民国日报·新时代》5 月 14 日

彭少舞《残缺的信阳》　　　　　　　《民国日报·觉悟》5 月 14 日

飘零《恋爱与牺牲》　　　　　　广州《民国日报·新时代》5 月 17 日

王受命《午夜啼声》　　　　　　　　《民国日报·觉悟》5 月 19 日

《革命与恋爱专号》　　　　　　广州《民国日报·新时代》5 月 20 日

郑尚《雄壮的缠绵》　　　　　　广州《民国日报·新时代》5 月 21 日

姚应征《思潮》

郑尚《一封安慰的信》　　　　　广州《民国日报·新时代》5 月 22 日

刘一声《使命》　　　　　　　　　　《中国青年》5 月 22 日 120 期

《革命与恋爱专号》　　　　　　广州《民国日报·新时代》5 月 25 日

光赤《疯儿》　　　　　　　　　　　《中国青年》5 月 30 日 121 期

刘一声《五卅周年纪念放歌》

俊秀《人类光荣底起点》　　　　　　《民国日报·觉悟》5 月 30 日

左谷清《烈士灵前》

目音《哀思》

铸康《哀声》

凌龙孙《五卅底前夜》　　　　　　　《民国日报·觉悟》5 月 31 日

凌龙孙《哀音》　　　　　　　　　　《民国日报·觉悟》6 月 1 日

成仿吾《革命文学与他的久远性》　　《创造月刊》6 月 1 日 1 卷 4 期

王独清《杨贵妃之死》

段可情《通信》

王独清《我归来了，我的故国》　　　　　　　1926 年 6 月作

王钰《血衣亭下》　　　　　　　　　《民国日报·觉悟》6 月 2 日

陈恺《黑暗中的光明导线》　　　　　《民国日报·觉悟》6 月 3 日

罗菊《希望》	《民国日报·觉悟》6月4日
徐谷冰《创作剧本之商榷》	广州《民国日报·新时代》6月4日
顾仲起《一封来信》	广州《民国日报·新时代》6月5日
痴公《一片呼唤的余声》	
痴心《支那屠场中！几只不训的犬！》	
何勇仁《三月十二的默哀》	广州《民国日报·新时代》6月9日
波清《偶感》	《民国日报·觉悟》6月6日
畏轩《光明之途》	《民国日报·觉悟》6月9日
袁裕《革命文艺论》	广州《民国日报·新时代》6月10日
刘一声《誓诗》	《中国青年》6月12日124期
振鹏《端午节》	
凤歌《狗咬》	《中国青年》7月10日126期
李合林《看了〈沙场泪〉以后》	广州《民国日报·新时代》6月14日
《革命与恋爱专号》	广州《民国日报·新时代》6月16日
畏轩《一刹那间》	《民国日报·觉悟》6月16日
高孤雁《零星之什》	广州《民国日报·新时代》6月18日
尹伯休《觉悟了》	广州《民国日报·新时代》6月19日
汤增扬《革命和恋爱》	《民国日报·觉悟》6月24－26日
伯尤《在伟大的烈士墓前》	广州《民国日报·新时代》6月25日
杨大荣《黄埔观剧后》	广州《民国日报·新时代》6月28日
伯尤《勇猛的前》	广州《民国日报·新时代》6月29日
伯尤《努力奋斗呵——给美专同学的一封信》	
尹伯休《一个生命的结局》	广州《民国日报·新时代》6月30日
筱山《蛙鼓》	《民国日报·觉悟》7月3日
程超宝《心声》	
孙昭礼《涅槃的遗书》	《民国日报·觉悟》7月4－7日
晨星《风的怒号》	《民国日报·觉悟》7月16日
汤增扬《月夜》	《民国日报·觉悟》7月8日
刘一声《我们的誓词》	《中国青年》7月24日128期
《青年军人学会宣言》	《民国日报·觉悟》8月6日
陈仲吉《新月之夜》	《民国日报·觉悟》8月12日
孝予《九封信》	《民国日报·觉悟》8月13－19日

继纯《四喜》　　　　　　　　　　　　　　《中国青年》8 月 20 日 130 期

孝予《无题》　　　　　　　　　　　　《民国日报·觉悟》8 月 26 日

红英《风声》　　　　　　　　　《中国青年》8 月 31 日 131、132 合期

刘启龙《献呈于北伐诸将士之前》

李翔梧《沫若我要站在你的旗帜之下》　　《洪水》9 月 1 日 3 卷 23、24 合期

彭士华《九指十三归》　　　　　　　　　《中国青年》9 月 7 日 133 期

梁学海《农民文学》　　　　　　　　　　《农民运动》9 月 7 日 6 期

元瑛《在风雨飘摇中》　　　　　　　　　《少年先锋》9 月 11 日 2 期

冯泽华《时间到了!》

［俄］S. Nadson《莫说》

刘一声译、L. A. Mmotler 作《十一月七日》　《中国青年》9 月 21 日 134 期

静如《暴徒们》　　　　　　　　　　　　《少年先锋》9 月 21 日 3 期

定一译译、Zur Muehlen 作《喇叭》　　　《中国青年》9 月 28 日 135 期

俞念远《悼在蛇山被杀的亡友》　　　　《民国日报·觉悟》9 月 28 日

丁丁《典当》　　　　　　　　　　　　《民国日报·觉悟》9 月 29 日

泽华《入世的宝筏》　　　　　　　　　　《少年先锋》10 月 1 日 4 期

但一《恋爱问题》

唐孟先《海滨鲛人》　　　　　　　　　《民国日报·觉悟》10 月 1 日

凤歌《老狐狸》　　　　　　　　　　　　《中国青年》10 月 5 日 136 期

刘一声译《在红旗下联合起来》

丁丁《文学与革命》　　　　　　　　　《民国日报·觉悟》10 月 10 日

呵梅女士《双十节讴歌》

秀贞《铁牢里——纪念双十》　　　　　　《少年先锋》10 月 11 日 5 期

天悯《悼杨兆成同志》

马意坚《浪孩的梦》　　　　　　　　　《民国日报·觉悟》10 月 12 日

定一《火山》　　　　　　　　　　　　　《中国青年》10 月 138 期

刘一声《十月革命》　　　　　　　　　　《中国青年》10 月 140 期

定一《血战》

苏兆骧译《救主孙中山》　　　　　　　《民国日报·觉悟》10 月 19 日

蜚雄《碧血的潮音》　　　　　　　　　　《少年先锋》10 月 21 日 6 期

少年先锋社《从福尔摩斯到沉沦落叶》

季赞育《火星》　　　　　　　　　　　《民国日报·觉悟》10 月 23－25 日

甘的乾《赤——的誓词》 　　　　　　　　《少年先锋》11 月 1 日 7 期

敬文《初逢的敬礼——呈台湾人张君》

天可《阿贵——一段事实》

刘漫夫《寄旧爱 Y。C》 　　　　　　　《少年先锋》11 月 11 日 8 期

警魂《深秋的一夜》

罗尔刚《冬夜》 　　　　　　　　　　　《民国日报·觉悟》11 月 20 日

符连君《血花》 　　　　　　　　　　　《少年先锋》11 月 21 日 9 期

道希《"为学问而学问"——小资产阶级之生活态度》

王任叔《女工的歌》

景白《红旗》

一声译、John G Neihard 作《民众的呼喊》 　　《中国青年》11 月 22 日 142 期

抱去《从戎的时机到临》 　　　　　　　《民国日报·觉悟》11 月 23 日

杨卓初《追到醒华同志》 　　　　　　　《民国日报·觉悟》11 月 25 日

一声译、H. G. Weiss 作《我们的一件工作》 　《中国青年》11 月 25 日 143 期

躬努《起来》 　　　　　　　　　　　　《民国日报·觉悟》11 月 27 日

老仙《从军歌》 　　　　　　　　　　　《民国日报·觉悟》11 月 30 日

钱杏村《在机器房里》 　　　　　　　　《洪水》12 月 1 日周年增刊

陆定一《飘零》

振远《新时代的"少年先锋"》 　　　　　《少年先锋》12 月 1 日 10 期

深《游黄花冈有感》 　　　　　　　　　《民国日报·觉悟》12 月 1 日

刘钟琥《奋斗》 　　　　　　　　　　　《民国日报·觉悟》12 月 3 日

张适齐《呐喊》 　　　　　　　　　　　《民国日报·觉悟》12 月 6 日

侯石年《生活杂记·血痕》

一声译、J. S. Wallaee 作《将来的花酒和歌》 　《中国青年》12 月 6 日 144 期

永刚《革命的文艺》 　　　　　　　　　《民国日报·觉悟》12 月 10 日

老仙《风雪》

蔚周《去荆棘中挣扎吧》 　　　　　　　《少年先锋》12 月 11 日 11 期

景白《光明消失了》

筱倩《介绍〈白露〉》 　　　　　　　　《民国日报·觉悟》12 月 12 日

Y. Z《我跟在群众的后面游行》

渔饮《希望与失望》 　　　　　　　　　《民国日报·觉悟》12 月 16 日

理文《给友人》 　　　　　　　　　　　《民国日报·觉悟》12 月 19 日

昌平《小黑驴子》　　　　　　　　　　　　《中国青年》12 月 20 日 165 期

孟晖《恋爱与革命》　　　　　　　　　　　《民国日报·觉悟》12 月 21 日

施公猛《土产》　　　　　　　　　　　　　《民国日报·觉悟》12 月 23 日

鸣銮《发刊的话》　　　　　　　　广州《民国日报·现代青年》12 月 27 日

彭波《读〈战斗〉》　　　　　　　　广州《民国日报·现代青年》12 月 30 日

陈午韵《告朋友》　　　　　　　　　　　　《民国日报·觉悟》12 月 30 日

1927 年

鸣钟《听狂飙在天边怒吼》　　　　　　　　《民国日报·觉悟》1 月 6 日

桂华《艺术与革命》　　　　　　　　　　　《民国日报·觉悟》1 月 8 日

稻拜《歌吗？醉吗？》　　　　　　　　　　　《少年先锋》1 月 12 期

予虎《赤都之"红十月"——莫斯科通讯》

景白《追逐》

为农《诗人》

方神《光芒》

成仿吾《完成我们的文学革命》　　　　　　《洪水》1 月 16 日 3 卷 25 期

廉生《怪物》　　　　　　　　　　　　　　《少年先锋》1 月 21 日 13 期

兵戎《人类自由的摇篮——纪念列宁》

李健生《热情的酣梦》　　　　　　广州《民国日报·现代青年》1 月 25 日

邱祥霞《受伤的小鸟》

朱节山《对现代青年的要求》　　　　广州《民国日报·现代青年》1 月 26 日

鸣銮《欢迎鲁迅先生》　　　　　　　广州《民国日报·现代青年》1 月 27 日

陈寂《鲁迅的胡须》

林霖记《鲁迅先生的演说》

李焰生《辞别一九二六年之什》

蒋光慈《哀中国》（诗集）　　　　　　　　　汉口长江书店，1 月

《鸭绿江上》（小说集）　　　　　　　　　　亚东图书馆，1 月

郁达夫《无产阶级专政与无产阶级文学》　　《洪水》2 月 1 日 3 卷 26 期

Y. W《给一九二七年的〈少年先锋〉》　　　《少年先锋》2 月 11 日 14 期

兵戎《荆棘道上》

毕磊《欢迎鲁迅以后——广州青年的同学(尤其是中大的)负起文艺的使命来》

《做什么?》旬刊 2 月 7 日 1 期

李焰生《同情的失掉》　　　　　　　广州《民国日报·现代青年》2 月 9 日

冯振骅《留别》

段可情《通信二则》　　　　　　　　《洪水》2 月 16 日 2 卷 27 期

李焰生《编者的话》　　　　　　　广州《民国日报·现代青年》2 月 18 日

孔圣裔《呼声》

月白《一封家信》　　　　　　　　广州《民国日报·现代青年》2 月 19 日

YL《革命之什》

黄墓禹《一掬伤心泪》

侠子《忏悔后》　　　　　　　　　广州《民国日报·现代青年》2 月 21 日

焦桐《可诅咒的列宁》　　　　　　　　《少年先锋》2 月 21 日 15 期

梦平《造成美满的人间》

刘一声《第三样时代的创造——我们所应当欢迎的鲁迅》

家模《鲁迅这个"家伙"来粤了! 朋友》

　　　　　　　　　　　　　　　广州《民国日报·现代青年》2 月 22 日

江权《撒旦的颂歌》

王任叔《生命之火》

侠子《苦笑》　　　　　　　　　　广州《民国日报·现代青年》2 月 23 日

侠子《我赤化的心灵》

宋丽映侠子《惭愧的我》

孔圣裔《爱的呼声》　　　　　　　广州《民国日报·现代青年》2 月 28 日

王独清《留别》　　　　　　　　　　　《做什么》2 月 2 期

坚如(毕磊)《读罢〈扬鞭集〉》

天予《荒草尽处》　　　　　　　　广州《民国日报·现代青年》3 月 1 日

野火《过去的华年》

成仿吾《文艺战的认识》　　　　　　《洪水》3 月 1 日 3 卷 28 期

钱杏邨《劳动者的光明》

钱杏邨《十一月十二夜》

苏觉先《完成我们的文学革命》的回声

秉公《采桑女》　　　　　　　　　　《少年先锋》3 月 1 日 16 期

俞宗杰《遗嘱》　　　　　　　　广州《民国日报·现代青年》3 月 4 日

凌润德《我们的乐园》　　　　　广州《民国日报·现代青年》3 月 5 日

孔圣裔《小诗》　　　　　　　　广州《民国日报·现代青年》3 月 6 日

野火《春之哀曲》　　　　　　　广州《民国日报·现代青年》3 月 12 日

龚冰庐《炭坑里的炸弹》　　　　　　　《洪水》3 月 16 日 3 卷 29 期

郁达夫《鸭绿江读后感》

俞宗杰《谈谈广东革命政府底下的艺术》

　　　　　　　　　　　　　　广州《民国日报·现代青年》3 月 19 日

森 S《焦黄的草》

朴生《悼中山》　　　　　　　　　　《少年先锋》3 月 11 日 17 期

《他们俩——中山和列宁》

生《文艺的新园地——反赤诗》

舞影《革命潮》　　　　　　　　　　《少年先锋》3 月 21 日 18 期

素素《青年的呼声》

《血钟》

谢立猷《谈谈革命文艺》　　　　广州《民国日报·现代青年》3 月 22 日

陈泽耕《左边去》

孙伏园《中央副刊的使命》　　　　《中央日报·中央副刊》3 月 22 日

傅东华《什么是革命文艺》　　　　《中央日报·中央副刊》3 月 23 日

杜洛斯基著、傅东华译《文学与革命》　《中央日报·中央副刊》3 月 25 日

惜《该死的张兢生》　　　　　　广州《民国日报·现代青年》3 月 25 日

漪萍《伤痕》

邓演达《何谓革命文化》　　　　　《中央日报·中央副刊》3 月 27 日

沈雁冰《〈红光序〉》

孔圣裔《创刊语》　　　　　　　　《这样做》旬刊 3 月 27 日 1 期

赵榕《粤秀山上》

《秋之晨》

方楫《革命青年性爱之我见》

金高《风雨之夜》

楫基树《小诗》

桐苍《深痛的回忆》

侠子《三九二十九》

《无题》

昨非《别恨》

HH《赠 Q 弟像题词》　　　　　　　　广州《民国日报·现代青年》3 月 28 日

漫天《风雨潇湘里的黄花》　　　　　　广州《民国日报·现代青年》3 月 31 日

郁达夫《公开状答日本山口君》　　　　　　《洪水》4 月 1 日 3 卷 30 期。

孟超《梦拜伦》

远中逊《完成我们的文学革命》的回声

王独清《留别广州青年同志》

C.Y《致〈现代青年〉记者》　　　　　　　《少年先锋》4 月 1 日 19 期

李烈《呼声》

Y.M《丐妇的哀歌》

浪花剧社《国民革命》

张崧年《革命文化是什么》　　　　　　《中央日报·中央副刊》4 月 3 日

谢立猷《寂寞呵》　　　　　　　　广州《民国日报·现代青年》4 月 4 日

马仲殊《黄花岗上》

陈维耕《黄花岗》

邓演达《新艺术的诞生》　　　　　　《中央日报·中央副刊》4 月 5 日

萍霞《企望我们的领导者——鲁迅先生》

淦克超《建设革命的文艺——呈伏园先生》《中央日报·中央副刊》4 月 9 日

漫天《吊死者》　　　　　　　　广州《民国日报·现代青年》4 月 9 日

侠子《战士》　　　　　　　　　　　《这样做》旬刊 4 月 10 日 2 期

《给革命底下的诗人》

基树《碎了的心灵》

冯潇洒《可诅咒的人间》

革命文学社章程

谢立猷《革命与文艺》　　　　　　广州《民国日报·现代青年》4 月 11 日

啼缠《哭北伐阵亡将士》

程要儿《死的代价》

符诲《哀——荣》

烈士《追悼民众的爱人》

漫天《青天白日的渴慕者》　　　　广州《民国日报·现代青年》4 月 12 日

侠子《杂感》

《趑趄》

谢立猷《革命与文艺》 广州《民国日报·现代青年》4 月 13 日

刘漫天《伟大的印象》

孤愤《中国平民文学的潜在》 《中央日报·中央副刊》4 月 14 日

幼女《送别》 《民国日报·觉悟》4 月 15 日

王独清《致法国友人摩南书》 《洪水》4 月 15 日 3 卷 31 期。

高歌、向培良《革命青年的开始》 《中央日报·中央副刊》4 月 18 日

何汝津《春雨声中》 广州《民国日报·现代青年》4 月 19 日

稚《黄花冈之邻》 《民国日报·觉悟》4 月 19 日

姚宝猷《本刊今后的使命和我们应有的努力》

广州《民国日报·现代青年》4 月 21 日

郭士寅《玉堂》 广州《民国日报·现代青年》4 月 22 日

天外生《说〈倒知识阶级〉》 广州《民国日报·现代青年》4 月 25 日

冯宪彬《吊黄花岗七十二烈士》

沈美镇《泪馀哀话》 《民国日报·觉悟》4 月 26 日

曹倩簃《慰死 《民国日报·觉悟》4 月 27 日

黄煜庭《不安的心儿》

金为伟《钟声》

宝猷《本刊特别启事》 广州《民国日报·现代青年》4 月 27 日

谷万川《农民怨》 《中央日报·中央副刊》4 月 27 日

马景曾《吴瑟》 《这样做》旬刊 4 月 30 日 3、4 合期

侠子《过去的一页》

《念娣》

丁鸿诰《怎样扩大革命文化运动》

张铨《我读了〈这样做〉以后的希望》

黄铭文《致革命文学社一个相见礼》

云孙《新文学的意义》 《民国日报·觉悟》5 月 5 日

郭沫若《脱离蒋介石以后》 《中央日报·中央副刊》5 月 6 日

冰《革命后的文学艺术》 《民国日报·觉悟》5 月 7 日

若谷《革命歌》

顾钟起《红色的微芒》 《中央日报·中央副刊》5 月 8 日

潇洒《新愁旧恨》 《这样做》旬刊 5 月 10 日 5 期

侠子《夜行》

素萍《杂感》

鲁迅《老调子已经唱完》　　　　　　　　《中央日报·中央副刊》5 月 11 日

孙伏园《鲁迅先生脱离广东中大》

谷清《一个觉悟的商人》　　　　　　　　《民国日报·觉悟》5 月 11 日

李金发《革命时期就不顾文艺了吗?》　　《中央日报·中央副刊》5 月 12 日

谷万川《蜜蜂的革命——未来故事之二》

褚松雪《哭张挹兰》　　　　　　　　　　《中央日报·中央副刊》5 月 14 日

田倬之《车上——随军杂记之二》　　　　《中央日报·中央副刊》5 月 15 日

霞萍《所不能忘怀的惨死者——挹兰》　　《中央日报·中央副刊》5 月 17 日

曾仲鸣《艺术与民众》　　　　　　　　　《中央日报·中央副刊》5 月 19 日

潘庆涛《现代青年》　　　　　广州《民国日报·现代青年》5 月 19 日

慧君《复》

大朱《希望鲁迅先生》　　　　　　　　　《中央日报·中央副刊》5 月 20 日

焰生《赞美和同情的歌儿》　　广州《民国日报·现代青年》5 月 20 日

王独清《西施》　　　　　　　　　　1927 年 5 月 20 日作

炜权《读〈现代青年的呼声〉后》　广州《民国日报·现代青年》5 月 21 日

王偶然《民间文学》　　　　　　　　　　《民国日报·觉悟》5 月 21 日

徐民航《悼张挹兰同志》　　　　　　　　《中央日报·中央副刊》5 月 21 日

诏年《未来的依仗》

郭士寅《中秋节的阿凤》　　　广州《民国日报·现代青年》5 月 23 日

冰莹《行军日记》　　　　　　　　　　　《中央日报·中央副刊》5 月 24 日

冰莹《一个可喜又好笑的故事》　　　　　《中央日报·中央副刊》5 月 25 日

林光泊《我之诞歌》　　　　　广州《民国日报·现代青年》5 月 26 日

袁知训《青年们,觉悟起来吧——读〈现代青年的呼声〉以后》

绍东《炳喜的死》　　　　　　广州《民国日报·现代青年》5 月 27 日

温仇史《狂人之呓》

潘汉年《给狱中的毓英》　　　　　　　　《中央日报·中央副刊》5 月 28 日

诏年《火焰之歌》

狂笑《送宣传所同学出发》　　广州《民国日报·现代青年》5 月 28 日

一凡《五卅短剧》　　　　　　　　　　　《中央日报·中央副刊》5 月 29 日

炜权《悲壮与光荣》　　　　　广州《民国日报·现代青年》5 月 30 日

冰莹《行军日记三节》　　　　　　　　　《中央日报·中央副刊》6月1日

忆红《追悼五卅烈士的挽联》　　　　广州《民国日报·小广州》6月1日

慎予《自述三大问题的经过》　　　　广州《民国日报·现代青年》6月2日

左干臣《创痕》　　　　　　　　　　　　《民国日报·觉悟》6月2日

刘郎《强奸》　　　　　　　　　　　　　《民国日报·觉悟》6月3日

周琬同《读〈现代青年〉的呼声以后》　广州《民国日报·现代青年》6月3日

应鹏《艺术的革命性》　　　　　　　　　《民国日报·觉悟》6月5日

冰莹《寄自嘉鱼》　　　　　　　　　　《中央日报·中央副刊》6月6日

符号《故乡》

王贞亮《黄花岗怀着烈士》　　　　　广州《民国日报·现代青年》6月6日

大朱《民众的艺术》　　　　　　　　《中央日报·中央副刊》6月7日

翠娜《鸟的故事》　　　　　　　　　广州《民国日报·现代青年》6月7日

翠娜《革命的精灵》

慎予《艺宛之一角》　　　　　　　　广州《民国日报·现代青年》6月8日

杜洛斯基著、仲云译《无产阶级的文化与艺术》

《中央日报·中央副刊》6月10日

严蝶《读了〈秋蝉〉之后》　　　　　广州《民国日报·现代青年》6月10日

慎予《再谈恋爱问题》　　　　　　　广州《民国日报·现代青年》6月11日

傅彦长《中国民众艺术的缺点》　　　　《民国日报·觉悟》6月12日

瑞文《〈玄武湖之秋〉》

Ｗ·Ｓ·Ｙ《现代青年的自由恋爱》　　《中央日报·中央副刊》6月13日

明鋆《今后的本刊》　　　　　　　　广州《民国日报·现代青年》6月14日

乃仙《评〈现代青年的自由恋爱〉》　　《中央日报·中央副刊》6月15日

谢立猷《图书宣传与文字宣传》　　　广州《民国日报·现代青年》6月16日

温仇史《卖花声》

黄鹤楼《蕉岭山歌》

张庭相《一个现代青年的呼声》　　　广州《民国日报·现代青年》6月17日

小苹《水中人影》

钱钰孙《不忍》　　　　　　　　　　　《民国日报·觉悟》6月17日

《青年》

《你莫错认》

黄其起《无产阶级文艺的建设》　　　《中央日报·中央副刊》6月20日

孔圣裔《怎样解决青年三大问题》　　　　　《这样做》旬刊 6 月 20 日 7、8 合期

《郁达夫先生休矣！》

侠子《东风》

《录荫》

《小诗》

《新生——为自己诞生二十周年而作》

华汉光《现代青年实际生活问题之研究》

　　　　　　　　　　　　　　广州《民国日报·现代青年》6 月 20 日

冰莹《说不尽的话留待下次再写》　　　　《中央日报·中央副刊》6 月 21 日

小鹿《革命的女郎之就刑》

慎予《昨天晚上》　　　　　　　　广州《民国日报·现代青年》6 月 21 日

朱节山《小诗十四首》

冰莹《从蜂口到新堤》　　　　　　　《中央日报·中央副刊》6 月 22 日

朱节山《话别》　　　　　　　　广州《民国日报·现代青年》6 月 22 日

温仇史《掘尾龙拜山》　　　　　　广州《民国日报·现代青年》6 月 25 日

少希《热》

刘启龙《家法》　　　　　　　　广州《民国日报·现代青年》6 月 27 日

邓维桢《五华民间的恋歌》

维权《读再谈恋爱问题后》　　　　广州《民国日报·现代青年》6 月 28 日

龙世雄《送给前方的将士门》　　　广州《民国日报·现代青年》6 月 29 日

四屯金《山歌》

慎予《读了〈读再谈恋问问题后〉书后》

　　　　　　　　　　　　　　广州《民国日报·现代青年》6 月 30 日

陈炜权《马路上》

四屯金《山歌》

蒋光慈《到武汉以后》　　　　　　　　　　　　《农工日报》6 月

慎予《站在革命的立场上来谈谈恋爱问题》

　　　　　　　　　　　　　　广州《民国日报·现代青年》7 月 1 日

李一笑《山歌一束》

陈通《再谈梅县山歌》　　　　　　广州《民国日报·现代青年》7 月 5 日

朱应鹏《革命后的戏剧》　　　　　　　《民国日报·觉悟》7 月 5 日

黄育根《爱的受伤》　　　　　　　广州《民国日报·现代青年》7 月 6 日

余国贤《茶室中》　　　　　　　　　广州《民国日报·现代青年》7 月 7 日

赤子《给盲婚妻一封未寄的信》　　　广州《民国日报·现代青年》7 月 8 日

余国贤《自由恋爱的牺牲者》

陈吉人《谁之最》

周佛海《逃出了赤都武汉》　　　　　　　　广州《民国日报》7 月 8 日

邝和欢《打球去》　　　　　　　　　广州《民国日报·现代青年》7 月 9 日

魏靖汉《现代青年生活的悲哀》　　　广州《民国日报·现代青年》7 月 12 日

余国贤《觉悟》

钟德辅《致广州青年的一封信》　　　广州《民国日报·现代青年》7 月 13 日

冰莹《可怜的她》

翁君杰《我也来谈谈革命文学的问题》

　　　　　　　　　　　　　　　　　广州《民国日报·现代青年》7 月 14 日

徐尚周《往何处去》

赵简予《出征》　　　　　　　　　　　　《民国日报·觉悟》7 月 14 日

罗道《残絮》　　　　　　　　　　　广州《民国日报·现代青年》7 月 15 日

青子《庸碌之园里的沉睡者》

张仲棉《沙场一瞥》　　　　　　　　　　《民国日报·觉悟》7 月 16 日

雷建侯《留武汉七个月之所得》　　　　　《民国日报·觉悟》7 月 20 日

王独清《去雁》　　　　　　　　　《创造月刊》7 月 15 日 1 卷 7 期

段可情《旅行列宁格勒》

黄汉梁《呐喊》　　　　　　　　　　广州《民国日报·现代青年》7 月 16 日

青子《尽情地哭吧》

萍心《深夜》　　　　　　　　　　　广州《民国日报·现代青年》7 月 19 日

编者的话

梁雨润《失恋》　　　　　　　　　　广州《民国日报·现代青年》7 月 20 日

罗金银《山歌十首》　　　　　　　　广州《民国日报·现代青年》7 月 21 日

稚子《茶室中》　　　　　　　　　　广州《民国日报·现代青年》7 月 22 日

罗纯维《也来谈谈山歌》　　　　　　广州《民国日报·现代青年》7 月 23 日

淡君《青天白日谈红祸》　　　　　　　　《民国日报·觉悟》7 月 27 日

谢立猷《谈谈岭东山歌》　　　　　　广州《民国日报·现代青年》7 月 28 日

静之《爱情中之一幕》　　　　　　　广州《民国日报·现代青年》7 月 30 日

李君磐《共同奋斗》　　　　　　　　　　《民国日报·觉悟》7 月 30 日

剑芒《文学与革命的关系》　　　　　　广州《民国日报·现代青年》8月1日

魏清汉《岭东民歌》　　　　　　　　　广州《民国日报·现代青年》8月2日

谢立猷《喊声——对本刊的一点小要求》

　　　　　　　　　　　　　　　　　广州《民国日报·现代青年》8月3日

无名《傀儡……地皮》　　　　　　　　《民国日报·觉悟》8月4日

罗家模《革命与牺牲》　　　　　　　　《民国日报·觉悟》8月5日

陈吉人《一个落伍的青年》　　　　　　广州《民国日报·现代青年》8月5日

王平凌《塞上吟》　　　　　　　　　　《民国日报·觉悟》8月9日

家祥《读了〈剑芒君的文学和革命的关系〉生出的疑问》

广州《民国日报·现代青年》8月9日

鲁迅《魏晋风度及文章与药及酒之关系》

　　　　　　　　　　　　　　　　　广州《民国日报·现代青年》8月11日

谢立猷《乡愁》

公猛《现实社会的一幕》　　　　　　　《民国日报·觉悟》8月14日

邝合欢《六月二十三》　　　　　　　　广州《民国日报·现代青年》8月16日

缪绍煌《知识阶级在革命时代的使命》

　　　　　　　　　　　　　　　　　广州《民国日报·现代青年》8月17日

静之《我不久要去了》

赵誉船《青天白日的故事》　　　　　　《民国日报·觉悟》8月20日

梁昭澍《碧姑娘》　　　　　　　　　　广州《民国日报·现代青年》8月24日

陶万川《赴敌》　　　　　　　　　　　《民国日报·觉悟》8月30日

郁达夫《农民文艺的提倡》　　　　　　　　　　　　1927年9月3日作

丁丁《序诗》　　　　　　　　　　　　《民国日报·觉悟》9月5日

杨佩文《秋感》　　　　　　　　　　　《民国日报·觉悟》9月6日

节文《七姊之死》

若华《烦闷的人生》　　　　　　　　　《民国日报·觉悟》9月8日

丁丁《读〈泰东月刊〉后》　　　　　　《民国日报·觉悟》9月10日

珍如《新秋的残叶》　　　　　　　　　《民国日报·觉悟》9月12日

钟绍虞《答丁丁君的〈读泰东月刊后〉》　　《民国日报·觉悟》9月13日

王独清《平凡与反抗》　　　　　　　　《洪水》9月16日3卷34期

百新《微弱的呼声》　　　　　　　　　《民国日报·觉悟》9月17日

巫鲁《给莫斯科孙文大学CY的一封信》

珍如《垂杨无语》　　　　　　　　　《民国日报·觉悟》9 月 19 日
郁达夫《农民文艺的实质》　　　　　《民众》旬刊 9 月 21 日 2 期
黄隐平《电影与革命》　　　　　《民国日报·电影增刊》10 月 10 日
陈天《电影是革命的无声炮》
德征《开场白》　　　　　　《民国日报·觉悟特刊》10 月 10 日
黄慎之《个人主义之末日》
朱应鹏《革命期的艺术运动》
陈一郎《一封未寄的遗书》
吴觉农《农村文明的创造》
火雪明《双十节歌》
朱爱人《双十新颂》
珍如《入场券》　　　　　　　　　《民国日报·觉悟》10 月 19 日
蒋光慈《野祭》　　　　　　　　　　创造社出版部,10 月
心叶《珠江夜月》　　　　　　　　《民国日报·觉悟》10 月 22 日
魏儒子《深秋月》　　　　　　　　《民国日报·觉悟》10 月 26 日
丁丁《深夜》　　　　　　　　　　《民国日报·觉悟》10 月 28 日
王独清《街头与案头》　　　　　　《洪水》11 月 1 日 3 卷 35 期。
小苹《秋柳与寒烟》　　　　广州《民国日报·现代青年》11 月 1 日
易日《遗书三封》　　　　　广州《民国日报·现代青年》11 月 3 日
亦程《何处是归程》　　　　广州《民国日报·现代青年》11 月 5 日
小苹《暗淡的旅途》　　　　广州《民国日报·现代青年》11 月 11 日
佩秋《不宝的宝宝》
蒋光慈《纪念碑》　　　　　　　　　亚东图书馆,11 月
蒋光慈《短裤党》　　　　　　　　　泰东书局,11 月
伍瑞锴《检查》　　　　　　广州《民国日报·现代青年》11 月 19 日
《创办新生命月刊缘起》　　　　　《民国日报·觉悟》11 月 21 日
朱鸿柏《荆棘之途》　　　　　　　《民国日报·觉悟》11 月 22 日
余庆春《PC 校学生的会议》　　广州《民国日报·现代青年》11 月 22 日
徐佐同《成功》　　　　　《民国日报·觉悟》11 月 23－12 月 1 日
余庆春《戎马情书之一》　　广州《民国日报·现代青年》11 月 24 日
迂庐《走到文艺的园地》　　广州《民国日报·现代青年》11 月 29 日
天行《夜话》

陈德明《天光了》

刘肖愚《干!》　　　　　　　　　　广州《民国日报·现代青年》12 月 3 日

道先《我到底干了什么》

小易《征尘中的少年》　　　　　　　　《民国日报·觉悟》12 月 3 日

冯春风《腐语给周先生》　　　　　广州《民国日报·现代青年》12 月 6 日

《十字街头》

佩侯《告文学界青年》　　　　　　广州《民国日报·现代青年》12 月 7 日

建《回去》

林庆华《失望者的徘徊》

汤显华《玩物》　　　　　　　　　广州《民国日报·现代青年》12 月 9 日

薛伯贤《肉的摧残者》

大宇《狂飙》　　　　　　　　　广州《民国日报·现代青年》12 月 10 日

编辑室缀话

德征《罢手》　　　　　　　　　　　《民国日报·觉悟》12 月 11 日

赵如珩《慈悲的黑夜》　　　　　　　《民国日报·觉悟》12 月 11－13 日

李子《战地遗书》　　　　　　　　　《民国日报·觉悟》12 月 20 日

襄《言志》　　　　　　　　　　　　《民国日报·觉悟》12 月 22 日

张叔夜《革命与人生》　　　　　　　《民国日报·觉悟》12 月 25 日

刘真如《悼革命青年程式君　　　　　《民国日报·觉悟》12 月 26 日

紫潭《壮士的呼　　　　　　　　　　《民国日报·觉悟》12 月 31 日

蒋光慈《十月革命有俄罗斯文学》　　　　　创造社出版部,12 月

图书在版编目(CIP)数据

新文学与现代传媒/王烨著. —上海：学林出版社，
2008.11
（媒体与文艺）
ISBN 978 - 7 - 80730 - 690 - 0

Ⅰ.新... Ⅱ.王... Ⅲ.①文化史—研究—中
国—现代②文学史—研究—中国—现代③传播媒
介—文化史—研究—中国—现代 Ⅳ.K260.3
I209.6 G206 - 092

中国版本图书馆 CIP 数据核字（2008）第 127231 号

新文学与现代传媒

作　者——	王　烨
责任编辑——	曹坚平
封面设计——	鲁继德

出　　版——上海世纪出版股份有限公司
学林出版社（上海钦州南路81号3楼）
电话：64515005　传真：64515005

发　　行——新华书店上海发行所
学林图书发行部（上海钦州南路81号1楼）
电话：64515012　传真：64844088

印　　刷——上海港东印刷厂
开　　本——889×1194　1/32
印　　张——7.5
字　　数——20 万
版　　次——2008 年 11 月第 1 版
2008 年 11 月第 1 次印刷
印　　数——3 000 册
书　　号——ISBN 978 - 7 - 80730 - 690 - 0/I · 121
定　　价——19.00 元

（如发生印刷、装订质量问题，读者可向工厂调换。）